पेड़
तथा
अन्य कहानियाँ

पेड़
तथा
अन्य कहानियाँ

अश्विनीकुमार दुबे

सत्साहित्य प्रकाशन, दिल्ली

प्रकाशक : सत्साहित्य प्रकाशन, 694 (पहली मंजिल), चावड़ी बाजार, दिल्ली–6
सर्वाधिकार : सुरक्षित / संस्करण : प्रथम, 2022 / मूल्य : चार सौ रुपए
मुद्रक : आर–टेक ऑफसेट प्रिंटर्स, दिल्ली ISBN 978-93-92573-11-8

PED TATHA ANYA KAHANIYAN

stories by Shri Ashwini Kumar Dubey ₹ 400.00

Published by **SATSAHITYA PRAKASHAN**

694 (First Floor), Chawri Bazar, Delhi-110006

वरिष्ठ कथाकार

आदरणीय **डॉ. कृष्णा अग्निहोत्री**

के

लिए

सहयात्री की नजर में यह प्रभावी संग्रह

हिंदी के महत्त्वपूर्ण साधकों ने छत्तीसगढ़ में एक-दो दशक या जीवनभर रहकर कुछ ऐसा काम किया, जिससे हमारे प्रदेश का नाम हिंदी रचना संसार के हर दौर में आदर के साथ लिया गया। माधवराव सप्रे बिलासपुर के पेंड्रा नामक स्थान में रहकर 'छत्तीसगढ़ मित्र' का संपादन करते रहे। यहीं उन्होंने 'एक टोकरी भर मिट्टी' कहानी तथा दूसरी कहानियों का लेखन किया। 'एक टोकरी भर मिट्टी' को कमलेश्वरजी ने हिंदी की पहली कहानी के रूप में सम्मान दिया।

दूसरे विद्वानों ने भी इस कहानी को हिंदी की पहली कहानी माना। यह कहानी छत्तीसगढ़ में प्रचलित बूढ़ी अम्मा से जुड़ी सैकड़ों प्रचलित लोककथाओं की याद दिलाती है। अपनी युक्ति से एक बूढ़ी स्त्री ने सामंत को परास्त करते हुए सरलता, त्याग, वैराग्य और ईमानदार संबंध की असल शक्ति की महत्ता को इस कहानी में स्थापित किया है। गजानन माधव मुक्तिबोध और पदुमलाल पुन्नालाल बख्शी दोनों ही दिग्विजय महाविद्यालय राजनांदगाँव में प्राध्यापक रहे। हिंदी साहित्य के ऐसे विख्यात साधकों के अतिरिक्त मुकुटधर पांडेय, शानी, श्रीकांत वर्मा, लतीफ घोंघी, हबीब तनवीर, विभु कुमार, विनोद शंकर शुक्ल जैसे लेखकों-कवियों नाटककारों ने छत्तीसगढ़ को हिंदी की रचनाभूमि के रूप में सम्मानजनक स्थान दिलाया। आज भी देशभर के चर्चित लेखक यहाँ रहकर महत्त्वपूर्ण लेखन कर यश अर्जित कर रहे हैं।

इसी परंपरा में एक विशिष्ट रचनाकार का नाम भी बहुत आदर के साथ लिया जाता है, वे हैं उपन्यासकार, कथाकार और देश के चर्चित व्यंग्यकार अश्विनीकुमार दुबे।

अश्विनीकुमार दुबे अपनी नौकरी के दौरान लगभग 25 वर्ष छत्तीसगढ़ में रहे। अविभाजित मध्य प्रदेश का ही अंग था तब हमारा छत्तीसगढ़। यहीं रहकर एक उभरते हुए व्यंग्यकार, फिर स्थापित रचनाकार के रूप में उन्होंने यश अर्जित किया। वे अत्यंत व्यवस्थित और नियमित लेखन के हिमायती, परिश्रमी और सजग शब्द-शिल्पी हैं। आजकल वे इंदौर में रहकर साहित्य साधना कर रहे हैं। छत्तीसगढ़ राज्य बनने पर उन्होंने अपने मूल प्रांत मध्य प्रदेश में रहने का निर्णय लिया।

उनके व्यक्तित्व और लेखन में ऐसी सरलता है कि वे पाठकों, हितैषियों और प्रशंसकों के साथ ही अपने विभागीय साथियों और परिजनों के बीच अपनी लेखकीय छवि के साथ बेहद लोकप्रिय हैं, जो एक दुर्लभ उपलब्धि है।

इसका कारण शायद यही है कि वे लेखन में नाहक बौद्धिकता और शिल्प में केवल चौंकाने के उद्‍देश्य से साधना नहीं करते। विषय भी वे आस-पास से ही चुनते हैं। उनकी कहानियों में मध्यवर्गीय परिवार और संघर्षों के बीच राह तलाशते हुए हर संकट से जूझकर आगे बढ़नेवाले पात्रों की चमक देखते ही बनती है।

मोक्षगुंडम विश्वेश्वरैयाजी पर उनका चर्चित उपन्यास भी है, जिससे उन्हें भरपूर यश मिला। एक सिद्धांतनिष्ठ इंजीनियर की दूरदृष्टि और विशेषज्ञता ने इतिहास में उन्हें कितने ऊँचे पायदान में खड़ा कर दिया, इसे उपन्यास में अश्विनीजी ने बखूबी दरशाया है।

अपने व्यवसाय को लेखन का विषय बनाना कठिन होता है, यह एक मान्यता है, लेकिन कुछ लोग इस मान्यता को झुठलाते हैं। अश्विनीकुमार दुबे ने अपने रोजगार से जुड़े संसार का रेशा-रेशा अलग करने का प्रयास बहुतेरी कहानियों में किया है।

इन कहानियों के माध्यस से वे समग्र समाज के अंतर्द्वंद्व को सामने रखने में सफल हुए हैं। दांपत्य जीवन, संयुक्त परिवार, गाँव और शहर में बँटा हुआ खेतिहर परिवार, मध्यमवर्गीय आकांक्षा, स्वप्न से जुड़कर जीनेवाला समाज, अँधेरों में आंतरिक संवेदना और भीतरी समझ की रोशनी के सहारे सही रास्ते पर चलते हुए मंजिल तक जाने की जिद में जीते हुए, मूल्यों से जुड़े बहुसंख्यक लोग

इनकी कहानियों में आते हैं। ये लोग अपनी विलक्षणता से हमें जीने का साहस देते हैं। समाज टूट रहा है, मगर इसे अपनी सहृदयता और उदारता से जोड़ने के लिए संकल्पित लोग भी अपनी भूमिका निभा रहे हैं। इस समाज में चालाक, कुटिल, स्वार्थी, षड्यंत्रकारी लोग हैं, तो इसी समाज में परोपकारी, चरित्रनिष्ठ, सिद्धांतवादी और समाज तथा राष्ट्र के लिए जीनेवाले सजग लोग भी हैं। इन दोनों सिरों के बीच द्वंद्व देखते ही बनता है। इन कहानियों में इन्हीं द्वंद्वों की तसवीरें हैं, जो हमें आश्वस्त करती हैं कि जीत हमेशा सच्चाई और निष्ठा की ही होती है।

कुछ कहानियों के पात्र मुझे मेरी दुनिया से बहुत गहराई से जुड़े हुए भी लगे। इनमें 'लल्लन बाबू' भी। मुझे कहानी पढ़ते हुए 'देशबंधु' के साहित्य संपादक–प्रखर पत्रकार और उदार गुरु राजनारायण मिश्रजी याद आते रहे। कई–कई लोगों को मिलाकर भी एक बड़ा चरित्र गढ़ा जाता है। इस कहानी में भी कई व्यक्तित्वों से कुछ–कुछ विशेषताओं को एकत्र कर अश्विनीकुमार दुबे ने लल्लन बाबू को सिरजाया है।

'बँटवारा', 'संदेह' एवं 'सुआपंखी साड़ी' पारिवारिक जीवन के द्वंद्वों की कहानियाँ हैं तो 'चैक बुक' बदलते हुए भारत की अंदरूनी हलचल की कहानी है। गाँव किस तरह धीरे–धीरे बदल रहे हैं, सामंती व्यवस्था की जड़ें किस तरह खोखली हो रही हैं, शिक्षा ने मनुष्य को भीतर से कितना बली बनाया है। यह सब इस कहानी में है। 'डूबते हुए' नए ढंग की प्रभावी कहानी है। इसमें अश्विनी दुबे ने अभिनव प्रयोग भी किया है और लोक जीवन में रचे–बसे कथा तत्त्व को भी महत्त्व दिया है। 'वह पात्र' में वे पाठकों को चौंकाते भी हैं और चिर–परिचित भी लगते हैं।

'डैडी, चाचा कब आएँगे' और 'स्मृतियाँ' जैसी कहानियाँ कम लिखी जाती हैं। ये कहानियाँ अनुभवी और जीवन में मूल्यवत्ता की महत्ता समझनेवाली पीढ़ी की अहमियत की कहानियाँ हैं। हड़बड़ी में बहुत जल्दी सब कुछ बटोरने के लिए व्याकुल, कम समझ रखनेवाले परिजनों की सीमा निर्धारित करनेवाली ये कहानियाँ अपने रचाव का नया आस्वाद देती हैं।

सामंतवादी सोच में जीनेवाला समाज स्त्री को दोयम दर्जे की नागरिकता देकर क्या खो सकता है, यह संदेश 'बदचलन' कहानी में है। इस संग्रह में एक व्यंग्य कथा भी है—'महानता'।

संग्रह की कई कहानियों में अश्विनी दुबे ने लेखकीय दुनिया के अंतर्द्वंद्वों को स्पष्टता से शब्दबद्ध किया है। 'पेड़' एवं 'कहानी शांतिनगर की' इस संग्रह की विशिष्ट कहानियाँ हैं। कॉलोनियाँ किस तरह बनती हैं। अराजकता को ही अपनी शक्ति का स्रोत माननेवाले भू-माफिया समाज को किस तरह खोखला करने के लिए संगठित शक्ति के सहारे आगे बढ़ रहे हैं। उन्हें न नियमों का डर है, न वे जीवन-मूल्यों को तरजीह देते हैं। वे सिर्फ हासिल करना ही जानते हैं। हिंसा, फरेब, षड्यंत्र और कूटरचना के कारण समाज की ये विध्वंसक शक्तियाँ आज कहाँ आ पहुची हैं!

मैं भाई अश्विनीकुमार दुबे के व्यक्तित्व और कृतित्व का प्रशंसक हूँ। वे चाहते तो हिंदी के दिग्गज कथाकारों से भूमिका लिखवा सकते थे, मगर उन्होंने समकालीन सहयात्री को यह अवसर दिया, यह उनकी उदारता और प्रीति ही है।

शुभकामनाएँ...

—परदेशीराम वर्मा
एल.आई.जी.-18
आमदी नगर, हुडको, भिलाई (छत्तीसगढ़)

अनुक्रम

पेड़

माधवपुर नाम है गाँव का। बाहर मील का पत्थर लगा है, उस पर माधवपुर ही लिखा है। धीरे-धीरे बोलचाल में लोग माधोपुर कहने लगे। गाँव की ग्राम पंचायत कार्यालय में गाँव का नाम माधोपुर लिखा है। इस प्रकार इस गाँव का नाम भगवान् श्रीकृष्ण के नाम पर है—माधोपुर।

गाँव के बुजुर्ग बताते हैं कि बहुत साल पहले यहाँ एक संत पुरुष हुए, जिन्हें लोग 'पलपल बाबा' कहा करते थे। यह उनका असली नाम नहीं था। किसी को उनका असली नाम नहीं मालूम। वे गाँव में हर किसी से कहा करते—"कोई गलती मत करना। आगे पल-पल का हिसाब लिया जाएगा।" बस इसके अलावा उनका कोई उपदेश किसी को याद नहीं है। 'पल-पल का हिसाब लिया जाएगा', वे इस वाक्य को दिन में कई बार दोहराते रहते। हर मिलनेवाले से सिर्फ यही कहते। धीरे-धीरे लोग उन्हें 'पलपल बाबा' कहने लगे।

वे गाँव के बाहर पगडंडी के किनारे एक झोंपड़ी में रहते थे। एक शिवरात्रि को उन्होंने घोषणा कर दी कि सुबह मैं परलोक गमन करूँगा। लोगों को उनकी बात का भरोसा नहीं हुआ, फिर भी उनके चाहनेवाले उनकी झोपड़ी के सामने इकट्ठे हो गए। पलपल बाबा अपनी झोंपड़ी के द्वार पर तखत लगाकर चुपचाप पद्मासन में बैठ गए! सामने उनके भक्तगण रात भर शिव स्तोत्र गाते रहे। भोर की पहली किरण के साथ बाबा अपने आसन से उठे, उन्होंने नीम का एक पौधा मँगवाया और उसे आश्रम के सामने पगडंडी के किनारे रोप दिया। पुनः तखत पर बैठते हुए वे बोले, "अब मेरे जाने का समय हो गया। मेरा कहा हमेशा याद रखना, पल-पल का हिसाब लिया जाएगा। मैं अपनी विरासत के रूप में यह नीम

का पौधा छोड़े जा रहा हूँ! इसका खयाल रखना।" इतना कहकर उन्होंने हमेशा के लिए आँखें बंद कर लीं। यह कहानी माधोपुर में हर किसी की जुबान पर है। वह छोटा-सा नीम का पौधा अब एक विशाल वृक्ष बन चुका है और पगडंडी की जगह कई सालों पहले पक्की सड़क बन चुकी है।

माधोपुर गाँव में सड़क के एक किनारे विशाल नीम का वृक्ष देखते ही बनता है। यों कहें कि यह गाँव के प्रवेश द्वार पर खड़ा हुआ एक सजग प्रहरी है, सिर्फ प्रहरी कहने से काम नहीं चलेगा। इस वृक्ष को पूरे ग्राम परिवार का मुखिया कहना ज्यादा ठीक होगा। पलपल बाबा कब हुए? ठीक-ठीक सन्, संवत् कोई नहीं बताता। गाँव के बूढ़े, जवान और बच्चे यही बताते हैं कि पलपल बाबा की कहानी हमने अपने बुजुर्गों से सुनी है। हाँ, जितना पुराना यह नीम का पेड़ है, उतनी ही पुरानी पलपल बाबा की कहानी है।

जब गाँव में पहली बार पंचायत बनी, तब सरपंच महोदय ने सबसे पहले इस पेड़ के नीचे चारों तरफ बड़ा सा गोलाकार चबूतरा बनवा दिया था।

चबूतरे के बाद भी एक बड़े क्षेत्र में इस पेड़ की छाया फैली रहती है। सड़क के जिस ओर यह वृक्ष है, उसी ओर गाँव बसा हुआ है। दूसरी ओर खेत और जंगल हैं, बस्ती नहीं है। गाँव के लोग फारिग होने उसी तरफ जाते हैं। लौटते समय नीम की टहनी तोड़कर दातून चबाते हुए घर की ओर प्रस्थान करते हैं।

गाँव के पहले सरपंच ने पेड़ के नीचे बड़ा चबूतरा बनवाया, पलपल बाबा के प्रति कृतज्ञता व्यक्त की। दूसरे सरपंच ने सरपंची सँभालते हुए सबसे पहले पेड़ के पास चबूतरे के निकट एक हैंडपंप लगवा दिया। सड़क के किनारे एक छायादार वृक्ष, बैठने के लिए चबूतरा और पानी पीने के लिए हैंडपंप। राहगीरों को और क्या चाहिए?

जब कोई भी सड़क से गुजरता, चाहे वह पैदल यात्री हो, दुपहिया वाहनवाला या चौपाया वाहनवाला हो, हर कोई थोड़ी देर पेड़ के नीचे बैठकर जरूर सुस्ताता, जैसे पेड़ ही यात्रियों को प्रेम से बुलाकर सुस्ताने और जल पी लेने का आग्रह कर रहा हो।

पेड़ बहुत पुराना है, उससे जुड़े हुए किस्से भी उतने ही पुराने हैं। एक बार

गाँव में भीषण अकाल पड़ा। गाँववाले दाने-दाने के लिए मोहताज हो गए, परंतु राजा के कारिंदे लगान वसूलने के लिए जोर-जबरदस्ती करते रहे। कई लोगों को पकड़कर उन्होंने कोड़ों से पीटा, परंतु किसान लगान पटाने के लिए तैयार नहीं हुए, अंत में गाँववालों के आग्रह पर राजा हाथी पर बैठकर एक दिन अपने लाव-लश्कर के साथ माधोपुर पधारे। नीम के पेड़ के नीचे ही उन्हें आसन लगाकर बैठाया गया। राजा के मातहतों का कहना था कि गाँववाले लगान पटा सकते हैं। वे पटाना नहीं चाहते। इन्होंने माल दबाकर रखा हुआ है। राजा ने गाँववालों की बातें सुनीं। सबने एक स्वर में कहा, "महाराज, क्षेत्र में भीषण अकाल पड़ा है। हमें परिवार का पेट पालना मुश्किल पड़ रहा है। आपका लगान कहाँ से दें?"

गाँव के बुजुर्ग जानते थे कि राजा कोई दयावान नहीं है। वह बात-बात पर लोगों को कोड़ों से पिटवाता है। उसने किसी साल किसी गाँव में लगान माफ नहीं किया। दूसरे गाँववालों ने घर का सामान बेचकर राजा का लगान पटाया, परंतु राजा को दया नहीं आई। माधोपुर में राजा का एक नया रूप देखने को मिला। उसने पेड़ की शीतल छाँव में बैठकर गाँववालों की बातें पूरे ध्यान से सुनीं और द्रवित हुआ। उसने अपने कारिंदों, जो कि अपने कोड़ों को हवा में लहराते हुए गाँववालों को पीटने के लिए तैयार खड़े थे, को कड़ाई न करने के आदेश दिए। राजा को पहली बार गाँववालों की बातों पर भरोसा हुआ और इस वर्ष पूरे क्षेत्र में उसने लगान वसूली माफ कर दी। माधोपुर के साथ क्षेत्र के आठ-दस गाँववालों का भी भला हुआ। वे लोग अपने गाँव से माधोपुर के निवासियों को धन्यवाद देने आए।

अकाल के दिनों में लगान माफ हो गया, गाँववालों के लिए आशा के विपरीत यह बहुत खुशी की बात थी। गाँववालों ने उस समय हृदय से पलपल बाबा को याद किया। उनका विश्वास था कि नीम के पेड़ के नीचे बैठकर राजा ने गाँववालों के हित में फैसला लिया, यह पलपल बाबा की ही कृपा है, क्योंकि वह पेड़ बाबा ने अपने हाथों से लगाया था।

गाँव में उन दिनों भी जमीन-जायदाद के झगड़े हुआ करते थे। आज भी होते हैं! गाँववाले बताते हैं, एक बार ठाकुरबाड़ी और हरिजन बस्ती के लोगों में

जबरदस्त झगड़ा हुआ। कारण वही जमीन और फसल का। हरिजन बस्ती के कुछ किसानों की उस साल बहुत अच्छी फसल आई और बड़े ठाकुर साहब के खेतों की फसल में कीड़े लग गए। ठाकुर साहब का मन हरिजन बस्ती के किसानों की फसल देखकर मचल गया। उन्होंने सरेआम पूरी फसल अपने आदमियों से कटवाकर अपने यहाँ रखवा ली। हरिजन बस्ती के सब लोग एक हो गए। पूरे ठाकुर परिवार का कत्ल करने की योजना बन गई। ठाकुर साहब का कहना था कि वे खेत उनके अपने हैं। वर्षों पहले उनके पुरखों ने गुजर-बसर करने को थोड़े समय के लिए हरिजन बस्तीवालों को दे दिए थे। इसलिए उन खेतों पर हुई फसल उनकी है। बड़े ठाकुर जानते थे कि झगड़ा बढ़ेगा, इसलिए उन्होंने अपने लठैतों के अलावा दूसरे गाँव से भी कई लठैत बुलवा लिये, अब किसी भी दिन घमासान हो सकता था। दोनों पक्ष एक-दूसरे पर जानलेवा हमला करने की तैयारी में थे।

गाँव के इकलौते शिव मंदिर के पुजारी राम खिलावन ने गाँव पर मँडरा रहे खतरे को देखते हुए दोनों पक्षों से बातचीत की और एक दिन उसी नीम के पेड़ के नीचे दस गाँव के मुखिया आए और महापंचायत हुई। माधोपुर के बड़े ठाकुर दस गाँव से आए ग्राम प्रधानों के सामने ज्यादा नहीं बोल पाए।

सब लोगों ने एक स्वर में कहा कि हम लोग वर्षों से उन खेतों पर हरिजनों का अधिकार देखते आए हैं। इस साल जब आपकी फसल में कीड़े लग गए, तब हरिजनों की फसल आपकी कैसे हो गई? यह सरासर गलत है। हरिजन बस्ती के किसानों को उनकी फसल वापस मिलनी चाहिए। बड़े ठाकुर एक दाना भी वापस करने के मूड में नहीं थे, भले ही आज खून की नदियाँ बह जाएँ। पुजारी राम खिलावन ने उन्हें प्रेम से समझाया, "पलपल बाबा कहा करते थे, कोई गलती मत करना। आगे पल-पल का हिसाब लिया जाएगा। आप उनके शब्दों को याद करिए।"

बड़े ठाकुर चुप रहे! कुछ बोले नहीं। उनके लठैत तैयार थे। ठाकुर साहब का इशारा मिलते ही वे इस महापंचायत में भी बलवा मचा सकते थे। पुजारीजी ने इस महापंचायत में दस गाँव के मुखिया लोगों को जान-बूझकर बुलाया था, ताकि बड़े ठाकुर पर पर्याप्त जन दबाव बन सके। माधोपुर के मुखिया तो उनकी

जात-बिरादरी के थे। वे और पूरे गाँव के लोग भी बड़े ठाकुर को समझाते तो वे माननेवाले नहीं थे। ठाकुर साहब की पूरी फसल किसी अज्ञात बीमारी से बुरी तरह बरबाद हो गई थी। समय रहते वे उसकी देखभाल नहीं कर पाए। हरिजनों के खेत में अच्छी फसल आई तो उनकी नीयत डोल गई, अब यदि वे हरिजनों को उनकी फसल, जिसे कटवाकर उन्होंने अपने ओसारे में रखवा लिया है, वापस करते हैं तो गाँववालों पर उनका दबदबा कम हो जाएगा और अपने परिवार के लिए किसी जमींदार से फसल उन्हें खरीदनी पड़ेगी। दोनों स्थितियों का सामना करना बड़े ठाकुर के लिए कठिन था। पुजारीजी उनके मन में चल रहा ऊहापोह जानते थे। पंचों का फैसला स्पष्ट था कि बड़े ठाकुर को हरिजन किसानों की फसल उन्हें वापस करनी चाहिए।

पुजारीजी ने एक सुझाव दिया, "माधोपुर, पलपल बाबा का गाँव है। हम लोग यहाँ मिल-जुलकर रहते हैं और एक-दूसरे के दुःख-सुख में काम आते हैं। इस वर्ष बड़े ठाकुर की पूरी फसल बरबाद हो गई है। हम सबको उनके साथ सहानुभूति होनी चाहिए। ठाकुर साहब अपने ओसारे में रखी हुई फसल में से आधी तत्काल हरिजन किसानों को सौंप दें और आधी उन पर उधार रहेगी। आगे जब भी उनके खेतों में अच्छी फसल आएगी, तब वे शेष आधी फसल हरिजनों को बाद में सौंप देंगे।" हरिजनों की टोली एवं पंचों की ओर देखते हुए उन्होंने कहा, "बोलो भैया, आप लोगों की क्या राय है?"

कुछ देर तक पंचायत में मौन पसरा रहा, फिर हरिजनों में कानाफूसी हुई। थोड़ी देर बाद हरिजन टोली के मुखिया ने कहा, "हमें मंजूर है।" अब बड़े ठाकुर की बारी थी, वे क्या कहते हैं? वे चुप थे। गंभीर थे। मन-ही-मन जाने क्या सोच रहे थे? पंचों ने उन्हें समझाया, "ठाकुर साहब, इससे अच्छा फैसला कोई नहीं हो सकता, अब इसे मान लीजिए। इसी में सबकी भलाई है।" अंततः बड़े ठाकुर ने पंचों का फैसला स्वीकार कर लिया।

झगड़ा बहुत बड़ा था। दोनों पक्षों की भिड़ंत में लाशें बिछ सकती थीं। पलपल बाबा के द्वारा लगाए गए पेड़ के नीचे बैठकर कैसा अद्भुत फैसला हुआ। लोगों का इस बात पर विश्वास बढ़ चला कि इस पेड़ के नीचे बैठने से बाबा की कृपा हम लोगों पर बरसती है। बाबा सबका भला चाहते हैं। राजा-

महाराजाओं का राज गया। स्वदेशी शासन आया। विनोबाजी गाँव के पासवाली सड़क से गुजर रहे थे। उन्होंने अच्छा घना छायादार नीम का पेड़ देखा। वे अपने दल सहित वहीं रुक गए। गाँव में हल्ला हो गया, विनोबाजी आए हैं! देखते-ही-देखते वहाँ पूरा गाँव इकट्ठा हो गया! विनोबाजी उन दिनों भूदान आंदोलन चला रहे थे। उन्होंने गाँववालों को संबोधित करते हुए बड़े किसानों से भूदान करने का आह्वान किया। विनोबाजी का व्यक्तित्व इतना प्रभावशाली था कि उनका आग्रह सहसा टाल पाना किसी के लिए भी मुश्किल था। कुछ किसान आगे आए और उन्होंने स्वेच्छा से भूदान किया। विनोबाजी ने वहीं वह जमीन हरिजन बस्ती के भूमिहीन मजदूरों को दान में दे दी। इससे गाँव में प्रसन्नता का वातावरण बना। गाँववालों ने दानदाता किसानों की प्रशंसा की और विनोबाजी के लिए जयकारे लगाए। बड़े-बूढ़ों ने बताया कि यह नीम के पेड़ का प्रताप है, इसकी छाँव में आते ही लोगों का मन पवित्र हो जाता है। इस पेड़ की छाँव में बैठकर कोई गलत काम नहीं कर सकता, क्योंकि पलपल बाबा कहा करते थे कि कोई गलती मत करना, आगे पल-पल का हिसाब लिया जाएगा।

गाँव के गवैया पं. दीनानाथजी, जो शिव मंदिर में अकसर भजन गाया करते थे और घर पर कुछ शिष्यों को संगीत सिखाते थे। उनकी इकलौती बेटी की शादी हुई। पास के गाँव पीथमपुर से बारात आई थी, वैसे तो पंडितजी ने गाँव के प्राइमरी स्कूल में जनमासे की व्यवस्था की थी, परंतु लड़के के पिता और बारातियों ने पेड़ के नीचे कनात लगाकर ठहरना उचित समझा। लड़के के लिए स्कूल में एक कमरा सुरक्षित कर दिया गया। शेष बाराती पेड़ के नीचे ही रुके। वैशाख का महीना। नीम के पेड़ में खूब फूल आए थे। दोपहर में उसके नीचे बैठने में बहुत सुकून था। बारातियों के लिए घर-घर से चारपाई, गद्दे, तकिए और चादरें आ गईं। नीम के पेड़ के नीचे बारातियों का खासा मजमा जमा। अगले दिन बारातियों को विदा के पश्चात् पीथमपुर जाना था। गाँववालों ने जाने ही नहीं दिया। अलग-अलग घरों से निमंत्रण आने लगे। पंडितजी के चाहनेवालों ने एक-एक दिन अपनी तरफ से बारातियों का आदर-सत्कार किया। इस प्रकार बारात को पूरे सात दिनों तक माधोपुर वालों ने अपने गाँव में रोके रखा। सुबह-शाम बढ़िया भोजन की व्यवस्था रहती और दोपहर में पंडितजी के शिष्य

अपनी गायन विद्या का कमाल दिखाते। सप्ताह भर बाद जब लड़के के पिता ने गाँववालों से हाथ जोड़कर घर जाने की इजाजत माँगी, तब कहीं जाकर गाँववाले उनकी विदाई के लिए तैयार हुए। इस प्रकार इस पेड़ के नीचे बारातियों का स्वागत-सत्कार उनके लिए यादगार हो गया।

माधोपुर से कोई बिटिया विदा होकर जाती तो डोली थोड़ी देर के लिए उस नीम के पेड़ के नीचे जरूर रुकती। इसी प्रकार दूसरे गाँवों से बेटियाँ ब्याह कर माधोपुर आतीं, तब भी गाँव के प्रवेश द्वार पर नीम का पेड़ ही डोली का स्वागत करता। डोली थोड़ी देर वहाँ रुकती। कहार सुस्ताते, फिर आगे बढ़ते।

सड़क के किनारे ही कोस भर दूर तलैया के किनारे गाँव का इकलौता श्मशान स्थल है। जीवन नश्वर है। एक दिन सबको जाना है। गाँव से उठनेवाली हर अर्थी नीम के पेड़ के नीचे रखी जाती। पेड़ फूल और पत्ते गिराकर अपनी श्रद्धांजलि अर्पित करता, फिर अर्थी सड़क मार्ग से श्मशान घाट ले जाई जाती। इस प्रकार अंतिम यात्रा में भी पेड़ की उपस्थिति लोगों को याद रहती।

जानें कितनी घटनाएँ उस पेड़ से जुड़ी हुई हैं।

समय बीतता गया। सड़क के दूसरी तरफ भी लोगों ने खेतों में प्लॉट काटकर जमीनें बेचनी शुरू कर दीं। कुछ पक्के मकान उस तरफ भी बन गए। गाँव में अब विकासखंड कार्यालय सड़क के उस पार खुल गया है। आसपास कुछ दुकानें भी बन गईं। गाँवों में नई पीढ़ी आ गई। कई लोग पढ़-लिखकर अच्छे पदों पर नियुक्त हुए। गाँव का विकास होने लगा। सड़क के दूसरी ओर नई कॉलोनियाँ बनने लगीं। गाँव में अब कोई भी नया मकान बनवाता तो सड़क के दूसरी ओर। नीम का पेड़ गाँव के विकास का साक्षी था।

एक दिन गाँववालों को विकास खंड अधिकारी ने बताया कि गाँव की मुख्य सड़क को अब हाइवे में परिवर्तित किया जाना है, अर्थात् अब यहाँ डबल लेनवाली सड़क बनेगी, इससे गाँव का और विकास होगा। आवागमन बढ़ेगा। राजधानी की तरफ जानेवाली तेज रफ्तारवाली बसें यहाँ से गुजरेंगी, माँग करने पर बसों का स्टॉपेज भी यहाँ हो जाएगा। इस प्रकार माधोपुर सीधे राजधानी से जुड़ जाएगा। हाइवे बन जाने से मालवाहक वाहनों का भी आवागमन बढ़ जाएगा। सड़क के किनारेवाली दुकानों की बिक्री बढ़ जाएगी। भविष्य में सड़क

के दोनों ओर नई दुकानें भी बनाई जाएँगी। इस प्रकार गाँव का खूब विकास होनेवाला है, जिसके लिए यह नीम का पेड़ काटना जरूरी होगा। यहीं से होकर सड़क की दूसरी लाइन गुजरेगी। नई बस्ती में जब हाइवे बनने की खबर आई, तब लोगों को बहुत अच्छा लगा, उन्हें इस बात से प्रसन्नता हुई कि माधोपुर अब सीधे राजधानी से जुड़नेवाला है। कुछ लोग तो सड़क के किनारे प्लॉट खरीदने पर विचार करने लगे। पुरानी बस्ती में कुछ बुजुर्गों को पेड़ के काटे जाने की बात अच्छी नहीं लगी। उन्होंने बी.डी.ओ. साहब से जाकर पेड़ को न काटने की विनती की।

बी.डी.ओ. साहब ने कहा, "आप एक पेड़ को बचाने के लिए गाँव का विकास नहीं रोक सकते। हाइवे बनाए जाने का निर्णय ऊपर से हुआ है। इसे नहीं बदला जा सकता। हाइवे तो यहाँ अवश्य बनेगा। कई लोग हाइवे बनाए जाने के निर्णय को लेकर बहुत उत्साहित हैं। आप थोड़े से लोगों को इस पेड़ को काटे जाने में क्या आपत्ति है?"

एक बुजुर्ग ने आगे बढ़कर कहा, "आप नहीं जानते बी.डी.ओ. साहब, यह पेड़ हमारे गाँव का सबसे बुजुर्ग नागरिक है। हमारे सुख-दुःख का साथी है। इसे हम खोना नहीं चाहते। कुछ उपाय करिए न, हम हाइवे बनाए जाने के विरोध में नहीं हैं। हाइवे बने, परंतु इस पेड़ को बचाया जाए।"

बी.डी.ओ. साहब हँसे और बोले, "यह बहुत मुश्किल है। इतना बड़ा निर्णय ऊपर से होगा। वहाँ तक मेरी पहुँच नहीं है। नई बस्तीवाले भी आपके पक्ष में नहीं हैं, वे विकास के पक्ष में हैं। वे इसके लिए आपका समर्थन नहीं करेंगे। वे तो चाहते हैं कि जल्द-से-जल्द हाइवे बन जाए। कई लोगों ने तो हाइवे के किनारे प्लॉट खरीदना तक शुरू कर दिया है। आप एक नीम के पेड़ की चिंता मत करिए। हम पुरानी और नई बस्ती में कई नीम के पेड़ लगवा देंगे।"

थोड़े से बुजुर्ग उस रात पुरानी एवं नई बस्ती में घर-घर जाकर हाइवे का मार्ग बदलने की प्रार्थना करने लगे। वे किसी भी तरह अपने प्यारे पेड़ को बचाना चाहते थे। अधिकांश लोगों ने उनकी बात का मजाक उड़ाया। युवा लोगों ने तो उन्हें विकास विरोधी और दकियानूसी तक कहा। बुजुर्गों ने युवकों को समझाने की पूरी कोशिश की। उनका कहना था कि हम विकास विरोधी नहीं हैं। हाइवे

बस्ती के पीछेवाली पड़त भूमि से भी निकाला जा सकता है। ऐसा करने से हमारे गाँव का यह महत्त्वपूर्ण पेड़ बच जाएगा। नई बस्तीवालों ने उनका उपहास किया। पुरानी बस्ती के भी बहुत लोग हाइवे का मार्ग बदलने के पक्ष में नहीं थे। बुजुर्ग जब उस पेड़ से जुड़ी अपनी स्मृतियों का जिक्र करते, तब सुननेवाले उन्हें पुरानी बातें कहकर टाल जाते और उन्हें ही समझाने लगते कि आप लोगों के इन्हीं रूढ़िवादी विचारों के कारण माधोपुर एक पिछड़ा हुआ गाँव है। गाँव के बगल में हाइवे बन रहा है, आप लोगों को तो खुश होना चाहिए, इससे गाँव का विकास होगा।

वे अपनी बातें बार-बार समझाते हुए कहते, "हम विकास विरोधी नहीं हैं, परंतु ऐसा विकास हमें नहीं चाहिए, जो हमारी संस्कृति, सभ्यता और परंपराओं को ही निगल जाए। विकास ऐसे मार्गों से लाया जा सकता है, जिससे हमारी अस्मिता को कोई क्षति न पहुँचे।" उनकी किसी ने नहीं सुनी। कुछ दिनों बाद ही हाइवे निर्माण के लिए सड़क किनारे चूने की लाइन डाल दी गई। नीम का वह पेड़ लाइन के भीतर ही आता था। गाँव के बुजुर्ग फटी-फटी आँखों से यह देखते रहे और एक दिन वह पेड़ सड़क बनानेवालों ने जड़ समेत काटकर फेंक दिया। उस दिन गाँव के थोड़े से लोगों ने पलपल बाबा को खूब याद किया और उनके किस्से अपने परिवारवालों को सुनाए।

□

मृत्युबोध

वे सत्तर वर्ष के हैं। पत्नी की उम्र भी इसी के आसपास। घर में दोनों पति-पत्नी हैं। दो बेटे, दोनों ही विदेशों में। अच्छी नौकरी करते हुए। एक बेटी, जो अपनी ससुराल मुंबई में रहती है। उसके दो बेटे। बेटों के भी दो बेटे। उनसे मेरा परिचय डॉ. गुप्ता के क्लीनिक में हुआ। वे वहाँ ब्लड प्रेशर चेक कराने आए थे। मैं भी डॉक्टर साहब को अपने घुटने का दर्द बताने आया था। वहीं उनसे मुलाकात हुई। वे रिटायर कलेक्टर हैं। जीवन भर बड़े पद पर रहे। आज भी घर में सारी सुख-सुविधाएँ हैं, पर सुविधाओं से क्या सुख मिल जाता है?

वे सुबह मॉर्निंग वॉक में भी मिल जाते। प्रायः राजनीति पर बातें होतीं। राजनीति विषय ही ऐसा है, जिस पर देर तक बातें की जा सकती हैं। देश में बड़े परिवर्तन हो रहे हैं। पक्ष और विपक्ष की अलग-अलग राय है। सत्ता पक्षवाले यदि खुलकर हवा में साँस भी लें तो विपक्ष का उन पर आरोप रहता कि देश की अधिकांश ऑक्सीजन सत्तावाले अकेले-अकेले गटक रहे हैं। सत्ता पक्षवाले सदा यही कहते कि उन्होंने अपने कार्यकाल में ही देश की पूरी ऑक्सीजन समाप्त कर दी, अब ऑक्सीजन बची ही कहाँ है? हम लोग तो किसी प्रकार साँस ले रहे हैं, किंतु हम देश में ऑक्सीजन की कमी नहीं होने देंगे, भले ही हमें विदेशों से आयात करनी पड़े, हम करेंगे। इस प्रकार राजनीति के क्षेत्र में ऊटपटाँग बयानबाजी चलती रहती और हम लोग चटखारे लेकर उसकी चर्चा करते रहते।

उनके भीतर क्या चल रहा है? यह अभी तक मैं नहीं जान पाया था। मैं उनके घर पर जाने लगा। उनके घर की सुख-सुविधाएँ देखकर लगता था कि पति-पत्नी दोनों प्रसन्न हैं। धीरे-धीरे उन दोनों के मन की परतें खुलने लगीं।

पहले पत्नी ने एक दिन कहा, "भाई साहब, लोग एक बेटे को तरसते हैं। हमारे दो बेटे हैं। चार पोते और दो नवासे। बेटी-दामाद मुंबई में हैं। साल में एक-दो बार यहाँ आ जाते हैं। नवासों के रहते कुछ दिन अच्छे से कट जाते हैं। बेटे और पोतों के लिए तरसती रहती हूँ। दो-चार साल में कोई आ जाता है, परंतु उन्हें आते ही जाने की पड़ी रहती है। उनका यहाँ मन नहीं लगता। दोनों बहुएँ विदेशी हैं न। इस प्रकार हम तो अपने बेटों से कट गए।"

वे कलेक्टर रह चुके हैं। हर बात का उनके पास तयशुदा जवाब है। उन्होंने पत्नी को समझाते हुए मुझसे कहा, "हर माँ-बाप अपने बेटों को इसीलिए पढ़ाते-लिखाते हैं कि वे बड़े होकर अच्छे पदों पर जाएँ। खूब पैसा कमाएँ और सुखपूर्वक रहें। इस प्रकार हमारे दोनों बेटे सुखी हैं, संपन्न हैं। हमें उनसे कुछ नहीं चाहिए।"

कहते-कहते उनका स्वर भरभराया। उन्होंने पानी मँगाकर पिया। मुझे समझते देर नहीं लगी कि वे पत्नी को नहीं, खुद को समझा रहे हैं। वे रिटायर हैं। अच्छी पेंशन मिलती है। सचमुच उन्हें बेटों से कुछ नहीं चाहिए, परंतु कुछ तो अवश्य चाहिए, इसीलिए तो उनका आज गला भर आया था।

धीरे-धीरे वे मुझसे बातचीत में खुलने लगे थे। उन्होंने जीवन भर अपनी नौकरी में एक अभिजात्य ओढ़कर रखा, अब भी किसी के साथ पूरी तरह खुल नहीं पाते, यह भी उनकी परेशानी का एक प्रमुख कारण है। वे अब रिटायर नागरिक हैं। सामान्य आदमी। यह सीधी सी बात अभी तक उनके जीवन में उतर नहीं पाई। वे कलेक्टर रहे हैं, यह बात उन पर सदा सवार रहती है, हालाँकि वे अब इस बात को झटके से अपने ऊपर से उतार देना चाहते हैं, परंतु अकसर उनकी कलेक्टरी उनके ऊपर हावी हो जाती है। उनकी पत्नी ने जरूर यह भाव कि वे एक कलेक्टर की पत्नी हैं, पूरी तरह उतार फेंका है। वे कॉलोनी की महिलाओं में बहुत लोकप्रिय हैं। सबके यहाँ जाती हैं। सबसे खूब मिलती-जुलती हैं। वे चाहकर भी ऐसा नहीं कर पाते। इसलिए अकेले पड़ते जा रहे हैं।

उस दिन सुबह ही मैं उनके घर गया। मैंने देखा कि वे अखबार का वह पेज खोलकर बैठे हैं, जिसमें मृत्यु और उठावनी के समाचार छपते हैं। मुझे देखते ही उन्होंने अखबार का पेज पलट दिया। वे समझ गए कि मैं क्या सोच रहा हूँ।

मेरे बिना पूछे ही वे भावुक अंदाज में बताने लगे, "आजकल इन समाचारों में मन अटक जाता है। पचास, साठ और सत्तर की उमरवाले लोग जा रहे हैं। इन समाचारों को पढ़ते हुए लगता है, मैंने अपनी उमर पूरी जी ली, अब मुझे भी चला जाना चाहिए।"

"कैसी बात करते हैं भाई साहब! इसी शहर में सौ वर्ष की उमरवाले लोग भी हैं। नब्बे और पंचानबे वर्ष की उम्र के कई लोग तो अपनी कॉलोनी में ही हैं। महान् इंजीनियर मोक्षगुंडम विश्वेश्वरैया कहा करते थे कि ईश्वर ने हर मनुष्य को सौ साल की आयु दी है। उससे पहले कोई मरता है तो अपनी गलतियों के कारण मरता है। वे स्वयं एक सौ दो वर्ष तक जिए।" मैंने उन्हें समझाना चाहा।

वे मुझसे बड़े हैं। पद में भी, उम्र में भी। वे कलेक्टर होकर रिटायर हुए। मैं इंजीनियर के पद से रिटायर हुआ। वे सत्तर के हो गए। मैं पैंसठ का होनेवाला हूँ। उन्होंने मेरी बात सुनकर मेरी तरफ उसी तरह देखा, जैसे ऑफिस में अपने किसी सब ऑर्डिनेट की तरफ देख रहे हों। मैंने महसूस किया कि उनके ऊपर मेरी बात का कोई असर नहीं हुआ। वे निराशा भरे स्वर में बोले, "जीवन में कुछ करने को नहीं बचा। बँगला बना लिया। गाड़ी ले ली। बच्चे सेटिल हो गए। बिटिया की अच्छी जगह शादी कर दी, अब मरना ही शेष रह गया है।"

"कैसी बातें करते हैं आप! जीवन में आगे आपको क्या करना है? यह तो आप ही तय करेंगे। ईश्वर की कृपा से इस उम्र में भी आपको कोई गंभीर रोग नहीं है। मेरे अनुसार तो आप सौ सालों से ज्यादा जिएँगे।" मैंने कहा।

भाभीजी चाय रखकर चली गईं, उन्हें महिला मंडल के एक भजन कार्यक्रम में जाना था। मैंने महसूस किया कि भाभीजी अपने आप को व्यस्त रखती हैं। कॉलोनी के महिला समाज में कहीं कोई कार्यक्रम हो, अवश्य जाती हैं। उनका घर पर रहना कम होता है। वे घर पर अकेले रह जाते हैं। पत्नी से भी बातें करने का उन्हें अवसर कम मिलता है, फिर पत्नी को अपनी मानसिक दशा बताते उन्हें संकोच होता है। पत्नी तो उन्हें एक दबंग अफसर मानती आई हैं, अब यदि वे कोई ऐसी–वैसी बात कह दें तो पत्नी कहीं उनकी हँसी न उड़ाएँ कि जीवन भर इतने दबंग अफसर रहे, अब बुढ़ापे में मौत से डर लगने लगा। मुझसे वे कैसे इतना खुलने लगे हैं, मुझे स्वयं समझ में नहीं आता। हम दोनों ने साथ में चाय

पी। अखबार पलटकर मैंने एक ओर रखा और उनसे कहा, "कुछ और पढ़िए। कोई अच्छा उपन्यास या कुछ भी, जो आपको अच्छा लगे।" जवाब में उन्होंने एक ठंडी सी 'हूँ' भरी। कुछ कहा नहीं।

वे किसी के यहाँ नहीं जाते। यों कॉलोनी में कई लोगों से उनकी जान-पहचान है। कई लोग उनसे मिलने भी आ जाते हैं, परंतु वे किसी के यहाँ नहीं जाते। मेरे कई बार कहने पर मेरे घर भी नहीं आए। बाद में मैंने कहना ही छोड़ दिया। मैं कुछ दिनों उनसे मिलने न जाऊँ तो उनका फोन आ जाता है, "आजकल क्या कर रहे हैं? कई दिन हो गए, आपसे मुलाकात नहीं हुई!"

मैं तुरंत कहता, "हाँ, इधर कुछ घरेलू कामों में व्यस्त था। कल सुबह आता हूँ, आपसे भेंट करने।"

मैं दूसरे दिन पहुँचा। वे रुमाल से नाक पोंछते और खाँसते मिले। मेरे बैठते ही कातर मन से बोले, "तबीयत बहुत खराब है। कल दिन भर से नाक बह रही है और खाँसते-खाँसते मेरा बुरा हाल है। मुझे लगता है कि मेरे जाने का वक्त आ गया है, अब मैं नहीं बचूँगा।" अंतिम वाक्य उन्होंने बहुत धीरे से बोला कि पत्नी कहीं सुन न लें। पत्नी ने अदरकवाली दो कप चाय सामने लाकर रखी और मुझसे कहने लगीं, "डॉक्टर गुप्ता को फोन करके बुलाया था। वे दवाएँ दे गए हैं। उनके अनुसार मामूली सर्दी-जुकाम है। एक-दो दिन में ठीक हो जाएगा।" इतना कहकर वे पड़ोस के किसी परिवार में कथा कार्यक्रम था, वहाँ चली गईं।

पत्नी के जाने के पश्चात् वे मुझसे खुले, "मैं अपनी पत्नी से कुछ नहीं कहना चाहता। डर जाएगी, फिर उसे सँभालूँगा कि अपने आप को। इसलिए मेरे साथ जो होना है, चुपचाप हो जाए। मैं उसका कोई प्रचार नहीं करना चाहता। तुम मेरे बहुत अंतरंग हो गए हो और समझदार हो, इसलिए तुमसे कुछ कह लेता हूँ। मैं अब यहाँ ज्यादा दिनों का मेहमान नहीं हूँ। मेरी उम्र पूरी हो गई।" कहते-कहते उनकी आँखें भर आईं।

"आपको मामूली सा सर्दी-जुकाम है। दो दिन में ठीक हो जाएगा और आप व्यर्थ का बखेड़ा बनाए हुए हैं। मौत अपने समय पर आएगी। आप उसे जबरदस्ती बुला रहे हैं। यह बात ठीक नहीं है।" मैंने अपनी प्रतिक्रिया व्यक्त की।

उन्हें मेरी बात का कोई जवाब तो नहीं सूझा, परंतु उनके मन की बेचैनी

शांत नहीं हुई। बताने लगे, "सुबह-सुबह एक पंडितजी आए थे। चेहरा देखकर ही बोले कि मार्केश लगा है। महामृत्युंजय का पाठ करिए। मैंने स्पष्ट कह दिया मेरा इन बातों में कोई भरोसा नहीं। वे कुछ नहीं बोले। उनके जाने के पश्चात् मेरा मन ज्यादा बेचैन है। कहने को तो मैंने उनसे कह दिया कि मेरा इन बातों पर कोई भरोसा नहीं और सचमुच मेरा इन बातों पर विश्वास नहीं है, परंतु मन सुबह से ही बहुत बेचैन है। मार्केश लगा है। महामृत्युंजय का पाठ करिए, जैसे किसी ने मन की झील में पत्थर फेंक दिया हो। लहरें शांत ही नहीं हो रहीं।"

"जब आपको इन बातों पर भरोसा नहीं है तो नहीं है, फिर इसमें बेचैनी की क्या बात है? इसका मतलब है कि आपके विचार दृढ़ नहीं हैं।" मैंने कहा।

अब उनका कलेक्टर उनके ऊपर हावी हो गया। वे बोले, "नहीं-नहीं, ऐसी बात नहीं है। मैं अपने विचारों में पूरी तरह दृढ़ हूँ। नहीं मानता मैं किसी ऐरे-गैरे पंडित की बात।"

मैंने कहा, "दवाइयाँ खाइए। अभी आपको नहीं मरना। सौ साल से ज्यादा जीना है आपको!" मैंने देखा, वे उत्साहित नहीं हुए। उसी प्रकार हताश-से बैठे रहे।

मेरे पास अंग्रेजी में एक अच्छा उपन्यास था। मुझे पढ़कर अच्छा लगा। मैंने सोचा, उन्हें दे आऊँ, उन्हें भी अच्छा लगेगा, यह सोचकर अगले दिन सुबह उनके घर पहुँच गया। भाभीजी ने बैठक में बिठाया। उनके कमरे से महामृत्युंजय पाठ के स्वर सुनाई दे रहे थे। मैं चुपचाप बैठा रहा। वे थोड़ी देर बाद बैठक में आए। मैंने वह उपन्यास उन्हें देते हुए कहा, "बहुत रोचक है। इसे पढ़िएगा। अच्छा लगेगा।" भाभीजी दो कप चाय रखकर पड़ोस में चली गईं। वे खुले, "दुबेजी, रात भर नींद नहीं आई, जब भी थोड़ी देर के लिए झपकी लगती तो सपने में लाशें-ही-लाशें दिखाई देतीं। कहीं मुर्दे जल रहे हैं। कहीं दफनाए जा रहे हैं। मैं बहुत घबरा गया। मैंने पत्नी को नहीं जगाया। नाहक परेशान होती। सुबह उठकर सोचा, पाठ कर लेने में क्या हर्ज है? इसीलिए अभी जब तुम आए, मैं वही कर रहा था।"

"आप किसी सायकेट्रिस्ट को दिखाइए।" मैंने कहा।

वे नाराज हो गए, "तुम क्या मुझे पागल समझते हो? मेरी पत्नी सुनेगी तो

क्या कहेगी! मैं मनोरोगी हो गया हूँ! मैं ऐसा हरगिज नहीं होने दूँगा। यह भी तो हो सकता है, जिसे थर्ड सेंस कहते हैं, वह काम कर रहा हो। मेरी मृत्यु सचमुच निकट आ रही है। आपके अलावा मैं अपने अनुभव किसी से शेयर नहीं कर सकता। लोग क्या कहेंगे?"

मैंने बात बदलनी चाही, "आपके लिए यह उपन्यास लाया हूँ। मैंने पढ़ा है। रोचक है। आप भी पढ़िए, अच्छा लगेगा।"

उन्होंने उलट-पलटकर उपन्यास देखा, फिर बेमन से एक ओर रख दिया। मुझे नहीं मालूम कि उन्हें उपन्यास आदि पढ़ने में रुचि है कि नहीं? रुचि होती तो उत्साहपूर्वक उपन्यास के विषय में कुछ पूछते। उन्होंने नहीं पूछा। मुझे लगा, इन्हें सचमुच सायकेट्रिस्ट की जरूरत है।

कुछ दिनों पश्चात् 15 अगस्त का दिन आया। कॉलोनी में यह उत्सव धूमधाम से मनाया जाता है। रहवासी संघवाले चौक पर ध्वजारोहण का कार्यक्रम रखते हैं, तत्पश्चात् कॉलोनी के बच्चे, युवक और महिलाएँ गीत-संगीत का कार्यक्रम करती हैं। बढ़िया नाश्ते और चाय के बाद आयोजन समाप्त हो जाता है। वे चाहते थे, रहवासी संघ के अध्यक्ष हो जाएँ, नहीं हो पाए। चुनाव लड़े थे, हार गए। वे वर्तमान अध्यक्ष को झंडा फहराते नहीं देख सकते, इसलिए इस कार्यक्रम में नहीं गए। उनकी पत्नी उत्साहपूर्वक गईं। उन्होंने वहाँ एक कविता भी सुनाई। लौटते वक्त वर्तमान अध्यक्ष ने भाई साहब का हालचाल पूछा। पत्नी ने बताया कि तबीयत कुछ नासाज-सी है, इसलिए नहीं आ पाए। अध्यक्ष महोदय ने मिठाई का एक डिब्बा भाई साहब के लिए उनके हाथों भिजवाया।

मिठाई का डिब्बा देखकर उन्हें गुस्सा आया, परंतु उन्होंने व्यक्त नहीं किया। पत्नी को गुस्से का स्पष्टीकरण देना पड़ेगा, जो ठीक-ठाक उनके पास नहीं है। मिठाई अच्छी थी। दो पीस गुलाब जामुन के भी थे, उनके मनपसंद। वे चाहते तो खा सकते थे। मिठाई उन्हीं के लिए भिजवाई गई थी। उन्होंने नहीं खाई, उन्हें वह डिब्बा देखकर लगा, जैसे रहवासी संघ का अध्यक्ष उनका मजाक उड़ा रहा है। उसी समय मैं उनके यहाँ पहुँचा। उन्होंने मिठाई का पूरा डिब्बा मेरी तरफ सरकाते हुए धीरे से कहा, "अध्यक्ष ने मुझे अपमानित करने के लिए यह डिब्बा भेजा है।" मैं समझ गया कि वे नहीं चाहते कि उनका कहा वाक्य उनकी

पत्नी सुनें। मैंने उनकी बात का कोई जवाब नहीं दिया। मैं 15 अगस्त के उस कार्यक्रम में गया था। वहाँ मैंने अपने हिस्से की मिठाई खा ली थी। उस डिब्बे में रखे दोनों गुलाब जामुन भी मैंने खा लिये। वे खुश हुए, अब यदि उनकी पत्नी पूछेंगी, "मिठाई खा ली?" तो वे सहजता से कह सकेंगे, "हाँ, मैंने अपनी पसंद के गुलाब जामुन खा लिये।"

मैंने उनसे कहा, "शाम को कॉलोनी के सभी सीनियर सिटीजन एक मीटिंग कर रहे हैं। सुबह के कार्यक्रम में लोगों ने तय किया था। आपको सूचना देने का दायित्व मुझे सौंपा गया था। चलना पसंद करेंगे?"

उन्होंने छूटते ही पूछा, "मीटिंग किसके बँगले पर है?"

मैंने बताया, "अपने वार्ड के पार्षद ललवानीजी के यहाँ।" वे सहज होकर बोले, "तब ठीक है। चल सकते हैं। आप आ जाना। हम अपनी कार से चलेंगे।" दोपहर के भोजन का वक्त हो गया था। मैं ज्यादा देर नहीं बैठा। 'हाँ' कहकर तुरंत वापस आ गया।

ललवानीजी बिजनेसमैन हैं। कम पढ़े-लिखे आदमी हैं, परंतु हमारे वार्ड के पार्षद हैं। राजनीति में उनकी अच्छी पैठ है। अगले विधानसभा चुनाव में उन्हें विधायक का टिकट मिलने की संभावना है। बहुत जोड़-तोड़वाले आदमी हैं। वे विभिन्न सामाजिक संगठनों में इसलिए सक्रिय रहते हैं कि आगे उन्हें विधायक का चुनाव लड़ना है। कल को वे प्रदेश में मंत्री भी हो सकते हैं। ललवानीजी के घर के अलावा किसी साधारणजन के यहाँ कोई मीटिंग आदि होती तो वे कतई वहाँ जाने के लिए हामी न भरते।

कॉलोनी में ललवानीजी का घर उनके घर से कोई फर्लांग भर की दूरी पर होगा। मैंने कहा भी, "चलिए पैदल ही चलते हैं।" उन्होंने मेरी बात अनसुनी की और गैरेज से कार निकाली। मुझसे बैठने को कहा। कार का ए.सी. ऑन किया। खुद ड्राइव करते हुए ललवानीजी के यहाँ पहुँचे। कॉलोनी में रहनेवाले सभी रिटायर अफसर, कर्मचारी एवं अन्य वृद्धजन बहुत संख्या में उपस्थित थे। स्वागत-सत्कार की औपचारिकता के पश्चात् ललवानीजी बोले, "वृद्धजनों की अपनी समस्याएँ हैं, अब बच्चों पर निर्भर रहने का जमाना नहीं रहा। सबको अपना बुढ़ापा अकेले काटना है, परंतु हम अकेले नहीं हैं, संख्या में देखें तो इस

कॉलोनी में ही सीनियर सिटीजन बहुत हैं। आज सुबह ही कुछ लोगों ने एक 'सीनियर सिटीजन क्लब' बनाए जाने की आवश्यकता पर जोर दिया। मुझे यह प्रस्ताव उचित लगा। इसलिए मैंने यहाँ यह मीटिंग आहूत की है। आप सब लोग मिलकर क्लब का एक प्रेसीडेंट चुन लें, ताकि क्लब की स्थापना कर उसकी गतिविधियों को आगे बढ़ाया जा सके।" इतना कहकर वे बैठ गए।

पार्षदजी के वक्तव्य के पश्चात् सभा में कानाफूसी होने लगी। लोग आपस में क्लब के प्रेसीडेंट पद के लिए नामों पर विचार करने लगे। प्रस्ताव के रूप में दो नाम आए। उन्होंने कान में मुझसे कहा, "आप मेरे नाम का प्रस्ताव करिए।" मुझे अच्छा नहीं लगा। उन्होंने मुझे फिर इशारा किया। मैंने संकोचवश खड़े होकर प्रेसीडेंट के लिए उनके नाम का प्रस्ताव कर दिया। मैंने देखा, सभा में कोई प्रतिक्रिया नहीं हुई। कुछ देर बाद एक नाम वापस ले लिया गया, अब उनके और एक रिटायर जज साहब के नाम पर सभा में हाथ उठवाए गए। इस प्रकार जज साहब सीनियर सिटीजन क्लब के अध्यक्ष चुन लिये गए। उनका चेहरा उतर गया, परंतु उन्होंने मुसकराते हुए जज साहब को बधाई दी।"

लौटते समय रास्ते में वे मुझसे कुछ नहीं बोले। कार से उतरकर जब मैं घर जाने लगा तो कहने लगे, "मेरी पत्नी से इस मीटिंग के विषय में कुछ मत कहना।" मैं चुपचाप सिर हिलाकर पैदल अपने घर की ओर जाने लगा। उनकी पत्नी से कुछ छुपा थोड़े ही है। वे ज्यादा सामाजिक हैं। दस जगह उनका उठना-बैठना है। कोई-न-कोई तो उन्हें बता ही देगा।

उनका मृत्युबोध बढ़ता ही जा रहा था। कहीं से भी कोई मौत की खबर सुन लेते तो घबरा जाते। पत्नी उनके खाने-पीने का बहुत खयाल रखती हैं, इसलिए स्वस्थ हैं। कोई गंभीर शारीरिक रोग उन्हें नहीं है। ब्लड प्रेशर की साधारण-सी गोलियाँ डॉ. गुप्ता ने सुझाई थीं, वे गोलियाँ ही उनकी पत्नी उनको नियमित देती रहती हैं।

एक दिन डॉ. गुप्ता ने मुझे खबर दी कि वे अपोलो में भर्ती हैं। दो-तीन दिन हुए मैं उनके घर जा नहीं पाया था। डॉ. गुप्ता से सूचना पाकर मैं आश्चर्यचकित रह गया। मैंने डॉक्टर साहब से पूछा, "क्या हो गया उन्हें?"

"कुछ नहीं। सर्दी-जुकाम बिगड़ गया। मैंने दवाइयाँ दी थीं, पता नहीं

उन्होंने समय पर खाई या नहीं? एक दिन तेज बुखार हो गया तो बहुत घबरा गए। मुझे बुलाया था। मैं देखने गया था। मुझे लगा कोई खास बात नहीं है। साधारण बुखार है। एक-दो दिन में ठीक हो जाएगा। वे अस्पताल जाने की जिद करने लगे, उन्हें लग रहा था कि वे ज्यादा बीमार हैं, फिर वे पति-पत्नी टैक्सी करके अपोलो चले गए, अब वहीं भर्ती हैं। इलाज चल रहा है।" डॉक्टर साहब ने मुझे बताया।

मैं समझ गया। वे मृत्युबोध से पीड़ित हैं। शाम को मैं उन्हें देखने अपोलो गया। स्पेशल वार्ड में भर्ती थे। पत्नी उस समय वार्ड में नहीं थीं, शायद किसी जरूरी काम से कहीं गई होंगी। वे मुझे देखकर लगभग रो पड़े। मैंने उन्हें ढाढ़स बँधाया, "कुछ नहीं हुआ है आपको। जल्द ही बिल्कुल ठीक हो जाएँगे।"

"नहीं, मैं अब ठीक नहीं होऊँगा। मेरे जाने का वक्त आ गया है। पत्नी को मैंने कहा है, विदेश से दोनों बच्चों को बुलवा लो। लड़की-दामाद को भी मुंबई से बुलवा लो। सबसे एक बार मिल लूँ, फिर जाने मुलाकात हो न हो। पत्नी नहीं मानतीं। कहती हैं, दो महीने बाद दिवाली है। त्योहार पर वैसे ही सब लोग आनेवाले हैं। अभी नाहक उन्हें परेशान क्यों करें? तुम उसे समझाओ। मेरी बात को गंभीरता से नहीं लेतीं।" उन्होंने अपने पास बिठाकर मुझसे कहा।

मैंने पूछा, "अभी कहाँ गई हैं भाभीजी?"

"घर गई हैं। रात में खाना लेकर आएँगी।" उन्होंने जवाब दिया।

मैं उनके पास कुछ देर बैठा रहा। इधर-उधर की बातें करता रहा, परंतु वे घूम-फिरकर अपनी बीमारी पर आ जाते और मौत की बातें करने लगते।

"कल सुबह आऊँगा।" इतना कहकर मैं चला आया। बाहर निकलकर मैंने उनके डॉक्टर से मरीज के विषय में पूछताछ की।

वे बोले, "कोई खास बात नहीं है। कुछ कमजोरी है। मौसमी बुखार है। जल्द ही ठीक हो जाएँगे।" मुझे संतोष हुआ।

मैं सीधे उनके घर गया। घर पर उनकी पत्नी से मुलाकात हुई। वे सहज थीं। अस्पताल में डॉक्टरों से उनकी भी बातचीत हुई थी। वे पति के लिए फलों का रस निकाल रही थीं। मैंने कहा, "भाभीजी, इन्हें किसी सायकेट्रिस्ट को दिखाइए।"

वे बोलीं, "भाई साहब, आप सही कह रहे हैं। रिटायर होने के बाद इनके ऊपर अभी तक कलेक्टर होना सवार है। वे इससे मुक्त ही नहीं हो पाते। भीतर-ही-भीतर मानसिक रूप से कमजोर हो रहे हैं, ऊपर से अपराजित योद्धा जैसा व्यवहार करते हैं। उन्हें समझना चाहिए कि अब वे एक साधारण नागरिक हैं। नहीं समझते।"

"उनका मृत्युबोध घना होता जा रहा है, इसलिए बच्चों को बुलाने की जिद कर रहे हैं। बीमारी उन्हें कुछ नहीं है।" मैंने कहा।

"शायद आप ठीक कहते हैं। आपोलो से आने के पश्चात् मैं इन्हें किसी सायकेट्रिस्ट को दिखाती हूँ। सबसे पहले तो मुझे इनके सिर से कलेक्टरी का भूत उतारना है। मुझे बात समझ में आ गई।"

वे अस्पताल से घर आए। उनकी पत्नी ने कुछ पड़ोसियों को परिवार सहित भोजन पर घर बुलाना चाहा। उन्होंने पूछा, "किसलिए?" पत्नी ने कहा, "आप स्वस्थ होकर घर आ गए, इस खुशी में।" उन्होंने कुछ उत्तेजित होकर कहा, "नहीं, बिल्कुल नहीं। मैं बीमार नहीं था। न हूँ। वो तो साधारण सा सर्दी-जुकाम हो गया था, इसलिए अस्पताल जाना पड़ा, अब पूरी तरह स्वस्थ हूँ। बिना किसी कारण के यों लोगों को बुलाकर खाना खिलाना मुझे अच्छा नहीं लगता। मत करो कोई तामझाम।"

"खुश रहने के लिए किसी कारण की प्रतीक्षा नहीं करनी होती। कारण बना लिये जाते हैं। हमारे घर आकर कुछ पड़ोसी भोजन करेंगे। आपको लंबी आयु की शुभकामनाएँ देंगे। मुझे अच्छा लगेगा।" पत्नी ने कहा।

"परंतु मुझे अच्छा नहीं लगेगा। मुझे इस तरह साधारण लोगों को घर बुलाकर, उनके साथ बैठकर बातचीत करना अच्छा नहीं लगता। हमारा एक स्तर है। हमें उस स्तर से नीचे नहीं गिरना चाहिए।" इस तरह उन्होंने पत्नी को झिड़क दिया।

दोपहर को मैं उनके घर, उनका हालचाल जानने गया। वे मेडिकल स्टोर तक दवा लेने गए थे। भाभीजी ने बैठने को कहा, फिर बोलीं, "आपके भाईसाहब अफसर थे, जीवन भर अफसर ही बने रहना चाहते हैं। मैं उन्हें साधारण आदमी

बनाने में हमेशा असफल रही।" इतना कहकर उन्होंने सुबह का सारा वाकया मुझे बता दिया।

वे मेडिकल स्टोर से आ गए। चेहरे से खुश नहीं लगे, शायद सुबह से ही पत्नी की बात पर नाराज थे। मैंने पूछा, "तबीयत कैसी है ?"

झल्लाकर बोले, "आपको बीमार लगता हूँ?" मैं समझ गया, इनका अवसाद चरम पर है।

मैंने तुरंत कहा, "वही तो मैं कह रहा हूँ कि आप पूरी तरह स्वस्थ हैं। वो तो मामूली से सर्दी-जुकाम के कारण आपको अस्पताल में भर्ती होना पड़ा।" सुनकर वे खुश हुए।

पत्नी ने सामने चाय रखते हुए उनसे कहा, "आजकल आपको गुस्सा बहुत आता है। मैंने गूगल पर शहर के एक प्रसिद्ध सायकेट्रिस्ट को सर्च किया है। आप उसके पास चलेंगे ?"

अब तो उनका गुस्सा सातवें आसमान पर था, "मुझे पागल समझती हो क्या ? पड़ोसियों को भोजन कराने के तुम्हारे प्रस्ताव को मैंने नकार दिया तो तुमने मुझे पागल समझ लिया !"

मैंने बात सँभाली, "भाभी को ऐसा लगा होगा कि अस्पताल में लगातार दवाइयाँ लेने और अनियमित भोजन के कारण शायद आपको गुस्सा आने लगा हो, इसलिए उन्होंने गूगल पर किसी सायकेट्रिस्ट को सर्च कर लिया। मैं जानता हूँ, आप पूरी तरह फिट हैं। एक-दो दिन में भाभी को भी यही लगने लगेगा।"

अब भाभी की बारी थी। उन्होंने कहा, "भाईसाहब ठीक कहते हैं। आप पूरी तरह फिट हैं। मैंने तो यूँ ही आपसे पूछ लिया कि अस्पताल की गोलियाँ तो चल ही रही हैं, किसी सायकेट्रिस्ट से भी मिलना चाहें तो…।"

वे शांत हुए। मैंने विषय बदला, "आपको कुछ दिनों पूर्व मैंने एक प्रसिद्ध उपन्यास पढ़ने को दिया था। कैसा लगा ?"

वे बोले, "अभी पढ़ा नहीं, अब पढ़ूँगा। बच्चों को देखने का मन है। बेटी, बेटे, बहुएँ, नाती, पोते आ जाते तो एक बार उनको जी भरकर देख लेता।"

"दीपावली आने में अब ज्यादा दिन नहीं हैं। त्योहार पर सब लोग आएँगे। उस समय सबसे अच्छी तरह मिल लीजिएगा।" मैंने उन्हें दिलासा दिया।

कुछ देर उनसे इधर-उधर की बातें करके मैं चलने को हुआ। भाभीजी मुझे गेट तक छोड़ने आईं और कहने लगीं, "आपके भाई साहब की बीमारी ठीक नहीं हो सकती। बीमार जब बीमारी को अस्वीकार कर दे, तब उसका ठीक होना मुश्किल होता है।"

मेरे पास कोई जवाब नहीं था। मैं चुपचाप उनसे नमस्ते करके अपने घर आ गया।

□

स्मृतियाँ

वे अपने आप को एक असफल इनसान मानते हैं, अब पचहत्तर की उम्र में क्या सफलता और क्या असफलता! जीवन पूरा बीत गया। थोड़ा सा जीवन शेष बचा है। इसे किस काम में लगाएँ? इस संबंध में अभी तक वे ठीक से निर्णय नहीं कर पाए।

पत्नी साथ में हैं। उनका शुरू से यह मानना है कि औरतों को अच्छी कमाई करनेवाला एक आज्ञाकारी पति मिल जाए, बस। उनका जीवन सफल है। इस कसौटी पर उनकी पत्नी का जीवन बहुत सफल है। पढ़ी-लिखी ज्यादा नहीं हैं। मैट्रिक पास हैं। उन्होंने अपने जीवन में बहुत कोशिश की कि उनकी पत्नी कम-से-कम ग्रेजुएट हो जाएँ, परंतु पढ़ाई-लिखाई में उनका मन नहीं लगा। वे पढ़-लिख कर क्या करतीं! उन्हें कौन सी कमाई करनी है? पति हैं तो इतने पढ़े-लिखे। कर रहे हैं अच्छी नौकरी। ला रहे हैं हर माह मोटी तनख्वाह, उन्हें अपने पति से बस इतनी शिकायत रही, जैसे दूसरे प्रोफेसर ट्यूशन करते हैं। परीक्षाओं के प्रश्न-पत्र बनाते हैं। परीक्षा की कॉपियाँ जाँचते हैं और मोटी रकम लेकर साधारण छात्रों को अच्छे नंबर देकर पास कराते हैं, ऐसा कुछ उनके पति क्यों नहीं करते? उन्हें ऐसा करना चाहिए, सिर्फ तनख्वाह के पैसों से भला क्या होता है! मेरी भी इच्छा होती है कि नए डिजाइन के जेवर बनवाऊँ। वही पुराने नेकलस पहनते-पहनते ऊब गई हूँ। दूसरे प्रोफेसरों की बीवियाँ कैसे नए-नए जेवर पहनती हैं। पत्नी ने एक-दो बार अपनी इच्छा अपने पति को बताई थी। पति ने इसे गंभीरता से नहीं लिया। इसके अलावा उन्हें अपने पति से कोई शिकायत नहीं रही। वे घर की पूरी जिम्मेदारियाँ भलीभाँति उठा रहे हैं,

अब तो उनके पति रिटायर हो गए। पेंशन में गुजारा चल रहा है।

लोग उन्हें एक सफल इनसान समझते हैं। बेटे और बेटी दोनों बाहर अच्छी नौकरी में हैं। दोनों की शादी हो गई। वे यहाँ अपने शहर में रिटायर जीवन बिता रहे हैं। वे इस पड़ाव पर आकर अकसर सोचते हैं, क्या खोया, क्या पाया? उन्हें लगता है कि उन्होंने खोया-ही-खोया है। जो पाया है, वह बहुत कम है। अकसर वे अपने कमरे में चुपचाप बैठे रहते हैं। खो जाते हैं अतीत की स्मृतियों में और सोचते हैं कि ऐसा नहीं, वैसा होता तो ज्यादा अच्छा था और दुःखी हो जाते हैं, इस बात को लेकर कि वैसा क्यों नहीं हुआ?

आज सुबह की चाय पीने के पश्चात् वे अपने बचपन में चले गए और पिता को दोष देने लगे। काश उनके पिता उन्हें बचपन में कॉन्वेंट स्कूल में भर्ती करवाते तो उनकी अंग्रेजी इतनी कमजोर न होती, तब उनका भविष्य इससे ज्यादा उज्ज्वल होता। उनके पिता ने साधारण बच्चों की तरह ही उन्हें सरकारी स्कूल में धकेल दिया। बचपन में उनके लिए कोई ट्यूटर भी नहीं लगाया गया। उन्होंने अपने मन से जो कुछ पढ़ लिया, सो पढ़ लिया। कोई कुछ बतानेवाला नहीं, समझानेवाला नहीं। पिता भी मेरी पढ़ाई के विषय में मुझसे न पूछकर मेरे स्कूल मास्टर से पूछते। हाँ, कॉपी-किताबों की उन्होंने मुझे कोई कमी नहीं होने दी। मैं बचपन से पढ़ाई के क्षेत्र में कोई बहुत अच्छा छात्र कभी नहीं रहा। कैसे रहता? घर पर कोई मुझे ट्यूशन पढ़ाने आता होता तो कोई बात बनती। पिता तहसील ऑफिस में क्लर्क थे। तनख्वाह उनकी कम रही होगी, परंतु बच्चों का भविष्य यों नहीं बनता! उसके लिए माँ-बाप को भी बहुत त्याग करना पड़ता है। मैं किसी तरह द्वितीय श्रेणी में मिडिल पास करके नौवीं कक्षा में आ गया। यहाँ लोग अपना भविष्य चुनते हैं। कोई बायोलॉजी के विषय चुनता है। कोई मैथ्स लेता है। कई लोग आर्ट के विषय लेकर आगे पढ़ाई करते हैं। पिता ने इस दिशा में ज्यादा दिलचस्पी न दिखाई। उन्होंने हमेशा की तरह मेरा भविष्य स्कूल मास्टर के ऊपर छोड़ दिया। मास्टरजी के अनुसार होशियार बच्चे बायोलॉजी और मैथ्स लेते हैं। साधारण बच्चों के लिए आर्ट्स के विषय ठीक रहते हैं। मुझे साधारण विद्यार्थी मानते हुए आर्ट्स विषयों में दाखिला दिला दिया गया। यह मेरे साथ बहुत बड़ा अन्याय हुआ, क्योंकि मैं मिडिल स्कूल में द्वितीय श्रेणी से पास हुआ

था, इस आधार पर मुझे साधारण छात्र मानते हुए नौवीं में आर्ट्स विषयों को पढ़ने के लिए कहा गया। उस समय मुझे ज्यादा समझ न थी, जैसा मेरे स्कूल मास्टरजी ने चाहा, मेरे साथ वैसा ही किया गया। मैं अपने स्कूल मास्टर को कभी माफ नहीं कर सकता।

खैर…मैं आर्ट्स विषयों के साथ पढ़ने लगा। उन दिनों देश में अजीब हवा चली थी—अंग्रेजी हटाओ। अंग्रेजी के खिलाफ शहर में जुलूस निकाले गए, प्रदर्शन हुए। मुझे भी यह सब अच्छा लगा कि विदेशी भाषा जरूर देश से हटाई जानी चाहिए। सरकारी आदेश से अंग्रेजी को ऐच्छिक भाषा की तरह पाठ्यक्रम में शामिल किया गया। उसकी अनिवार्यता समाप्त कर दी गई। मुझे बहुत खुशी हुई। यह तो बहुत बाद में पता चला कि इससे हमारे ही पैर कट गए। आगे हम दौड़ नहीं सकते थे, सिर्फ घिसट सकते थे। मैं भी किसी तरह घिसटते-घिसटते यहाँ तक पहुँचा।

पत्नी ने पूछा, "बहुत देर से देख रही हूँ। गुमसुम बैठे हो। क्या बात है ?" उसके प्रश्न से तंद्रा टूटी। उससे क्या कहता कि मैं अभी कहाँ था। उसे क्या पता कि मैं किन-किन मोर्चों पर किस प्रकार असफल रहा ? उसको तो मिल गया एक आज्ञाकारी कमाऊ पति। उसे अब क्या चाहिए। कुछ नहीं। मेरी असफलताएँ तो मुझे ही कचोटती हैं; और किसी को इससे क्या लेना-देना!

उन्होंने पत्नी से कहा, "बाथरूम में कपड़े रख दो। नहाऊँगा।" इतना कहकर वे उठे और नहाने की तैयारी करने लगे। नहाकर उन्होंने अपनी नियमित पूजा-पाठ की। कंघी करके, लुंगी लपेटे डायनिंग टेबल पर आ पहुँचे। पत्नी समझ गई कि अब इन्हें दोपहर का भोजन चाहिए।

भोजन करके वे आराम करने अपने कमरे में आ गए। प्रायः उन्हें दोपहर में सोने की आदत नहीं है। कभी-कभार एकाध झपकी ले ली तो ले ली। वे बिस्तर पर करवटें बदलने लगे।

वे अब अपने स्कूली जीवन को देख रहे थे। आर्ट्स विषयों के साथ उनकी पढ़ाई चल रही थी। उनकी पढ़ाई में कोई खास दिलचस्पी नहीं थी, फिर दिलचस्पी किस क्षेत्र में थी ? यह प्रश्न आज भी उनके लिए बहुत बड़ा है। स्कूल के दिनों में खेलों में उनकी कभी रुचि नहीं रही। न खेलने में, न देखने में। कभी-

कभार सहपाठियों के साथ कोई मैच देखने चले गए तो चले गए, परंतु क्रिकेट, फुटबॉल या हॉकी के मैच देखने में उनकी कोई दीवानगी कभी नहीं रही। हाँ, फिल्में देखने और फिल्मी गाने सुनने का शौक विद्यार्थी जीवन में रहा, अब नहीं है। सहपाठियों के साथ पहले गपशप कर लिया करते थे, अब रिटायर होने के पश्चात् किसी से ज्यादा मिलना-जुलना पसंद नहीं करते। इस प्रकार वे स्वयं नहीं समझ पाते कि उनके शौक क्या हैं? साधारण छात्रों की तरह उन्होंने द्वितीय श्रेणी में हायर सेकेंडरी की परीक्षा उत्तीर्ण कर ली, उन्हें यह सोचकर अब गुस्सा आता है कि उस समय उन्हें किसी ने क्यों नहीं बताया कि साइंस विषयों के साथ पढ़ाई करो तो बेहतर भविष्य बन सकता है।

उनके कस्बे में डिग्री कॉलेज नहीं था, इसलिए शहर आकर उन्होंने कॉलेज में एडमीशन ले लिया। यहाँ वे हॉस्टल में रहने लगे। अपने कस्बे से बाहर निकलकर पहली बार उन्होंने दुनिया को ठीक से देखा और समझा। पहली बार शहर में उन्होंने बेरोजगारी का बीभत्स सच देखा। किसी भी विभाग में नौकरी की थोड़ी सी पोस्टें निकलतीं और इंटरव्यू देनेवालों की लंबी कतारें लग जातीं, अब उन्हें समझ में आने लगा कि जीवन में साधारण पढ़ाई-लिखाई से काम नहीं चलनेवाला। उच्छी नौकरी पाने के लिए बड़ी डिग्री चाहिए, वह भी अच्छे नंबरों के साथ। उन्होंने अब अपनी पढ़ाई की ओर गंभीरतापूर्वक ध्यान देना प्रारंभ किया। यह अफसोस उन्हें जरूर बना रहा कि काश वे साइंस विषयों के साथ आगे पढ़ पाते, वैसे वे अंग्रेजी बोल लेते हैं, लिख लेते हैं, परंतु अंग्रेजी में बोलकर या लिखकर वे अच्छी तरह अपने विचार नहीं व्यक्त कर सकते, यह अभाव उन्हें उस समय भी कचोटता था और आज भी कचोटता रहता है। कॉलेज में उन्होंने मन लगाकर पढ़ाई की, बी.ए. प्रथम श्रेणी में पास हो गए। उनके पिता बहुत प्रसन्न हुए और बेटे पर कोई नौकरी तलाश लेने के लिए जोर डालने लगे। कुछ जगहों पर नौकरी के लिए उन्होंने एप्लाई भी किया, परंतु इतनी आसानी से कहीं नौकरी मिलती है!

उन्हीं दिनों उनके कॉलेज के एक प्रो. ब्रजलाल वर्मा अपनी भतीजी का रिश्ता लेकर उनके पिता के पास आए। भतीजी उनकी हायर सेकेंडरी पास थी। पास ही गाँव में उनके छोटे भाई रहते थे। उनकी दो बेटियाँ थीं। बड़ी बेटी का

रिश्ता इनके लिए आया। प्रोफेसर साहब को मालूम था कि लड़का बेरोजगार है, परंतु उन्होंने लड़के को नौकरी दिलाने की जिम्मेदारी अपने ऊपर ले ली। लड़के के पिता बहुत प्रसन्न हुए। उन्होंने बेटे को समझाया, इससे अच्छा रिश्ता नहीं मिल सकता। उन्होंने प्रोफेसर साहब से आगे पढ़ने की इच्छा व्यक्त की। वे मान गए और शादी तय हो गई।

वे बिस्तर पर करवटें ही बदलते रहे थे कि शाम के चार बज गए। भीतर से पत्नी ने आवाज लगाई, "चाय लेकर आऊँ ?"

उन्होंने जोर से 'हाँ' कह दी, अब वे पत्नी के विषय में सोचने लगे। वे जब ग्रैजुएट हो गए थे, तब पत्नी हायर सेकेंडरी पास थी। सोचते थे, उसे आगे पढ़ा लेंगे। नहीं पढ़ा पाए, परंतु उनके प्रोफेसर चाचा, जो राजनीति शास्त्र के विभागाध्यक्ष थे, ने उनको जरूर खूब पढ़ाया और इस लायक बनाया कि वे आज सुखपूर्वक जीवन व्यतीत कर रहे हैं।

पत्नी चाय लेकर आ गई। वे क्षण भर उसकी ओर देखते रहे, मानो कृतज्ञता ज्ञापित कर रहे हों। वे बोले कुछ नहीं। उन्होंने चुपचाप चाय पी ली। शाम को वे कॉलोनी के बीचोबीच बने हुए बगीचे में घूमने जाते हैं। बगीचे में दो-तीन चक्कर लगाकर वहीं बेंच पर सुस्ताने के लिए बैठ जाते हैं। आज भी उन्होंने वैसा ही किया। बेंच पर बैठे-बैठे वे फिर अपने कॉलेज के दिनों में चले गए।

प्रोफेसर साहब के प्रस्ताव के अनुसार शादी हो गई और उन्होंने कॉलेज में राजनीति शास्त्र के विषयों के साथ एम.ए. में एडमीशन ले लिया। उनके काका ससुर कॉलेज में उनके विषय के विभागाध्यक्ष। विश्वविद्यालय में उनका रुतबा। उनकी जान-पहचान का दायरा बहुत बड़ा। एम.ए. करने में कोई ज्यादा समय थोड़े ही लगता है। उसी समय उनकी नई-नई शादी हुई थी। वे कॉलेज में पढ़ रहे थे और परीक्षाएँ दे रहे थे, उन्हें स्वयं यह पता नहीं चला कि वे कैसे एम.ए. की परीक्षा में बहुत अच्छे नंबरों के साथ प्रथम श्रेणी में उत्तीर्ण हो गए। उनके काका ससुर बहुत उत्साहित हुए। उन्होंने बिना देरी किए अपने दामाद का अपने ही विभाग में पी-एच.डी. के लिए रजिस्ट्रेशन करा दिया। पी-एच.डी. होने में भी उन्हें ज्यादा वक्त नहीं लगा। उनके काका ससुर ने उनसे वादा जो किया था कि नौकरी दिलवाने की जिम्मेदारी उनकी है। उन्होंने अपनी जिम्मेदारी बखूबी

निभाई और एक दिन वे उसी कॉलेज में, जहाँ पढ़ते थे, सहायक प्राध्यापक के रूप में नियुक्त हुए।

साँझ घिर आई थी, उन्हें लगा कि अब घर चलना चाहिए। वे घर आ गए। रोज की तरह पत्नी ने पूछा, "रात के खाने में क्या खाएँगे?"

उन्होंने बिना किसी उत्साह के कहा, "कुछ भी बना लो। जो तुम्हारा मन हो।"

पत्नी ने भीतर जाते हुए कहा, "मूँग की दालवाली खिचड़ी बना लेती हूँ। मेरा आज खिचड़ी खाने का मन है।"

उन्होंने अपनी सहमति जताते हुए कहा, "खिचड़ी ही बना लो। ठीक रहेगी।"

वे अब बैठक में आकर सुबह के अखबार पलटने लगे, उन्हें अपने बच्चे याद हो आए। शादी के साल भर बाद ही सोनू हो गया। बचपन से बहुत जिद्दी था। वे भले ही कॉन्वेंट में नहीं पढ़ पाए, परंतु उन्होंने सोनू को कॉन्वेंट में दाखिला दिलवाया। उसकी अंग्रेजी बहुत अच्छी रहे, इस बात के लिए वे शुरू से सतर्क रहे। उन्होंने उसके लिए घर पर ट्यूटर भी लगाया। उनका सपना था कि वे अपने सोनू को आई.ए.एस. अफसर बनाएँगे, पर किसी के सपने इतनी आसानी से पूरे होते हैं क्या? सोनू के जन्म के दो साल बाद पिंकी आ गई। सीधी, सरल और शांत स्वभाव वाली पिंकी। उसे भी उन्होंने कॉन्वेंट में भर्ती करवाया। सोचा कि इसे डॉक्टर बनाएँगे। जैसे-जैसे बच्चे बड़े होते गए, वैसे-वैसे वे स्वतंत्र होते चले गए। माँ-बाप अपने बच्चों का भविष्य सोचते हैं और बच्चे अपना भविष्य खुद बनाते हैं। सोनू ने हायर सेकेंडरी करने के पश्चात् बी.बी.ए. जॉइन कर लिया। पिता ने बहुत समझाया कि आई.ए.एस. की तैयारी कर, परंतु वह नहीं माना। एम.बी.ए. करने के पश्चात् अब बैंगलोर की एक आई.टी. कंपनी में नौकरी करता है।

पिंकी ने हायर सेकेंडरी करने के पश्चात् बी.ए. में एडमीशन लिया। मेडिकल लाइन उसे कभी रास नहीं आई। संयोग से उसी समय उसके लिए एक इंजीनियर लड़के का रिश्ता आया। मेरे काका ससुर, जो अब रिटायर हो गए थे, उन्होंने मुझसे कहा, "यह रिश्ता छोड़ना नहीं है।" मैंने वैसा ही किया। पिंकी

की शादी धूमधाम से हुई। आज वह अपने ससुराल में है, परंतु अफसोस, वे पिंकी को डॉक्टर नहीं बना पाए। सोचते थे, बेटी डॉक्टर नहीं हो पाई तो बेटे की शादी किसी एम.बी.बी.एस. लड़की से करेंगे। उन्होंने इस दिशा में गंभीरतापूर्वक तलाश जारी की, उन्हें विश्वास था कि वे अपनी बिरादरी में एम.बी.बी.एस. लड़की ढूँढ़ लेंगे। उधर सोनू ने अपनी कंपनी की एक सहभागी लड़की से शादी का प्रस्ताव सामने रखा। वे चाहकर भी इस प्रस्ताव का विरोध नहीं कर पाए। जहाँ सोनू ने चाहा, वहीं उसकी शादी हो गई, अब बेटे-बहू बैंगलोर में रहते हैं। न तो वे सोनू को आई.ए.एस. अफसर बना पाए और न पिंकी को डॉक्टर, हालाँकि उन्होंने दोनों की पढ़ाई-लिखाई में बचपन से कोई कसर नहीं रखी। सोचते थे, डॉक्टर बहू घर में ले आएँगे। नहीं ला पाए। कुछ भी तो वे अपने मन का नहीं कर पाए। सचमुच कितने असफल आदमी हैं वे।

पत्नी ने टी.वी. ऑन कर दिया। समाचार आ रहे थे।

प्रायः वे समाचार ही देखते-सुनते हैं। घरेलू किस्म के सीरियल उन्हें बिल्कुल अच्छे नहीं लगते। पत्नी ऐसे सीरियल देखती रहती है। वे अपने कमरे में अखबार कई-कई बार पढ़ते हैं। पत्नी ने उनके लिए हॉकर को बोलकर तीन-चार अलग-अलग अखबार लगवा दिए हैं। वे चुपचाप अखबार देखते हुए अपनी ही दुनिया में खोए रहते हैं। आजकल उन्हें रह-रहकर यह बात बहुत सताती है कि वे जीवन में कुछ नहीं कर पाए। वे सोचते हैं कि वे एक असफल व्यक्ति हैं।

पत्नी ने भीतर से आवाज दी, "खाना डायनिंग टेबल पर लगा दिया है।" वे अखबारों के ढेर को एक ओर सरका के डायनिंग टेबल पर आ गए। खिचड़ी स्वादिष्ट बनी है, उन्हें अच्छी लगी। खाना खाने के पश्चात् वे कॉलोनी में थोड़ी देर टहलते हैं। कभी-कभार तो बनियान और लुंगी में ही अपने घर के सामने की सड़क पर दो-तीन चक्कर लगा लेते हैं। आज उन्होंने लुंगी के साथ कुरता पहन लिया और घर के सामने की सड़क पर टहलने लगे। सामने के बँगले में गुप्ताजी रहते हैं। बड़े उद्योगपति हैं। वे भी रात के भोजनोपरांत बँगले के सामने टहलने निकलते हैं। उनके भी दो बच्चे हैं। दोनों ने अलग-अलग अपने उद्योग स्थापित कर लिये हैं। प्रायः गुप्ताजी की प्रोफेसर साहब से भेंट हो जाती है। आज

दोनों फिर आपस में मिले। गुप्ताजी ने बातों-ही-बातों में प्रोफेसर साहब से कहा, "आप बहुत सुखी व्यक्ति हैं, प्रोफेसर साहब! और मैं बहुत दुःखी। लगता है, मैं जीवन में कुछ नहीं कर पाया। एक असफल जीवन जिया मैंने।" ऐसा कहते हुए उन्होंने एक लंबी आह भरी।

प्रोफेसर साहब को कोई जवाब नहीं सूझा। क्या कहते वे? वे तो स्वयं यही सोचते रहते हैं।

रात देर तक उन्हें नींद नहीं आई। वे जिंदगी भर विद्यार्थियों को पढ़ाते रहे। उनके जटिल प्रश्नों का अपनी कक्षा में उत्तर देते रहे। आज एक अनुत्तरित प्रश्न उनके सामने है—जीवन की सफलता क्या है? लेटे-लेटे वे फिर जीवन की स्मृतियों में खो जाते हैं और सोचने लगते हैं, काश! जीवन में ऐसा होता।

□

दहशत

पहला इक्कीस दिनोंवाला लॉकडाउन समाप्त हो गया। वे समझते थे कि इन इक्कीस दिनों में इस कोरोना नामक महामारी को देश से भगा दिया जाएगा। उसके बाद स्थितियाँ सामान्य हो जाएँगी। बाजार खुल जाएँगे। ट्रेनें चलने लगेंगी। सड़कों पर लोग निकलने लगेंगे और जिंदगी पहले जैसी हो जाएगी, परंतु ऐसा कुछ नहीं हुआ। कोरोना के मरीज लगातार बढ़ते चले गए। कई मोहल्लों और बस्तियों में डॉक्टरों एवं सुरक्षाकर्मियों पर हमले हुए। अस्पतालों में मरीजों की संख्या बढ़ती चली गई। इस महामारी से मरनेवालों की संख्या में भी इजाफा हुआ। कई डॉक्टर और सुरक्षाकर्मी भी अपनी ड्यूटी के दौरान संक्रमित हुए। कल ही अखबार में पढ़ा कि दो डॉक्टर और तीन सीनियर पुलिस ऑफिसर इस महामारी की चपेट में आकर असमय मृत्यु को प्राप्त हुए। हमने भले ही ताली/घंटी बजाकर और विमान द्वारा आसमान से फूल बरसाकर इन कोरोना योद्धाओं का स्वागत-सम्मान किया हो, परंतु ये सब अपनी जान जोखिम में डालकर बहुत कम सुरक्षा व्यवस्थाओं के बीच अपनी ड्यूटी लगातार करते रहे।

वे सोचते हैं, क्या इनके मन में मेरी तरह दहशत न होगी?

दूसरे लॉकडाउन के पश्चात् उनके मन में दहशत बढ़ने लगी थी। रेडियो, टी.वी. और अखबार लगातार दहशत बढ़ाने का काम कर रहे थे। वे अपने घर में अपनी पत्नी और एक बेटे के साथ रह रहे हैं। बेटा एक कंस्ट्रक्शन कंपनी में इंजीनियर है। ये लॉकडाउन शुरू न हुआ होता तो इस गरमी में उसकी शादी वे अवश्य कर देते। लड़की उन्होंने देख ली है। उसके माता-पिता से बातचीत करके शेष औपचारिकताएँ पूरी करनी थीं कि पूरे देश में लॉकडाउन

घोषित हो गया, सब लोग अपने-अपने घरों में कैद हो गए।

वे पैंसठ बरस के हो गए हैं। रिटायर हुए पूरे तीन साल हो गए। हाई स्कूल में प्राचार्य पद से रिटायर हुए, जब साठ साल के हुए तब उन्हें पहला हार्ट अटैक हुआ। बेटा इंजीनियरिंग के अंतिम वर्ष में था। वह नहीं माना और जबरदस्ती दिल्ली के एम्स में ले जाकर उसने अपने पिता का चेकअप करवाया। वैसे तो अपने शहर के डॉक्टरों ने ही बाईपास सर्जरी किए जाने की बात कही थी, दिल्ली में उसकी पुष्टि हो गई और तुरंत बाईपास सर्जरी किए जाने की सलाह दी गई, अब कोई विकल्प न था। वे सोचते थे कि इस साल रिटायर हो रहे हैं। रिटायरमेंट के समय जो पैसा मिलेगा, उससे अपनी सर्जरी का खर्चा उठा लेंगे, परंतु इसी वर्ष शासन ने शासकीय कर्मचारियों की सेवानिवृत्ति की आयु बासठ वर्ष निर्धारित कर दी। इस समाचार से उन्हें कोई प्रसन्नता नहीं हुई। उन्होंने अपने जी.पी.एफ. से पैसा निकलवाया और दिल्ली में सफलतापूर्वक अपने दिल का ऑपरेशन करा लिया।

दिल के ऑपरेशन की जद्दोजहद कोई महीने भर तक चली। अपने शहर में चेकअप कराने से लेकर दिल्ली में ऑपरेशन कराने तक लगभग महीने भर का समय लगा। इस बीच परिवारवाले, कई मित्र-परिचित और स्कूल के शिक्षकगण लगातार उन्हें देखने आते रहे। सबके चहरे पर यही भाव रहता, अरे! दिल का ऑपरेशन, मौत का खतरा! महीने भर तक घर में, परिवार में और उनके स्कूल में दहशत का वातावरण बना रहा, परंतु उन्हें ज्यादा डर नहीं लगा। वे जानते थे, आजकल मेडिकल सांइस ने बहुत तरक्की कर ली है। आए दिन दिल के ऑपरेशन होते रहते हैं। लगभग सभी सफल होते हैं। एक-दो ऑपरेशन कभी-कभार फेल हो जाएँ तो उन्हें संयोग ही कहा जाना चाहिए। इस प्रकार वे अपने ऑपरेशन को लेकर बिल्कुल दहशत में नहीं थे, परंतु अब लॉकडाउन के इन दिनों वे बहुत दहशत में हैं।

सबसे पहले तो इस बात ने ही उनके दिमाग में दहशत भर दी कि पैंसठ साल और इससे ज्यादा उमरवालों को अपना बहुत खयाल रखना है। घरवाले उनकी सुरक्षा पर विशेष ध्यान दें और बिना किसी जरूरी काम के उन्हें जरा भी घर से बाहर न निकलने दें, हालाँकि घर में उनसे किसी ने कुछ नहीं कहा।

सबकुछ पहले जैसा ही चल रहा था। एक दिन वे घर के बरामदे में बाहर टहल रहे थे कि पड़ोसी वर्माजी कहने लगे, “सर, आपकी तो बाईपास सर्जरी हुई है। आपको तो अपना बहुत खयाल करना है। कृपया घर में आराम करिए।” वे मुसकराए। कुछ बोले नहीं। चुपचाप कमरे में आकर लेट गए। अगले चौक पर मेडिकल स्टोर है। वे बाकायदा मास्क लगाकर वहाँ तक पैदल चले जाते और अपनी नियमित दवाइयाँ ले आया करते थे। आज उन्हें दवाओं की जरूरत थी। वे मेडिकल स्टोर तक जा सकते थे। उनका मन नहीं हुआ। उन्होंने बेटे को आवाज दी, “अशोक, मेरी दवाई का पर्चा ले जा और मेडिकल स्टोर से दवाइयाँ लेता आ।” अशोक अपने कमरे से आया और पर्चा लेकर दवाइयाँ लेने चला गया। इस प्रकार दहशत ने दबे पाँव उनके भीतर घर बनाना शुरू कर दिया।

सुबह-सुबह वे अखबार पढ़ते हैं। अखबार में ही उन्होंने आज पढ़ा, शहर में अखबार बाँटनेवाले चार लड़कों में कोरोना पॉजिटिव पाया गया। समाचार पर नजर पड़ते ही उनके हाथों से अखबार छूट गया। उन्होंने घबराकर अशोक को बुलाया और वह समाचार पढ़वाकर कहा, “कल से हम अखबार लेना बंद कर दें। पता नहीं किन-किन हाथों से गुजरकर यहाँ तक आता है।”

“ये देखिए, अखबार में ही रोज छप रहा है कि इससे इंफेक्शन फैलने का कोई खतरा नहीं है। समाचार-पत्र पूरी तरह संक्रमण से सुरक्षित हैं। अपने पड़ोसी वर्माजी के यहाँ छोड़कर कॉलोनी में सबके यहाँ अखबार आ रहा है। ये चार लड़के जो पॉजिटिव पाए गए, जरूरी नहीं कि वे इसी अखबार के हॉकर हों, वैसे भी वे लड़के अब अस्पताल में हैं। आप निश्चिंत होकर अखबार पढ़िए। चिंता की कोई बात नहीं।” अशोक ने कहा।

“फिर भी… !” वे गहरी साँस लेकर बोले।

अशोक अंदर कमरे में गया और सेनेटाइजर की शीशी लाकर उसने पूरे अखबार पर स्प्रे किया, फिर बाबूजी के हाथ में थमाते हुए कहा, “अब इसे आप इत्मीनान से पढ़िए।”

उन्होंने देर तक अखबार पढ़ा। हर खबर उन्हें बेचैन करनेवाली थी। पिछले चौबीस घंटों में डेढ़ सौ कोरोना के मरीज पाए गए, अब तक शहर में मरीजों का आँकड़ा पाँच हजार से ऊपर। एक सौ उनहत्तर लोगों की अब तक कोरोना

से मौत। बीच के पेज में एक डॉक्टर का इंटरव्यू भी छपा था, जिसमें डॉक्टर ने बताया कि जिनमें रोग प्रतिरोधक क्षमता पर्याप्त है, वे इलाज के दौरान कोरोना को जीत पा रहे हैं। जो लोग पहले से ही किन्हीं बीमारियों से पीड़ित हैं, जैसे हृदय रोग, डायबिटीज आदि उनके इलाज में जरूर दिक्कतें आ रही हैं। इसलिए सरकार का भी कहना है कि बच्चों और बुजुर्गों की सुरक्षा पर विशेष ध्यान दिया जाए। कोशिश की जाए कि लॉकडाउन के दौरान ये लोग कम-से-कम बाहर निकलें। परिवारवाले इनकी पूरी देखरेख करें।

परिवार में सबलोग उनका पूरा खयाल रखते हैं। बाहर निकलने की उन्हें कोई जरूरत नहीं है। मेडिकल स्टोर जो पास में ही है, वहाँ तक अपनी मर्जी से वे चले जाते थे, अब वह भी बंद। न जाने रास्ते में ही कोई छींकता-खाँसता हुआ बगल से गुजर जाए। मेडिकल स्टोर पर भीड़ रहती है, हालाँकि लोग मास्क लगाकर वहाँ आते हैं और पर्याप्त दूरी बनाकर खड़े रहते हैं, परंतु न मालूम इनमें कौन कोरोना संक्रमित हो और चुपके से वायरस इधर-उधर फैल जाए। दरवाजे के हैंडिल, रैलिंग और दुकानों के चिकने प्लेटफॉर्म भी इस वायरस को फैलाते हैं। अशोक ने महीने भर की दवा उनके लिए लाकर रख दी है, अब उन्हें पास के मेडिकल स्टोर भी जाने की जरूरत नहीं है।

दरवाजे की घंटी बजी और दूधवाला दो पैकेट दूध बरामदे की बाउंड्रीवाल पर रख गया। उन्होंने दूध के पैकेट उठाए, वैसे तो उनकी पत्नी या अशोक, जो सामने हो, दूध के पैकेट उठा लेते हैं। आज उन्होंने उठाए। भीतर सिंक में अच्छी तरह उन्होंने उनको धोया, फिर अपने हाथ भी उन्होंने साबुन से साफ किए। उनकी पत्नी और अशोक ऐसा करते हैं? उन्हें पता नहीं।

दरवाजे की घंटी बजती है और उनका दिल धड़कने लगता है। कौन आ गया? वैसे इन दिनों मित्रों, परिचितों और रिश्तेदारों का आना बिल्कुल बंद है। सब लोग अपने-अपने घरों में कैद हैं, फिर ये घंटी किसने बजाई? अशोक ने ऑनलाइन कोई सामान मँगवाया होगा, शायद सामान देनेवाला आदमी आया होगा। उनका अनुमान सही था। किराने का सामान देनेवाला आदमी आया था। उन्होंने उससे पूछा, "सारे पैकेट सेनेटाइज किए हुए हैं न?" उसने 'हाँ' में जवाब दिया। वे खुद भीतर गए और सेनेटाइजर की शीशी लाकर उन्होंने सारे पैकेटों पर

स्प्रे किया, उसके बाद अशोक को भीतर ले जाने के लिए कहा। सामान देनेवाला आदमी मास्क लगाए हुए था। उसने दूर से सामान बरामदे में रख दिया था, परंतु उन्होंने उसे अपने हाथ से रुपए दिए थे और कुछ दूर खड़े रहकर उससे बातचीत की थी, उन्हें डर लगा, कहीं यह आदमी संक्रमित न हो। इसी समय उन्हें एक छींक आई और उसके पश्चात् खाँसी भी। वे ज्यादा घबरा गए। वे मन-ही-मन महामृत्युंजय मंत्र का जाप करने लगे। यह मंत्र उन्होंने इन्हीं दिनों कंठस्थ कर लिया था। दोबारा जब उन्हें छींक और खाँसी नहीं आई, तब वे सामान्य हुए।

दोपहर को खाना खाते समय उन्होंने टी.वी. पर समाचार देखा, दो नामी फिल्म स्टार; जिसमें एक लगभग उनकी उम्र का और दूसरा उनसे आधी उम्र का था, दिवंगत हो गए। वे समाचारों में स्पष्ट सुन रहे थे कि दोनों कलाकार बहुत पहले से कैंसर पीड़ित थे, जिससे उनकी मुत्यु हुई। खाना खाते हुए यह समाचार सुनना/देखना उन्हें अच्छा नहीं लगा। मुँह का स्वाद जाता रहा। उन्होंने टी.वी. बंद कर दिया। उनकी पत्नी और अशोक भी समाचार देख रहे थे। उन्होंने उनसे कहा, "खाना खाते समय आजकल समाचार मत लगाया करो।"

भोजन के पश्चात् वे आराम करने अपने बिस्तर पर आ गए। अभी झपकी लगी ही थी कि उन्होंने सपने में देखा कि उनके पड़ोसी वर्माजी को कुछ डॉक्टर और पुलिसवाले जबरदस्ती एंबुलेंस में बिठाकर अस्पताल ले जा रहे हैं। वे डॉक्टरों से कह भी रहे हैं कि मुझे कुछ नहीं हुआ है, परंतु डॉक्टर उन्हें उनकी रिपोर्ट दिखाते हुए कह रहे हैं, "वर्माजी, आपकी रिपोर्ट पॉजिटिव है, इसलिए आपको अस्पताल चलना ही होगा और आपके पड़ोसियों को चौदह दिनों के लिए क्वारंटाइन में रखा जाएगा।" सहसा उनकी नींद खुल गई। वे अपने बिस्तर पर लेटे हुए पसीने से तर-ब-तर थे। उनके हृदय की धड़कन बढ़ गई थी। उन्होंने अपना मोबाइल उठाया और वर्माजी का हालचाल पूछा, जब उन्होंने कहा कि बिल्कुल ठीक हूँ और एक बढ़िया उपन्यास पढ़ रहा हूँ, तब उन्हें संतोष हुआ और उन्होंने चैन की साँस ली।

अब वे सो नहीं पाए। उन्होंने भी आजादी के आंदोलन पर केंद्रित एक पुस्तक उठाई और पढ़ने लगे। अंग्रेजों ने क्रांतिकारियों को कैसी-कैसी यातनाएँ दीं। सरेआम लोगों को लाठियों से पिटवाया। पेड़ों पर फाँसी से लटका दिया।

जेलों में तरह-तरह से कष्ट दिए। पढ़ते हुए वे बहुत दु:खी हुए। उनका मन बेचैन हो गया।

उन्होंने टी.वी. ऑन किया। सोचा, कोई फिल्म देखेंगे। व्ही. शांताराम की फिल्म 'डॉ. कोटनीस की अमर कहानी' आ रही थी। यह फिल्म बहुत पहले उन्होंने अपने कस्बे की टाकीज में देखी थी। उस समय यह फिल्म उन्हें बहुत पसंद आई थी। जापान और चीन के युद्ध के समय भारत ने चीनी सैनिकों के उपचार के लिए डॉक्टरों का पाँच सदस्यीय दल भेजा था, जिसमें डॉ. द्वारकानाथ कोटनीस भी चीन गए थे। वहाँ उन्होंने चीनी सैनिकों की नि:स्वार्थ सेवा की थी। रात-दिन सैनिकों का लगातार उपचार करते हुए वे स्वयं बीमार हो गए और मात्र 32 वर्ष की उम्र में दिवंगत हो गए। इस फिल्म को पुन: देखते हुए वे भीतर से हिल गए, उन्हें अपने देश के कोरोना योद्धा याद हो आए। अपने शहर में ही दो डॉक्टर और तीन पुलिस अधिकारी मरीजों की जान बचाते हुए स्वयं अपनी जान गँवा बैठे और ऐसे ही सेवाभावी लोगों पर किन्हीं बस्तियों में पत्थर बरसाए गए। कैसे समय में आ गए हैं हम लोग!

इस फिल्म को देखने के पश्चात् उनका ध्यान चीन की तरफ चला गया, उन्हें याद आया, उन्होंने एक पुस्तक में पढ़ा था कि उन्नीसवीं सदी में चीन के संक्रमित चूहों के कारण ही सारी दुनिया में प्लेग की महामारी फैली थी। अकेले चीन में पच्चीस लाख लोग इस बीमारी से मरे थे। भारत में इस बीमारी से बहुत कहर बरपा था। कहते हैं, उस समय हमारे देश में इस बीमारी से लगभग एक करोड़ लोग मौत के शिकार हुए थे। उस समय के खौफनाक विवरण कई पुस्तकों में संगृहीत हैं। अपने युवाकाल में उन्होंने भारत में प्लेग की तबाही के विषय में पढ़ा था। आज उन्हें वे सारे विवरण याद हो आते हैं, उन्हें डर लगता है कि चीन से आया हुआ यह कोरोना भी कहीं उसी प्रकार तबाही न मचाए।

इन दिनों उनका बाहर जाना बिल्कुल बंद है। पहले वे कॉलोनी के बगीचे में नियमित रूप से घूमने जाते थे। शहर में सीनियर सिटीजंस का एक क्लब भी है, जिसके वे मेंबर हैं। क्लब के सभी कार्यक्रमों में वे जरूर शरीक होते हैं। वहाँ उनके कई मित्र हैं, जिनसे मिलकर, बातचीत करते हुए मन हलका हो जाता है। जब से लॉकडाउन शुरू हुआ, किसी से कोई मुलाकात नहीं हुई, अब घर में

पत्नी और अशोक से वे क्या कहें!! एक अजीब सी दहशत में घुटते रहते हैं, उन्हें लगता है, शायद यही हाल उनके अनेक हमउम्र मित्रों के भी होंगे।

आजकल जाने क्यों रात के डेढ़-दो बजे नींद खुल जाती है, फिर कितनी भी कोशिश करो, नींद नहीं आती। बहुत खराब-खराब विचार मन में आते रहते हैं। सवेरे पहर जरा नींद लगती है तो अजीब सपने आते हैं। दिखता है, कभी कोई पड़ोसी कोरोना से मर गया। किसी को जबरदस्ती क्वारंटाइन में डाल दिया। कोई अस्पताल से भाग गया। किसी ने अवसाद में छत से कूदकर आत्महत्या कर ली। अचानक नींद खुलती है तो पसीने से तर-ब-तर, जबकि कूलर फुल स्पीड में चल रहा होता है। लोग कहते हैं कि सुबह-सुबह देखे गए सपने सच होते हैं। वे अपने मन को समझाते हैं, ऐसा कुछ नहीं होता। सपने तो सपने हैं, झूठे कहीं के।

सवेरे से फिर लोगों की आवाजाही। दूधवाला, अखबारवाला, नगर निगम के कर्मचारी, जो सब्जियाँ सप्लाई कर रहे हैं, सब मास्क लगाए हुए। हर नए चेहरे को देखकर उन्हें डर लगता है। वे चुपचाप घर में रहते हैं। कोई सामान देनेवाला आए तो उससे सामान लेकर सेनेटाइज करते हैं। साबुन से अपने हाथ धोते रहते हैं। तमाम सुरक्षा उपाय अपनाते रहने के बावजूद मन में दहशत बनी रहती है।

दोपहर को चार लोगों का एक दल आया। उनमें एक डॉक्टर, एक नर्स और दो सुरक्षाकर्मी। बाहर गेट से ही उन्होंने पूछताछ की, "घर में कितने मेंबर हैं? पिछले दो महीनों में कोई आपके यहाँ विदेश से आया? पिछले दिनों घर के मेंबर कहीं बाहर गए थे क्या? परिवार में किसी को सर्दी, खाँसी, बुखार आदि?" मालूम हुआ कि सर्वे चल रहा है। पड़ोस में कुछ परिवार कोरोना संदिग्ध पाए गए, उन्हें क्वारंटाइन में पहुँचा दिया गया। इस प्रकार घरों, मोहल्लों, बस्तियों और शहरों में दहशत अपने पैर पसारती जा रही थी।

प्रवासी मजदूरों के पलायन के समाचार उन्होंने भी पढ़े और टी.वी. पर उनकी दु:खद पदयात्राएँ देखीं। मन पसीज गया, पर क्या करें! महामारी का अभिशाप है यह। लाखों मजदूर, जो बमुश्किल अपने गाँव-घर पहुँच पाए हैं, उनके मन में भी दहशत होगी। क्यों नहीं होगी? इसी के कारण तो वे पैदल ही

अपने गाँव की ओर निकल पड़े थे। बिना दहशत समाप्त हुए वे पुनः अपने काम पर कैसे लौट पाएँगे ?

वे पढ़े-लिखे हैं। प्राचार्य पद से रिटायर हुए हैं। अपने मन को बहुत समझाते हैं, परंतु मन किसी की मानता है ? दिल का इतना बड़ा ऑपरेशन कराया उन्होंने। मित्र, परिचित और परिवारवाले दहशत में थे, परंतु वे बिल्कुल नहीं थे। इसलिए कि दिल का इलाज डॉक्टरों के पास है, परंतु कोरोना का ? इससे फैल रहे संक्रमण का ? वे सोचते हैं, कभी प्लेग, हैजा और टी.बी. को लेकर भी इसी प्रकार की दहशत व्याप्त थी, आज बिल्कुल नहीं है।

वे अपनी जगह से उठते हैं और चुपचाप बेसिन के पास जाकर साबुन से हाथ धोने लगते हैं।

□

आतंकवादी

शकील सिद्दीकी कई बार पुलिस के सामने बयान दे चुके हैं कि अब अनवर से उनका कोई रिश्ता नहीं है, उन्हें नहीं मालूम कि आजकल वो कहाँ रहता है? क्या करता है? जिंदा है या मर गया? जब से घर छोड़कर गया है, कभी नहीं आया। फोन पर भी मेरी उससे कभी कोई बातचीत नहीं हुई। पुलिस उनके इस प्रकार के कथन कई बार सुन चुकी है। पुलिस अफसरों को कहा गया है कि उनके घर और रिश्तेदारों पर पूरी तरह नजर रखी जाए। अनवर का सुराग यहीं कहीं से मिलेगा।

आए दिन सिद्दीकी साहब के यहाँ पुलिसवाले आते रहते हैं और तरह-तरह के सवाल पूछते हुए अनवर का अता-पता बताने के लिए दबाव डालते हैं। वे पुलिसवालों की हरकतों से बहुत तंग आ चुके हैं, परंतु कर कुछ नहीं सकते। परेशान होकर रह जाते हैं। घर में उनकी पत्नी और जवान बेटी सलमा है, जिसका निकाह हो पाना कठिन होता जा रहा है। पूरी कॉलोनी में सभी लोग उनके परिवार को संदेह की निगाहों से देखने लगे हैं। जिस दिन पुलिस पहली बार अनवर को ढूँढ़ते हुए उनके घर आई, वे कुछ समझ नहीं पाए कि माजरा क्या है? उन्होंने इतना ही कहा, "कल शाम अपना बैग और लैपटॉप लेकर अनवर यह कहकर घर से गया कि अपने मित्र प्रदीप चौबे के बुलावे पर राजधानी जा रहा है, वहाँ उसने उसके लिए कहीं काम की व्यवस्था की है। घरवालों ने उसे नहीं रोका। प्रदीप उसके बचपन का मित्र है। वह प्रायः उसके यहाँ जाता रहता है।"

पुलिस अफसर ने शकील को बताया, "हमारा विभाग कई दिनों से अनवर

की गतिविधियों पर नजर रख रहा है। कुछ आतंकवादी संगठनों से उसके संबंध हैं। कल रात हमने उसके कई फोन कॉल्स टेप किए हैं, जो बहुत ही खतरनाक हैं। ये लोग एक बड़ी वारदात की योजना बना रहे हैं, इसलिए अनवर को तुरंत गिरफ्तार करना हमारे लिए जरूरी हो गया, परंतु अफसोस, वह हमें चकमा देकर पहले ही फरार हो गया। आपको उसके विषय में जो भी जानकारी मिले, आप तुरंत पुलिस को सूचित करें।"

उस दिन पहली बार सिद्दीकी साहब के पूरे परिवार को मालूम हुआ कि उनका बेरोजगार इंजीनियर बेटा आतंकवादी गतिविधियों में संलग्न है। उसकी अम्मी तो पुलिसवालों की बात मानने को तैयार ही न थीं। उनके अनुसार उनका नेक बेटा ऐसा कुछ नहीं कर सकता। उसकी बहन सलमा आश्चर्यचकित और स्वयं सिद्दीकी साहब अवाक्! किससे क्या कहें? उनकी समझ में नहीं आ रहा था। उन्होंने और उनके परिवार ने किसी से कुछ नहीं कहा। घर पर पुलिस आई और पूछताछ करके चली गई। पूरे मुहल्ले को मालूम हो गया कि सिद्दीकी साहब का बेटा अनवर आतंकवादी गतिविधियों में संलग्न है। उसके कई आतंकवादी संगठनों से संबंध हैं। पुलिस उसे ही गिरफ्तार करने आई थी। फिलहाल वह फरार है। अनवर की कारगुजारियाँ, अनवर जाने।

घरवालों तक को उसके कामों की भनक नहीं लग पाई। पूरा मोहल्ला अब सिद्दीकी साहब के परिवार को संदेह की निगाहों से देखने लगा है। रही-सही कसर रात के टी.वी. बुलेटिन और सुबह के अखबारों ने पूरी कर दी। इनमें विस्तार से बताया गया कि अनवर नामक एक संदिग्ध युवक की पुलिस को तलाश है, जिसके आतंकवादियों से संबंधों की जानकारी मिली है। कल उसके घरवालों से पुलिस ने आवश्यक पूछताछ की।

अब शहर क्या, पूरे देश ने यह जान लिया कि सिद्दीकी साहब के परिवार में कुछ गड़बड़ चल रही थी। दूर-दूर तक उनके नाते, रिश्तेदारों ने समाचार देखा-सुना और फोन पर तरह-तरह की बातें उनसे कीं। सिद्दीकी साहब छोटी पोस्ट में रहे, कलेक्टरेट में बड़े बाबू, परंतु मेहनती और ईमानदार। शहर में जितने कलेक्टर आए, सब उन्हें पसंद करते थे, उन्हें अंग्रेजी और उर्दू में महारत हासिल थी। उनके लिखे हुए ड्राफ्ट पर आज तक किसी कलेक्टर ने

कलम नहीं चलाई। जिस प्रकरण में जो उन्होंने लिख दिया, वह अंतिम माना गया। ऑफिस में और अपने मोहल्ले में सब लोग उन्हें बहुत इज्जत से देखते थे। लोग उन्हें हमेशा 'सिद्दीकी साहब' कहकर ही बुलाया करते थे। उन्होंने अपने इकलौते बेटे को कंप्यूटर इंजीनियरिंग का कोर्स कराया। शुरू से अनवर की कंप्यूटर साइंस में बहुत दिलचस्पी रही है। उसके बचपन का दोस्त है, प्रदीप चौबे। उसने भी उसके साथ इंजीनियरिंग डिग्री प्राप्त की। डिग्री लेकर पिछले चार सालों से दोनों बेरोजगार थे। कई जगह उन्होंने एप्लाई किया, परंतु बात नहीं बनी। उन दोनों के पास सिवाय डिग्री के और कुछ नहीं था। न रिश्वत देने के लिए रकम, न रसूखदार लोगों से जान-पहचान। वे दोनों लगातार इंटरव्यू देने जाते रहे और निराश होकर लौटते रहे। कंप्यूटर साइंस में दोनों को महारत हासिल थी।

प्रदीप चौबे ने राजनीतिक हलकों में अपनी जान-पहचान बढ़ाई। वह कॉलेज के दिनों में स्टूडेंट यूनियन में बहुत सक्रिय रहा करता था, इस प्रकार कई नेता टाइप आपराधिक लोगों से उसकी जान-पहचान थी। उन लोगों ने प्रदीप को एक बड़े नेता से मिलवाया, तब से वह प्राय: राजधानी के चक्कर लगाने लगा। आपराधिक तत्त्वों के साथ मिलकर वह नेताजी की मंडली के लिए न जाने कौन से काम करने लगा था।

इधर अनवर तथाकथित मजहबी लोगों में रुचि लेने लगा। सिद्दीकी साहब ने ध्यान न दिया, उन्हें लगा, यह उसका धार्मिक रुझान है, इसमें दखलअंदाजी ठीक नहीं। वह देर रात तक अपने लैपटॉप पर काम करता रहता। उसकी अम्मी ने देर तक इस तरह काम करते रहने पर उसे टोका था, परंतु उसने हँसकर टाल दिया। किसी से कुछ कहा नहीं और न ही उसने अपने काम के विषय में किसी को कुछ बताया।

वो तो अब जाकर पता लगा कि रात-रात जागकर वह अपने कमरे में क्या किया करता था।

पिछले दिनों राजधानी में ई-टेंडर घोटाला हुआ, जिसमें करोड़ों रुपयों के वारे-न्यारे हुए। बड़े-बड़े टेंडरों की आपस के ही लोगों में बंदरबाँट हुई। मंत्रीजी की इसमें भागीदारी बताई गई। इंक्वायरी चल रही है। इस तरह के समाचार

आए दिन छपते रहते हैं। लोग इन्हें अब गंभीरता से नहीं लेते। सिद्दीकी साहब ने भी समाचार पढ़ा और भूल गए। इस चर्चित ई–टेंडर घोटाले के विषय में आए दिन कुछ–न–कुछ छपता रहता था। इंक्वायरी लंबी चल रही थी। बहुत सारे लोगों से पूछताछ की जा रही थी। कुछ दिनों बाद ऐसे समाचारों के बीच उन्होंने प्रदीप चौबे का नाम पढ़ा, उससे भी पूछताछ की जा रही थी। उनकी समझ में नहीं आया कि इतने बड़े घोटाले में प्रदीप चौबे का भला क्या हाथ हो सकता है! एक दिन उनके ऑफिस के कुछ मित्र मिल गए। ई–टेंडर घोटाले पर ही बातचीत चल निकली। किसी ने बताया, "अपने ही शहर का प्रदीप चौबे इस पूरे मामले का मास्टर माइंड है। वह कंप्यूटर साइंस में डिग्री होल्डर है, मंत्रीजी ने उसे अपने विभाग में अस्थायी रूप से रख लिया था, परंतु वह तो बहुत कमाल का आदमी साबित हुआ। ई–टेंडर घोटाले में सारा खेल कंप्यूटर का है। करोड़ों के टेंडर अपने–अपने लोगों में बाँट दिए गए। इसमें बहुत भारी कमीशन खाया गया, अब इंक्वायरी चल रही है। कई लोग, जो इस प्रकरण में गवाह थे, उनमें कुछ संदिग्ध अवस्था में मृत पाए गए। देखिए आगे क्या होता है?"

सिद्दीकी साहब ने बात सुन ली। कुछ बोले नहीं। उनके ऑफिस के मित्र यह नहीं जानते थे कि उनका बेटा अनवर और प्रदीप चौबे बचपन के मित्र हैं।

अगले दिन पुलिस फिर आई और सिद्दीकी साहब को धमकाकर पूछने लगी कि अनवर का कोई सुराग बताएँ। सिद्दीकी साहब ने अपना पुराना कथन दोहरा दिया, "मेरा उससे अब कोई रिश्ता नहीं है। मुझे नहीं मालूम वह कहाँ रहता है?"

पुलिस अफसर ने प्रकरण की गंभीरता बताते हुए सिद्दीकी साहब से कहा, "आपका बेटा अब बड़ा आतंकवादी हो चुका है। कई खतरनाक संगठनों से उसके गहरे संबंध हैं। पिछले दिनों कश्मीर में जो बड़ी आतंकवादी गतिविधियाँ हुईं, उनका मास्टर माइंड अनवर को ही बताया जाता है। कहा जाता है, वह कंप्यूटर साइंस में डिग्री होल्डर है।"

सिद्दीकी साहब ने अपने आँसू पोंछते हुए कहा, "हाँ, उसने कंप्यूटर साइंस से इंजीनियरिंग की परीक्षा पास की थी। लगातार चार वर्षों तक विभिन्न

संस्थानों में इंटरव्यू देता रहा। बहुत दौड़-धूप की उसने नौकरी के लिए, परंतु उसे नौकरी नहीं मिली।"

"इसलिए वह आतंकवादी हो गया।" पुलिस ऑफिसर ने वाक्य पूरा किया।

सिद्दीकी साहब अब कुछ नहीं बोल पाए। फफककर रो पड़े।

थोड़े-थोड़े अंतराल से पुलिस आती रही और उनसे पूछताछ करती रही, जब भी उनके घर पर पुलिस आती, वे परेशान हो जाते। अनवर के विषय में उन्हें कुछ नहीं मालूम, पुलिस को वे क्या बताएँ? पुलिस को शक है कि अनवर अपने अब्बू और अम्मी के लिए जरूर कोई संदेश भेजता होगा। वे भी उसकी कुशलता जानने के लिए बेचैन रहते होंगे। घर के तीनों सदस्यों के फोन कॉल चेक किए जाते हैं। अभी तक कोई सुराग पुलिस को नहीं मिल पाया।

प्रदीप चौबे का भले ही प्रदेश के बड़े घोटाले में नाम आ गया है, परंतु वह शहर में सरेआम घूमता-फिरता है। लोग कहते हैं, बड़े-बड़े अपराधियों से उसके संबंध हैं। प्रकरण की इंक्वायरी के दौरान जो गवाह संदिग्ध अवस्था में मृत पाए गए, उनकी हत्या में प्रदीप और उसके साथियों का हाथ बताया जाता है। लोग उसे आतंकवादी क्यों नहीं कहते?

अनवर की कई तथाकथित मजहबी लोगों से दोस्ती बढ़ गई थी। उसे अंधविश्वासों का जहर पिलाया जाने लगा था। दूर देशों के आतंकवादियों से उसकी जान-पहचान करवाई गई। उसके लैपटॉप पर तरह-तरह के संदेश आने लगे, जाने लगे और एक दिन वह खुद भी उन संदेशों में बँधकर जाने कहाँ चला गया, अब सरेआम 'आतंकवादी' कहलाता है।

सिद्दीकी साहब से अब उनके रिश्तेदार भी मिलना-जुलना पसंद नहीं करते। वे अपनी बेटी सलमा के निकाह को लेकर बहुत चिंतित रहते हैं। जहाँ कहीं भी रिश्ता लेकर जाते हैं, उनसे पहले अनवर के किस्से उस परिवार में पहुँच जाते हैं या पहुँचा दिए जाते हैं। उनका सामाजिक जीवन पूरी तरह ध्वस्त हो चुका है, क्योंकि उनका बेटा 'आतंकवादी' कहा जाता है।

प्रदीप चौबे और उसके परिवार की प्रतिष्ठा दिनोंदिन बढ़ती चली जा रही है। राजनीति में उसकी पहुँच है। अपराधियों से उसकी साँठ-गाँठ है। घोटाला

प्रकरण में गवाहों की लगातार मौतें हो रही हैं। इंक्वायरी समाप्त होने को है, अभी तक दोषियों का पता नहीं लगाया जा सका।

सिद्दीकी साहब सोचते हैं, अबकी बार यदि पुलिस अनवर का पता-ठिकाना और फोन नंबर आदि पूछने आएगी तो वे प्रदीप चौबे का पूरा पता, फोन नंबर और ई-मेल एड्रेस आदि उसे जरूर बता देंगे।

□

सुआपंखी साड़ी

सत्तू ने सुबह काम पर पहुँचते ही ठेकेदार से कहा, "भैया, मुझे एक दिन की मजदूरी आज उधार चाहिए।"

सत्तू एक मेहनती और ईमानदार मजदूर है। चौहान के पास पिछले छह महीनों से काम कर रहा है। कभी उसने कोई नखरा नहीं किया। जितना काम उसे बताया, समय से उसने उसे पूरा किया। चौहान उसे पसंद करता है। उसकी ईमानदारी पर उसे भरोसा है। उसने पूछा, "क्यों चाहिए तुम्हें उधार? तीन दिन बाद हफ्ता पूरा हो रहा है, तब तुम्हें पूरे हफ्ते की पगार हमेशा की तरह मिल जाएगी।"

सत्तू ने कुछ शरमाते हुए कहा, "बीवी के लिए साड़ी खरीदनी है।" चौहान को हँसी आ गई। उसने बैग से चार सौ रुपए निकालकर सत्तू के हाथ पर रखते हुए कहा, "ठीक है, ये लो, तुम्हारी एक रोज की मजदूरी। हफ्ते की पगार से काट लूँगा।"

सत्तू रुपए पाकर खुश हो गया। उसने रुपए जेब में रखे और अपने काम में जुट गया। चौहान जगह-जगह बिल्डिंग बनाने के ठेके लेता है। उसके पास कुशल और अकुशल मजदूरों की एक पूरी टीम है। उसने शहर में कई मल्टीस्टोरी बिल्डिंग्स बनाई हैं। बरसात के दिनों को छोड़कर शेष दिनों में उसका काम चलता ही रहता है। वह अपने मजदूरों को पगार देने में कोई बहानेबाजी नहीं करता। समय पर सभी का भुगतान कर देता है। इसी कारण मजदूर उससे खुश रहते हैं और उसके काम में कोई देर-अबेर नहीं होती।

चौहान के यहाँ काम करने से पहले वह दिहाड़ी मजदूरों के चौक पर

जाकर खड़ा हो जाता था। लोग वहीं आकर मजदूरों को काम पर ले जाया करते हैं। कभी वहाँ खड़े रहते उसका दिन बीत जाता और कोई उसे काम पर न ले जाता, तब वह बहुत निराश हो जाता। ऐसे समय नाले के किनारे बनी अपनी खोली में जब वह जाता तो पुन्नो माई समझ जातीं कि सत्तू आज भूखा है। वह जाने कहाँ से चार रोटी और आलू की कटोरी भर सब्जी उसके सामने रखकर कहतीं, "ले बेटा, खा ले। आज नहीं मिला काम तो कल मिलेगा। चिंता-फिकर मत कर।" वह चुपचाप खाना खा लेता। उसे इस तरह खाते देखकर पुन्नो माई को बड़ा सुकून मिलता।

नाला किनारे मजदूरों की बस्ती में एक शंकरजी की छोटी सी मड़ैया है। अकसर लोग वहाँ जल चढ़ाने आ जाया करते हैं। शंकरजी, गरीबों के भगवान्। एक लोटा जल चढ़ा दो तो खुश। पूनम माई, जिसे बस्तीवाले 'पुन्नो माई' कहकर बुलाते हैं, उसी मड़ैया में रहती हैं, अपने शंकरजी के साथ। बस्ती का कोई-न-कोई मजदूर उन्हें खाना खिला देता है और बस्ती में कोई मजदूर भूखा रह जाए तो पुन्नो माई उसके भोजन का इंतजाम कर देती हैं।

सत्तू की आदत खराब, जब काम मिलता है तो रोज दारू पीकर आता है। पुन्नो माई को उसकी इस हालत पर दया आती। सुबह जब उसे होश आता तो पुन्नो उसे समझाया करतीं, "बेटा, दारू जहर है। इस तरह पीता रहेगा तो ज्यादा दिन नहीं जिएगा। अपने आप को सँभाल।"

"मर जाऊँगा तो मर जाऊँगा। कौन है मेरे पीछे रोनेवाला?" चिढ़ते हुए सत्तू माई को जवाब देता और काम पर जाने के लिए तैयार होने लगता।

"पीछे कोई रोनेवाला नहीं है, इसलिए दारू क्यों पीना? चूहामार दवा खाकर मर जा।" माई भी झल्लाकर उसे टका-सा जवाब देतीं।

एक दिन माई ने किसना, जो अपनी पत्नी के साथ रोज किसी ठेकेदार के यहाँ काम पर जाता था, उससे कहा, "ओ रे किसना, ये सत्तू बहुत दारू पीता है। मर जाएगा एक दिन। जिस दिन काम नहीं मिलता भूखा सो जाता है। कभी-कभार मेरे पास रोटियाँ बच जाती हैं तो मैं उसे खिलाकर सुलाती हूँ। ठेकेदार से बात करके तू उसे काम में लगवा दे न!"

किसना ने सोचा, सत्तू बीस-बाईस साल का जवान है। मजबूत है। दारू

उसे खोखला कर दे, उसके पहले कहीं काम पे लग जाए तो उसका भला हो जाएगा। ठेकेदार को भी जवान मजदूरों की जरूरत रहती है। उसने माई से कहा, "ठीक है। सत्तू को कल ठेकेदार से मिलवा दूँगा। काम होगा तो उसे जरूर मिल जाएगा।"

अगले दिन किसना ने सत्तू को चौहान ठेकेदार से मिलवा दिया। इस प्रकार सत्तू को काम मिल गया, अब छह महीनों से किसना और उसकी पत्नी के साथ सत्तू भी ठेकेदार के काम पर जाने लगा है। सत्तू मेहनती है। ईमानदार है। उसका काम देखकर चौहान ने उसकी दैनिक मजदूरी पिछले तीन महीनों से साढ़े तीन सौ की जगह पूरे चार सौ कर दी है, लेकिन सत्तू की दारू पीने की आदत नहीं छूटी।

दारू पीने की उसकी लत पर लगाम लगाई उसकी पत्नी सावित्री ने। जब उसकी दैनिक पगार चार सौ रुपए हो गई, तब पुन्नो माई ने उसके सामने सावित्री से शादी कर लेने का प्रस्ताव रखा। सावित्री भी वहीं मजदूर बस्ती में रहनेवाली एक अनाथ लड़की थी। वह अठारह की उमर पार कर चुकी थी। पास की कॉलोनी में कई घरों में झाड़ू-पोंछा करके और बरतन माँजकर अपना गुजारा कर रही थी। बस्ती के कई अधेड़ और बूढ़े तक उस पर बुरी नजर रखते थे। पुन्नो माई को उस पर दया आती। उसे डर लगता, जवान लड़की है, कल को उसके साथ कुछ हो गया तो अच्छा नहीं होगा। यही कुछ सोचकर माई ने सत्तू को उससे विवाह कर लेने को कहा।

सत्तू और सावित्री का विवाह शंकरजी की मड़ैया के सामने छोटा सा पंडाल लगाकर संपन्न कराया गया। उस दिन सत्तू ने छककर पी। उसकी पगार पूरे पचास रुपए बढ़ गई थी और माई की कृपा से उसका विवाह भी संपन्न हो गया। सत्तू को तो मानो मुँहमाँगी मुराद मिल गई।

सावित्री तेज-तर्रार थी। रात को जब दारू की गंध छोड़ता सत्तू कोठरी में घुसा तो सावित्री ने तेज आवाज में कहा, "ऐसे नहीं चलेगा। दारू पीकर आना है तो कोठरी के बाहर सोना होगा।"

सत्तू तो सुहागरात के सपने लेकर भीतर घुसा था, परंतु वहाँ सावित्री का उग्र रूप देखकर वह सहम गया। उसने पति होने का अधिकार दिखाना चाहा।

वह जबरदस्ती पर उतारू हो गया। सावित्री मजबूत थी। उसने धक्का देकर सत्तू को कोठरी से बाहर किया और भीतर से दरवाजे में कुंडी चढ़ाकर बोली, "जिस दिन बिना दारू पिए आओगे, उसी दिन भीतर सो सकोगे।"

सत्तू का मन हुआ, वह चिल्लाए। सावित्री को बुरा-भला कहे, परंतु वह कुछ नहीं कर सका। उसे लगा, बस्तीवाले क्या कहेंगे? कहीं उसे नामर्द न समझने लगें, यह सोचकर वह घबरा गया। उसने मारे खुशी के आज बहुत ज्यादा पी ली थी। अपना ही शरीर उससे सँभल नहीं रहा था। वह बाहर बरामदे में पड़ी पुरानी बोरियों के ढेर पर लुढ़क गया। सुबह उसकी जल्दी नींद खुल गई। उसे अपने बदन पर चादर और सिर के नीचे तकिया देखकर आश्चर्य हुआ। वह गुसलखाने से तैयार होकर आया तो नाश्ते में गरमागरम पकोड़े और गिलास भर चाय उसके सामने रख दी गई। वह काम पर जाने की तैयारी करने लगा। सावित्री से कुछ बोलने की हिम्मत नहीं हुई। थोड़ी देर बाद सावित्री ने उसकी ओर अल्यूमिनियम का टिफिन बढ़ाते हुए कहा, "इसमें तुम्हारा भोजन है। दोपहर में खा लेना। मुझे अपने काम पर जाना है।" इतना कहकर वह लंबे डग भरती हुई सामने की गली से मुड़ गई।

बाहर किसना ने आवाज दी, "सत्तू, तैयार है। काम पर चलना है।" वह अपना टिफिन लेकर बाहर आ गया। आज किसना अकेला था। भाभी पीछे खाने की पोटलियाँ लेकर आनेवाली थी, ऐसा किसना ने ही बताया, फिर किसना ने पूछ ही लिया, "सत्तू, रात कैसी बीती?" सत्तू उदास हो गया। वह किसना से कोई बात नहीं छुपाता। उसने ही उसे ठेकेदार के पास काम दिलवाया था, इसलिए वह किसना को बहुत मानता था। उसने कल रात अपनी आपबीती किसना को सच-सच बता दी। उसे विश्वास था कि किसना जरूर सावित्री को बुरा-भला कहेगा, परंतु ऐसा उसने कुछ नहीं कहा, उलटे सत्तू को ही डाँटने लगा, "एक रात दारू पिए बिना नहीं रह सकते? सावित्री ने जो किया, बहुत ठीक किया।"

सत्तू किसना की बात सुनकर दु:खी हो गया। उसे कुछ बोल नहीं पाया। क्या कहता वह किसना से? लेकिन आज रात वह सावित्री की सारी हेकड़ी निकालकर रख देगा। झोंटा पकड़कर चार लगाएगा तो उसकी अकल ठिकाने आ जाएगी, अभी वह यह सोच ही रहा था कि किसना ने उसे अच्छी तरह

चेताया, "देख सत्तू, अब तू शादीशुदा है। दारू पीना छोड़ दे। घर-गृहस्थी सँभाल और सुन, सावित्री के साथ भूलकर भी जोर-जबरदस्ती मत करना। वह बड़े-बड़े साहबों के घरों में बरतन-चौका करती है। घरेलू हिंसा के जुर्म में तुझे एक पल में जेल भिजवा देगी। समझे। इसलिए भला आदमी बनके साथ रह। इसी में तेरा जीवन सुरक्षित है।"

सत्तू भीतर से डर गया। घरेलू हिंसा के उसने कई मामले सुन रखे हैं। उनका हश्र भी वह अच्छी तरह जानता है। मर्द की जिंदगी बरबाद होते देर नहीं लगती। किसना की नसीहत उसने मन में रख ली, परंतु उससे कुछ कहा नहीं। पीछे से किसना की पत्नी भी लंबे डग भरते हुए आ गई। तीनों ठेकेदार के पास जाकर अपनी हाजिरी लगवाने लगे।

तीन महीने हो गए, सत्तू ने एक बूँद दारू नहीं पी। कई बार उसकी इच्छा हुई कि आज तो एक बोतल हो ही जाए, परंतु बाहर बरामदे में रात भर सोना पड़ेगा, यह सोचकर ही उसका मन घबरा जाता और वह कलाली की तरफ न जाकर सीधे अपनी खोली में पहुँच जाता। वहाँ गरमागरम मनपसंद भोजन मिलता और सावित्री का साथ, इसमें दारू की तलब कब खो जाती, उसे पता ही न चलता।

तड़के ही सावित्री ने कहा था, "आज मेरा जन्मदिन है। काम से जल्दी आ जाना। शाम को शंकरजी की मड़ैया चलेंगे। पुन्नो माई से आशीर्वाद लेंगे। उन्होंने ही हमारा घर बसाया है।"

काम पर आते ही सत्तू को लगा कि उसकी शादी को तीन महीने हो गए। आज तक उसने सावित्री को कुछ भी खरीदकर नहीं दिया, हालाँकि हर सप्ताह वह अपनी पगार सावित्री को सौंप देता है। वह भी कॉलोनी के चार-पाँच घरों में बरतन-चौका करती है। उसे क्या मिलता है ? उसने कभी नहीं पूछा। नई-नई गृहस्थी है। घर में क्या नहीं लगता ? सावित्री सब इंतजाम करती रहती है। पहले घर में सिंगल चारपाई थी, अब चौड़ा लोहे का फोल्डिंग पलंग आ गया है। रजाई, गद्दे, चादर, तकिए सब तो नए-नए दिखाई देते हैं, फिर भी सावित्री के लिए उसे अपनी ओर से कुछ लाकर देना चाहिए। आज उसका जन्मदिन है। उसने शाम को पूजा में चलने को कहा। अपने लिए कुछ नहीं माँगा, परंतु सत्तू

का भी कुछ कर्तव्य बनता है कि नहीं? यही सोचकर आज उसने काम पर आते ही ठेकेदार से एक दिन की मजदूरी उधार माँग ली। रुपए उसे मिल गए। दोपहर को खाना खाने की जब छुट्टी होगी, वह दौड़कर सामनेवाले बाजार से एक सुंदर सी साड़ी खरीद लाएगा।

उसने दोपहर में ऐसा ही किया। वह अपने पसंद की सुआपंखी रंगोंवाली एक सुंदर सी साड़ी खरीद लाया। सबसे पहले ठेकेदार ने ही पूछा, "दिखाओ सत्तू, कैसी साड़ी लाए हो?"

सत्तू ने अखबार में लिपटी हुई साड़ी खोलकर दिखा दी। ठेकेदार ने नाक-भौंह सिकोड़कर कहा, "तू और रुपए माँगता तो मैं मना थोड़े ही करता, दे देता। मेरे अनुसार तुझे हजार-दो हजारवाली साड़ी लानी चाहिए थी। तेरी बीवी को ये साड़ी पसंद नहीं आएगी।"

ठेकेदार की बात सुनकर सत्तू का मन उदास हो गया। उसने चुपचाप साड़ी को अखबार में लपेटा और टिफिन के साथ उसे अपने झोले में खोंस दिया। रह-रहकर मन कचोटता रहा कि कहीं सावित्री भी इसी तरह उलाहना न दे कि क्या इतनी सस्ती साड़ी खरीदकर ले आए। उसका काम में मन नहीं लगा। एक बार तो उसने सोचा भी कि ठेकेदार से और रुपए लेकर कोई महँगी-सी साड़ी खरीद लाए। घर-गृहस्थी में रुपयों की जरूरत बनी रहती है। महँगी साड़ी देखकर कहीं सावित्री नाराज होकर यह न कह दे कि घर के दूसरे सामान छोड़कर इतनी महँगी साड़ी क्यों ले आए? क्या जरूरत थी इसकी? शाम तक उसका मन बहुत बेचैन रहा।

काम से लौटते समय रास्ते में उसने किसना को साड़ी दिखाते हुए पूछा, "सावित्री के लिए लाया हूँ, कैसी है?" किसना ने भी साड़ी देखकर कोई उत्साह नहीं दिखाया और कहा, "साधारण है, और अच्छी लानी थी।"

भाभी ने साड़ी हाथ में लेकर कहा, "भैया, लानी ही थी तो कोई ढंग की साड़ी लाते। कोई चटक-मटक गाढ़ा रंग होना था। ये सुआपंखी रंग भी कोई रंग है! सावित्री को तो ये साड़ी बिल्कुल पसंद नहीं आएगी।"

सत्तू ने चुपचाप साड़ी अखबार में लपेटकर अपने झोले में रख ली, अब उसका मन बहुत दुःखी हो गया। उसे लगा, सचमुच यह साड़ी बहुत साधारण

है। उसे कोई अच्छी और महँगी-सी साड़ी खरीदकर लानी थी सवित्री के लिए। विवाह के बाद पहली बार वह अपनी पत्नी के लिए उसके जन्मदिन का उपहार ले जा रहा है, वह भी इतना साधारण! इतना मामूली! भीतर से वह बहुत निराश हो गया, परंतु चेहरे से उसने अपनी उदासी प्रगट नहीं होने दी। हँसकर उसने किसना भैया और भाभी से कहा, "अगली बार कोई महँगी साड़ी खरीद लाऊँगा सावित्री के लिए।"

बातों-ही-बातों में कब मजदूरों की बस्ती आ गई, सत्तू को पता ही नहीं चला। वह चुपचाप झोले को छुपाता अपनी खोली में घुसा। सावित्री मंदिर चलने के लिए तैयार बैठी थी। उसने सत्तू से हाथ-मुँह धोकर झट तैयार होने के लिए कहा। सत्तू गुसलखाने में जाकर तैयार होने लगा, जब वह तैयार होकर बाहर निकला तो आश्चर्यचकित रह गया। उसने देखा, सावित्री उसके द्वारा लाई गई साड़ी को सीने से लगाए चहक रही है। वह खिलखिलाकर बोली, "मेरे लिए लाए हो? जन्मदिन का उपहार? बहुत अच्छी है। मैं आज इसे पहनकर ही मंदिर जाऊँगी। मैं अभी भीतर जाकर इसे पहनकर आती हूँ, फिर साथ-साथ चलते हैं मंदिर। पूजा करने और पुन्नो माई से आशीर्वाद लेने।" इतना कहकर वह रसोईवाली खोली में जाकर साड़ी बदलने लगी।

सत्तू प्रसन्न था। उसकी आँखों में खुशी के आँसू थे। सावित्री साड़ी पहनकर बाहर आई। आज वह बहुत अच्छी लग रही थी। उसने मुसकराकर कहा, "साड़ी बहुत अच्छी है। कितने की है?"

सत्तू का मन काँप गया। क्या कीमत बताए वह? उसने सच-सच कहा, "मेरी दिन भर की मजदूरी है।"

सावित्री ने सजल नेत्रों से कहा, "तब तो बहुत कीमती है यह। मैं इसे बहुत सँभालकर रखूँगी।"

शंकरजी की मड़ैया। छोटा सा मंदिर। भीतर शिवलिंग स्थापित। चारों तरफ का किनारा पुन्नो माई का निवास स्थल। बस्ती भर के मजदूर आते हैं। पूजा-अर्चना करते हैं और माई को भी कुछ-न-कुछ दे जाते हैं। आज सावित्री और सत्तू को मंदिर में एक साथ देखकर पुन्नो माई की प्रसन्नता का पारावार न था। दोनों ने शंकरजी की पूजा-अर्चना की। फूल, फल और मिष्ठान उन्हें अर्पित

किया। तत्पश्चात् दोनों ने पुन्नो माई के चरण स्पर्श कर आशीर्वाद प्राप्त किया।

पुन्नो माई ने सावित्री को गले लगाकर कहा, "सावित्री, तू बड़ी भाग्यवान है रे। ये तेरा पति सत्तू नहीं, सत्यवान है, जैसे सावित्री अपने सत्यवान को यमराज से छुड़ाकर ले आई थी, वैसे ही तू अपने सत्तू को दारू, जो कि यमराज ही है, उससे छुड़ाकर ले आई है। जुग-जुग जिओ मेरी बेटी। जुग-जुग जिओ।"

सत्तू को सचमुच अपने भाग्य पर आज बहुत गर्व हो रहा था।

□

कर्तव्य

वे अपोलो अस्पताल के सामनेवाली सड़क पर दिख गए। बाल पूरे सफेद हो गए थे। चेहरे पर तेज था और चाल में तेजी। वे सड़क पर चलते हुए चौक तक गए, वहाँ खड़े होकर शायद बस का इंतजार करने लगे थे। मैं कुछ देर उन्हें ध्यान से देखता रहा, जब पूरा विश्वास हो गया कि वे मुकेश मिश्रा ही हैं, तब मैंने अपना स्कूटर उस तरफ मोड़ा और ठीक सामने जाकर खड़ा हो गया।

एकाएक वे मुझे नहीं पहचान पाए। मैंने ही पहल की, "मुकेश भैया, पहचाना नहीं?"

उन्होंने मुझे ध्यान से देखा और चहककर बोले, "ओ, सुरेंद्र! तुम! बहुत बड़े हो गए हो। बहुत दिनों बाद तुम्हें देखा, इसलिए पहचानने में दिक्कत हुई, अब पूरी तरह याद आ गया। पुरुषोत्तम चाचा के बेटे हो न?"

सहसा मेरी स्मृति में अपने कस्बे के दिन खुलने लगे। पड़ोस में ही रहता था मुकेश भैया का परिवार। उनके पिता दीनानाथ मिश्रा तहसील ऑफिस में बड़े बाबू। चार बेटियाँ थीं उनकी। पाँचवें मुकेश भैया। बड़ा परिवार था, उनके पिता मुश्किल से परिवार पाल रहे थे। किसी तरह एक बेटा हो जाए, इस कोशिश में चार बेटियाँ हो गईं। मेरे पिता पुरुषोत्तम चौबे, शिक्षा विभाग में बाबू, मुकेश भैया के पिता के अच्छे मित्र। रोज का उठना-बैठना। मेरे पिता को वे हमेशा 'पुरुषोत्तम भैया' कहकर बुलाते। मैं मुकेश भैया से दो साल छोटा था। बचपन से उन्हें देखता आया हूँ। आज बहुत दिनों बाद उन्हें अपने शहर में देखकर खुशी हुई। मैंने पूछा, "भैया, कैसे आना हुआ?"

वे इस प्रश्न के लिए तैयार नहीं थे। अस्पताल के सामनेवाली सड़क पर

ही मेरी उनसे मुलाकात हुई थी, इसलिए कुछ छुपा नहीं पाए, परंतु अत्यंत सहज भाव से उन्होंने कहा, "कुछ तकलीफ थी, इसलिए अस्पताल में चेकअप कराने आया था। कोई खास बात नहीं है। शाम तक अपने कस्बे के लिए बस मिल जाएगी। लौट जाऊँगा।"

"मैं आजकल यहीं कॉलेज में लेक्चरर हूँ। पास में ही शिक्षा विभाग की कॉलोनी है। उसी में रहता हूँ। आज मेरे घर रुकिए। कल सुबह निकल जाइएगा। बहुत दिनों बाद आपसे मुलाकात हुई। घर में मेरी पत्नी और पाँच साल की बिटिया है। दोनों आपसे मिलकर बहुत खुश होंगे। प्लीज चलिए। आज मेरे यहाँ रुक लीजिए।" मैंने उनसे आग्रह किया।

वे मेरे यहाँ रुकने के लिए मानसिक रूप से तैयार न थे, परंतु मेरे इस प्रकार के आग्रह को टाल नहीं सके। मेरे बार-बार कहने पर वे मेरे साथ हो लिये। मैंने उन्हें अपने स्कूटर पर पीछे बिठाया और घर की ओर चल दिया। घर पहुँचकर मैंने बेल बजाई। पत्नी ने दरवाजा खोला। मैंने परिचय कराया, "मेरे बड़े भाई साहब हैं। पड़ोस में रहते थे।"

पत्नी ने आगे बढ़कर उनके चरण स्पर्श किए। बिटिया पिंकी ने भी उन्हें अंकल कहकर नमस्ते की। वे कुछ असहज महसूस कर रहे थे। मैंने पत्नी को चाय बनाने के लिए कहा।

मैं फिर अतीत में खो गया। हम दोनों एक ही स्कूल में पढ़ रहे थे। वे मुझसे दो क्लास आगे थे। मिडिल स्कूल में वे पूरे जिले में प्रथम आए थे। स्कूल के सभी शिक्षक उनकी बहुत तारीफ किया करते थे। मेरे पिता तो अकसर घर में कहते रहते कि मिश्रा बाबू का बेटा मुकेश बहुत मेधावी है। देखना, एक दिन बहुत बड़ा अफसर बनेगा। नौवीं में पहुँचकर उन्होंने विज्ञान विषयों का चुनाव किया। वे खेल-कूद में भी स्कूल में सबसे आगे रहते। स्कूल के सभी शिक्षकों को उनकी प्रतिभा पर पूरा भरोसा था। मैं सातवीं कक्षा में था। अकसर गणित के सवाल हल करने के लिए उनके पास चला जाता। वे चुटकी बजाते सवाल हल कर देते, मैं आश्चर्य से उन्हें देखता रहता। घर में उनकी सबसे बड़ी बहन सावित्री पच्चीस साल से ऊपर हो चुकी थी। मिश्रा बाबू उसके विवाह को लेकर बहुत चिंतित रहते, बहुत कोशिश करते हुए भी कहीं बात न बन पा रही थी।

उससे छोटी सुषमा, दीप्ति एवं पिंकी सहित तीन बहनें और थीं, उनके विवाह की चिंता भी मिश्रा दंपती को बनी रहती थी। मुकेश भैया कम उमर में ही घर-परिवार की परिस्थितियाँ समझने लगे थे।

पत्नी चाय और गरमागरम पकोड़े बनाकर ले आई। वे संकोच करते हुए बोले, "चाय भर पीयूँगा। तेल की चीजें मुझे मना हैं, इसलिए पकोड़े न ले पाऊँगा।"

"कोई बात नहीं। आप चाय लीजिए। ये पकोड़े खा लेंगे। हाँ, रात के खाने में क्या बनाऊँ?" पत्नी ने पूछा।

"आजकल रात के भोजन में सिर्फ दलिया लेता हूँ। नमकीन दलिया बना लो, वही ठीक रहेगा।" कहकर वे चाय पीने लगे।

अभी तक मैंने उनकी बीमारी के विषय में कुछ नहीं पूछा था, जब उन्होंने कहा कि तेल की चीजें उनके लिए मना हैं, तब मुझे संदेह हुआ कि कहीं दिल का मामला तो नहीं। मैंने उनसे पूछा, "आप अपोलो आए थे, अपना चेकअप कराने। क्या बताया डॉक्टर ने?"

वे छुपाना चाहते थे, परंतु झूठ नहीं बोल पाए। उन्होंने सहज होते हुए कहा, "कुछ नहीं, जरा ब्लॉकेज बताएँ हैं डॉक्टर ने। कहते हैं, बाईपास करानी पड़ेगी।" इतनी बड़ी बात वे कितनी सहजता से कह गए, मुझे आश्चर्य हुआ। उन्होंने झट बातों का विषय बदल दिया और मेरी नौकरी के विषय में पूछने लगे।

"आप तो जानते ही हैं कि मैट्रिक करने के पश्चात् मैं कॉलेज की पढ़ाई करने के लिए शहर आ गया। यहीं रहकर मैंने अपनी पढ़ाई पूरी की। अब स्थानीय डिग्री कॉलेज में सहायक प्राध्यापक के पद पर हूँ। माता-पिता गाँव में हैं, उन्हें वहीं अच्छा लगता है। कभी यहाँ भी आते हैं। कुछ दिन साथ रहकर फिर उन्हें गाँव की याद आने लगती है, तब वापस गाँव चले जाते हैं। आप अपनी बताइए, सावित्री दीदी का विवाह तो उसी समय हो गया था, जब मैं कस्बे में था। शेष तीनों बहनों के विवाह भी हो गए होंगे?" मैंने जिज्ञासावश पूछा।

"हाँ, सब बहनों के विवाह हो गए।" उन्होंने लंबी साँस लेकर कहा।

मैंने जब हाई स्कूल की परीक्षा पास की, तब उन्होंने मैट्रिक बोर्ड की परीक्षा पूरे प्रदेश की प्रावीण्य सूची में आठवें स्थान के साथ पास की। मुझे अच्छी तरह

याद है, तब स्कूल में उनके सम्मान में एक कार्यक्रम हुआ था, जिसमें हमारे प्राचार्य महोदय ने उन्हें सम्मानित कर सभी छात्रों से कहा था कि वे मुकेश से प्रेरणा लें और उस जैसा बनने का प्रयास करें। आज मुकेश ने मेरिट में अपना नाम दर्ज करवाकर पूरे कस्बे को गौरवान्वित किया है। हम उसके उज्ज्वल भविष्य की कामना करते हैं। मुकेश भी उस दिन बहुत खुश था। मुकेश के घर की आर्थिक स्थिति बहुत खराब थी। उसके पिता अपनी सीमित आय से बड़ा परिवार पाल रहे थे। बड़ी बेटी की उम्र बढ़ती जा रही थी और वे उसका विवाह नहीं कर पा रहे थे। कई जगह उन्होंने उसके विवाह की बात चलाई, परंतु कहीं कुंडली नहीं मिली और जहाँ कुंडली मिल गई, वहाँ दहेज के अभाव में शादी नहीं हो पाई। इस चिंता में मुकेश के पिता झुलसे जा रहे थे। वे समय से पहले ही बहुत बूढ़े हो गए थे। आज वे गहराई से महसूस कर रहे थे कि परिवार बढ़ाकर उन्होंने अपने जीवन में बहुत बड़ी गलती की। उस समय भाग्य की बातों ने उन्हें भरमाया। वे मानते थे कि बच्चे अपना भाग्य लेकर पैदा होते हैं। आज उनकी समझ में नहीं आ रहा कि उनकी संतानों का भाग्य कैसा है?

मुकेश को आगे कॉलेज की पढ़ाई के लिए शहर जाना था। मिश्रा बाबू शहर में उसके हॉस्टल में रहने और कॉलेज की पढ़ाई का खर्चा नहीं उठा सकते, यह स्कूल के प्रिंसिपल साहब अच्छी तरह जानते थे। उन्होंने एक दिन मिश्राजी के घर जाकर उन्हें समझाया, "आपका बेटा बहुत मेधावी है। पढ़-लिखकर बड़ा आदमी बनेगा। आपको बहुत कम खर्च की व्यवस्था करनी पड़ेगी। कॉलेज की फीस आदि का खर्चा उसकी स्कॉलरशिप से निकल आएगा।"

मिश्रा बाबू प्रिंसिपल साहब की बातें ध्यान से सुनते रहे। कुछ बोले नहीं। वे जानते थे कि मुकेश पढ़ने-लिखने में तेज है। उसे आगे पढ़ना चाहिए। वे कैसे उसे आगे की पढ़ाई के लिए शहर भेज पाएँगे? मुकेश को शहर के हॉस्टल में रखना उनके लिए चिंता का विषय था। वे सोचते, मुकेश यहीं रहते हुए प्राइवेट रूप से भी तो आगे की पढ़ाई जारी रख सकता है। किसी तरह सावित्री की शादी हो जाती तो वे एक बार मुकेश को शहर भेजने की हिम्मत जुटाते। वे इसी उम्मीद में बहुत तनावग्रस्त रहने लगे।

उस दिन मुकेश ने ही दौड़ते हुए मेरे घर आकर रोते-रोते बाबूजी से कहा,

"अंकल, जरा मेरे घर चलकर देखिए। मेरे पिता कुछ बोल नहीं रहे, उन्हें क्या हो गया है?"

बाबूजी के साथ मैं भी झट मुकेश के घर पहुँचा। बाबूजी ने मिश्राजी की नब्ज टटोली और उदास हो गए। उन्होंने मुकेश को डॉ. त्रिपाठी को बुलाने के लिए कहा। थोड़ी देर बाद डॉ. त्रिपाठी आ गए। उन्होंने भी नब्ज देखी। स्टेथोस्कोप सीने में लगाकर चेक किया और धीरे से बोले, "मिश्राजी अब नहीं रहे, उन्हें दिल का दौरा पड़ा था।" डॉक्टर साहब का वाक्य सुनते ही घर में कोहराम मच गया।

उस रात घर में मैं यही सोचता रहा कि मुकेश भैया की आगे की पढ़ाई का क्या होगा?

मिश्राजी नौकरी में रहते हुए दिवंगत हुए। उनके पूरे स्टाफ को मिश्राजी के परिवार के साथ सहानुभूति थी। सबको इस बात का अफसोस था कि वे अपने जीवित रहते एक भी बेटी का विवाह नहीं कर पाए। मुकेश को आगे नहीं पढ़ा पाए। लोगों ने मुकेश को समझाया, "अब तुम ही इस परिवार के मुखिया हो। तुम्हारी माँ हैं, चार बहनें, सबका तुम्हें ही पूरा खयाल रखना है।" मुकेश सिसकते हुए सब सुनते रहे।

जब मुकेश भैया को कॉलेज में जाकर अपनी आगे की पढ़ाई करनी थी, तब वे अपने पिता के ऑफिस में अनुकंपा नियुक्ति पर छोटे बाबू हो गए। ऑफिसवालों ने समय से मिश्रा बाबू के क्लेम उनके परिवार को दिलवा दिए। मुकेश मेधावी थे। कर्मठ थे, अब उनके सामने जिम्मेदारी का एक नया संसार था। उनकी उमर उस समय ज्यादा नहीं थी, पर वे समय से पहले परिपक्व हो चले थे। उन्होंने अपनी बड़ी बहन की शादी के लिए दिन-रात दौड़-धूप की। अपने दूर के रिश्तेदारों को पत्र लिखे। एक दिन उनकी मेहनत रंग लाई और पिता की मृत्यु के ठीक एक साल बाद सावित्री के हाथ पीले हुए।

सावित्री के विवाह के बाद ही मेरे बाबूजी का ट्रांसफर दूसरे कस्बे में हो गया। मैं अपनी कॉलेज की पढ़ाई के लिए शहर आ गया। उसके बाद से मुकेश भैया और उनके परिवार के कोई समाचार नहीं मिले थे। आज लगभग पच्चीस साल बाद मुकेश भैया से यों मुलाकात हो जाएगी, मुझे विश्वास न था। इतने साल

उन्होंने कैसे गुजारे? यह जानने के लिए मन बेचैन था। मैंने बिना किसी भूमिका के उनसे पूछा, "भैया, आपकी शादी कहाँ हुई और बच्चे?"

वे धीमी सी हँसी हँसते हुए बोले, "बाबूजी के विभाग में मैं छोटे बाबू के पद पर नियुक्त हुआ था। प्राइवेट परीक्षाएँ देकर मैं बी.ए. हुआ और विभागीय परीक्षाएँ पास करते हुए अपने ही विभाग में सुपरिंटेंडेंट हो गया। सावित्री दीदी का विवाह हो जाने के पश्चात्, सुषमा, दीप्ति और पिंकी की भी शादियाँ करनी थीं। एक-एक पैसा जमा करते हुए सबकी शादियाँ करता गया। इस बीच अपनी शादी के लिए सोचने का वक्त ही नहीं मिला। मैं माँ के साथ रहता हूँ। वे बहुत बीमार रहती हैं। पिछले दिनों उन्हें लकवा लग गया था, अब ठीक हैं। छड़ी लेकर थोड़ा चल-फिर लेती हैं। मेरी शादी के लिए जिद करती हुई कहती हैं, 'छुटके अब तू अपना घर बसा ले। बहू का मुँह देखकर चैन से मर सकूँगी।' मेरे हार्ट में ब्लॉकेज हैं। माँ को मैंने कुछ नहीं बताया। बाईपास करानी पड़ेगी, रिस्क है। चालीस की उम्र पार कर चुका हूँ, अब मैं अपनी शादी के विषय में सोच ही नहीं पाता।"

रात उतर आई थी। पत्नी ने रसोई से आवाज दी, "भाई साहब का दलिया बन गया है। भोजन परोस दूँ आप लोगों के लिए?"

मैंने कहा, "हाँ, परोस दो।" हम लोग अब डायनिंग टेबल पर थे। मुकेश भैया बहुत शांत मन से दलिया खाने लगे। मैंने एक-दो चपातियाँ लेने के लिए उनसे कहा भी। उन्होंने मना करते हुए कहा, "आजकल बहुत परहेज से रहता हूँ। डॉक्टरों का कहना है, अपना खयाल रखिए। वही कर रहा हूँ।"

जीवन भर मुकेश भैया ने अपने परिवार का ही खयाल किया। अपना खयाल तो कभी किया ही नहीं। काश! वे कॉलेज की पढ़ाई कर पाते तो आज कहीं गेजेटेड अफसर होते। शादी हो गई होती उनकी। एक-दो बच्चे भी हो गए होते और उनकी पत्नी उनका अच्छी तरह खयाल रखतीं। जब पढ़ने की उमर थी, तब वे नौकरी में आ गए। क्या यही भाग्य लेकर पैदा हुए थे वे? कैसे उन्होंने छोटी सी नौकरी करते हुए इतने बड़े परिवार को सँभाला होगा? नौकरी में रहते हुए पढ़ाई की। विभागीय परीक्षाएँ पास करते हुए प्रमोशन पाया और पाई-पाई जोड़कर अपनी सभी बहनों की शादी की। उनका घर बसा दिया, परंतु मुकेश

भैया का अपना घर नहीं बस पाया। चालीस की उमर में ही वे बहुत बूढ़े लगने लगे हैं।

खाना खाने के पश्चात् वे थोड़ा टहलते हैं। मैं उनके साथ हो लिया। कॉलोनी की खुली सड़क पर टहलते हुए उन्होंने मुझसे कहा, "तुम्हारी अभी एक बेटी है। बड़ी प्यारी। लड़के की चाहत मत करना। बच्चे अपना भाग्य लेकर पैदा होते हैं, मुझे नहीं मालूम, परंतु हमें ही उनका भाग्य सँवारना होता है, यह मुझे मालूम है।" इससे ज्यादा वे कुछ कह नहीं पाए। मैंने देखा, उनकी आँखें नम हो गई थीं।

चार बहनों में वे सबसे छोटे भाई। उन्होंने अकेले सबका भाग्य सँवार दिया। कहते हैं, मैंने अपना कर्तव्य पूरा किया, परंतु उनका अपने प्रति भी कोई कर्तव्य था या नहीं? मैं उनसे जानना चाहता हूँ। मैं संकोचपूर्वक पूछ ही लेता हूँ, "तो अब आप विवाह नहीं करेंगे?"

वे दृढ़तापूर्वक बोले, "बिल्कुल नहीं। दिल का मरीज हूँ। पता नहीं कितने दिनों का जीवन है। बहनें तो अपने-अपने घर-परिवार में चली गईं। मैं माँ के घर में उनके साथ रहता हूँ, मुझे अब कुछ नहीं चाहिए।"

उन्होंने बात समाप्त की। मेरे पास पूछने के लिए अब कुछ नहीं था। वे रात में चैन से सोए। मैं रात भर जागता रहा और उन्हीं के विषय में सोचता रहा। सुबह मैं उन्हें बस स्टैंड तक अपने स्कूटर से छोड़ने गया। वे बस में बैठ गए। मैंने हाथ जोड़कर उन्हें प्रणाम किया। बस स्टार्ट हो गई। वे खिड़की से हाथ हिलाते रहे और मैं उन्हें दूर जाते हुए देखता रहा।

□

संदेह

लैंडलाइन नंबर पर फोन आया था। संदीप ने उठाया। उधर से किसी ने पूछा, "आप संदीप मेहता बोल रहे हैं?"

"जी हाँ, मैं संदीप मेहता बोल रहा हूँ। आप कौन बोल रहे हैं और मुझसे आपको क्या काम है?" संदीप ने सहज ही फोन पर जवाब दिया। उस समय दीपा रसोई में काम कर रही थी। संदीप और दीपा की शादी हुए एक साल हो गया। संदीप बिजली विभाग में इंजीनियर है और दीपा पूरी तरह हाउस वाइफ।

उधर से फोन करनेवाले ने कहा, "मुझे दीपा मेहता से मिलना है, कुछ व्यक्तिगत काम है। आप बताएँ, मैं उनसे मिलने कब आ जाऊँ? कृपया अपने घर का पता भी बताएँगे।"

"बाद में बताऊँगा।" झल्लाकर संदीप ने रिसीवर पटक दिया। रसोई से दीपा ने पूछा, "कौन था? आपके ऑफिस से फोन आया था क्या?"

"हाँ, मेरे ऑफिस से ही वर्माजी ने फोन किया था। ऑफिस में कुछ जरूरी काम है। जल्द आने के लिए कह रहे थे।" संदीप ने दीपा की बात का जवाब दिया।

संदीप ने शादी से पहले दीपा से अपनी पहली मुलाकात में ही साफ-साफ पूछा था, "दीपा, अपनी माँ और बाबूजी के दबाव में मुझसे शादी न करना। पढ़ी-लिखी हो। खूबसूरत हो। समझदार हो। यदि तुम्हारा किसी से प्यार है तो शादी उसी से करना। बिना प्यार के किसी के साथ जिंदगी नहीं बिताई जा सकती।"

उसने बिना किसी संकोच के जवाब दिया था, "यदि मेरा किसी से प्यार

होता तो मैं यह बात पहले ही अपने माता-पिता को बता चुकी होती। ऐसा कुछ नहीं था, इसलिए तो बाबूजी आपके यहाँ मेरा रिश्ता लेकर गए। हाँ, आपका कहीं प्यार-व्यार हो और आप अपने माँ-बाप से न कह पाए हों तो मुझसे कह दीजिए। मैं इस होनेवाले रिश्ते को अपनी तरफ से समाप्त कर दूँगी।"

"चलो अच्छा है, ऐसा कुछ हमारी, तुम्हारी जिंदगी में नहीं है। मेरा मतलब था, तुम कॉलेज में पढ़ती थी। वहाँ सांस्कृतिक गतिविधियों में भी बढ़-चढ़कर हिस्सा लेती थीं, जैसा कि मुझे बताया गया, इसलिए मैंने सोचा, शायद तुम्हारा कहीं कोई प्रेम-प्रसंग हो। तुम्हारी तरफ से नहीं है, पर तुम्हें चाहनेवाले तो कॉलेज में कई रहे होंगे? उनके विषय में कुछ खुलकर बता सकती हो?" संदीप ने मुसकराते हुए पूछा था।

दीपा ने हँसकर बात टाल दी थी। संदीप ने भी इस विषय में ज्यादा पूछना ठीक न समझा था।

शादी के पश्चात् भी यदा-कदा दीपा को छेड़ते हुए वह पूछ लिया करता था, "दीपा, ऐसा नहीं हो सकता कि कॉलेज में तुम्हारा कोई चाहनेवाला न रहा हो। भले ही तुम बताओ, न बताओ, परंतु मुझे लगता है कि इतनी खूबसूरत लड़की के अनेक चाहनेवाले रहे होंगे।"

दीपा सदा की तरह हँसकर टाल जाती। इस संबंध में वह कभी कुछ न कहती।

आज संदीप ने फोन पर किसी से यह सुना कि उसे दीपा मेहता से काम है और वह भी व्यक्तिगत, तब उसका अनुमान सच में बदलने लगा। उसने दीपा से फोन के विषय में सच-सच नहीं बताया। उसके पूछने पर कह दिया कि ऑफिस से वर्मा बाबू का फोन आया था।

खाना खाने में उसका मन नहीं लगा, जबकि उसकी मनपसंद भरवाँ बैंगन की सब्जी बनी थी। दीपा ने उसके चेहरे की परेशानी भाँप ली और पूछा, "कुछ परेशान हो। ऑफिस में कोई गड़बड़ है? वर्मा बाबू ने आज जल्दी क्यों बुलाया?"

"ऑफिस जाकर ही पता लगेगा। फोन पर तो वर्मा बाबू ने कुछ बताया नहीं। इतना कहा कि ऑफिस जरा जल्दी आ जाएँ, कुछ जरूरी काम है। हो

सकता है, बड़े साहब इंस्पेक्शन पर आ रहे हों, खैर···ऑफिस जाकर ही देखता हूँ।" संदीप ने दो रोटियाँ खाकर ही डायनिंग टेबल छोड़ दी। उससे कुछ खाया नहीं गया। उसके दिमाग में वही बात घूम रही थी, कोई उसकी पत्नी से मिलना चाहता है। व्यक्तिगत काम है। क्या काम हो सकता है? यह प्रश्न उसके दिमाग को लगातार मथ रहा था।

ऑफिस में वर्मा बाबू ने बताया, "बड़े साहब कल दोपहर में आनेवाले हैं। मैंने सब फाइलें अच्छी तरह तैयार कर ली हैं। आप एक बार देख लीजिए। बड़े साहब साइड पर भी जाएँगे। विधायकजी के फार्म हाउस में बिजली कनेक्शन का काम अभी तक नहीं हो पाया। विधायकजी ने असंतोष जाहिर किया है, इसलिए बड़े साहब इंस्पेक्शन पर पधार रहे हैं।"

"विधायकजी के फार्म हाउसवाली फाइल कंपलीट नहीं है। मैंने उनके सेक्रेटरी को कुछ जरूरी कागज उसमें लगाने के लिए कह दिया था। फाइल कंप्लीट होते ही उनके वहाँ कनेक्शन हो जाएगा। बड़े साहब पूछेंगे तो हम लोग वह अधूरी फाइल उनको दिखा देंगे। आप जरा लिस्ट बना लीजिए कि फाइल में कौन से कागज और लगने हैं?" संदीप ने वर्मा बाबू से कहा।

"विधायक का सेक्रेटरी तो इधर कुछ दिन ऑफिस आएगा नहीं। सुना है उसकी खूबसूरत बीवी परसों अपने आशिक के साथ कहीं भाग गई।" यह बताते हुए वर्मा बाबू खी-खी कर हँसने लगे।

संदीप को तेज बिजली का झटका लगा। पता नहीं कौन है वो? दीपा का पुराना आशिक! उसे मालूम है, दीपा शादीशुदा है। प्यार मानता कहाँ है? शादी से पहले दीपा को प्रपोज नहीं कर पाया, अब करना चाहता हो। हो सकता है, वह बड़ा आदमी हो गया हो। खूब पैसेवाला। बँगला, गाड़ी, फार्म हाउस सब हो उसके पास। दीपा से कहना चाहता हो कि इस फटीचर इंजीनियर के साथ क्यों अपनी जिंदगी बरबाद कर रही हो। अभी कुछ नहीं बिगड़ा है। मैं कॉलेज के दिनों में तुम्हें प्यार करता था, अब भी उतना ही करता हूँ। मेरे लिए कोई फर्क नहीं पड़ता कि संदीप के साथ तुमने साल भर पत्नी के रूप में बिताया। अभी देर नहीं हुई है, तुम्हारे हाँ कहने की देर है, बस! हम फिर से नई जिंदगी शुरू कर सकते हैं। यहाँ से ज्यादा खुशहाल जिंदगी। थोड़ी देर में संदीप ने क्या-क्या सोच लिया।

अच्छा किया उसने कि फोन पर घर का पता नहीं बताया। बात टाल दी, जब उसने घर का लैंडलाइन नंबर मालूम कर लिया तो घर पता करना कौन सी बड़ी बात है। हो सकता है, उसने मेरे घर का पता मालूम कर लिया हो और पहुँच गया हो मेरे घर। दीपा के पास अकेले में। मैं यहाँ ऑफिस में। वह अकेला मेरे घर में, मेरी बीवी के पास, अपने व्यक्तिगत काम से। आखिर किसी व्यक्ति को मेरी बीवी से कौन सा व्यक्तिगत काम हो सकता है? मेरे लिए भले ही वह अनजान हो। उसने फोन पर अपना नाम तक नहीं बताया। दीपा के लिए वह अनजान न होगा। दीपा उसे जरूर जानती होगी, कॉलेज के दिनों से।

वर्माजी ने बहुत सी फाइलें उसकी टेबल पर लाकर रखीं, तब संदीप की तंद्रा टूटी। वर्माजी बोले, "कल बड़े साहब ये फाइलें तलब कर सकते हैं। कुछ नई योजनाएँ, जो स्वीकृति के लिए ऊपर गई हैं, कुछ निर्माणाधीन योजनाएँ, जिनमें अभी काम चल रहा है और कुछ वे योजनाएँ, जिनमें स्वीकृति के बाद भी काम प्रारंभ नहीं हो पाया। विधायकजी के फार्म हाउस की फाइल भी इसमें है। आप सारी फाइलें एक तरफ से देख लीजिए। बड़े साहब आपसे ही पूछताछ करेंगे।"

संदीप एक-एक कर फाइलें पलटने लगा। उसने कुछ जरूरी जानकारियाँ अपनी डायरी में लिख लीं। साहब से डिस्कशन करने में सुविधा रहेगी। बड़े बाबू के चैंबर में कोई उनसे बतिया रहा था, "विधायकजी के सेक्रेटरी की पत्नी ने कोर्ट में तलाक के लिए अर्जी लगाई है। वह अपने प्रेमी से विवाह करके उसके साथ विधिवत् रहना चाहती है। बाद में कोई कानूनी अड़चन न हो, इसके लिए उसने कोर्ट में अर्जी लगा दी है।"

"पहले से प्रेमी-प्रेमिका की प्लानिंग रही होगी। कई दिनों से चक्कर चल रहा होगा। ठीक किया सेक्रेटरी की बीवी ने, जिसका जहाँ मन लगे, उसे वहाँ रहना चाहिए। घुट-घुटकर कहीं क्यों रहना? सेक्रेटरी अब कहीं और शादी कर लेगा।" वर्मा बाबू ने उत्तर दिया।

बगलवाले कमरे में ये बातें संदीप साफ-साफ सुन रहा था। जिसका जहाँ मन लगे, उसे वहाँ रहना चाहिए, परंतु समाज, मर्यादा और परिवार का भी कोई महत्त्व है या नहीं? इनके लिए कोई अपना जीवन बरबाद तो नहीं कर सकता।

दीपा यदि किसी के साथ जाना चाहेगी तो वह उसे मना नहीं करेगा, फिर उसका क्या होगा? कर लेगा दूसरी शादी, कहीं भी। हाँ, दीपा के माता-पिता होते तो वह उनसे एक बार दीपा की शिकायत जरूर करता। दो महीने हुए एक कार एक्सीडेंट में उनका देहावसान हो गया। दीपा का एक बड़ा भाई है सुनील, परंतु वह अपनी पत्नी के कहे अनुसार चलता है। उसकी पत्नी बहुत स्वतंत्र विचारों की है। नहीं पटी उसकी दीपा के माता-पिता से। उनके जीवनकाल में ही वह उसी शहर में अपने पति को लेकर अलग रहने लगी थी। दीपा के भी अपने बड़े भाई से ज्यादा संपर्क-संबंध नहीं हैं। इस स्थिति में दीपा की शिकायत वह किसी से नहीं कर सकता! शिकायत करने की जरूरत क्या है? वर्मा बाबू के विचार ठीक हैं—जिसका जहाँ मन लगे, उसे वहाँ रहना चाहिए। कोई जबरदस्ती है कि दीपा मेरे साथ ही रहे। मुझसे ज्यादा धनवान, ज्यादा हैंडसम, ज्यादा चाहनेवाला कोई उसे मिलता है तो वह उसके साथ जा सकती है।

लैंडलाइन नंबर तो उसके पास है ही। सुबह मेरे ऑफिस आने से पहले उसने फोन किया था, इसलिए फोन मैंने रिसीव किया और बात टाल दी। उसने दोबारा उसी नंबर पर फोन लगाया हो और दीपा से उसने घर का पता पूछ लिया हो, शायद वह अभी घर पर ही हो। संदीप ने बेचैन होकर दीपा को मोबाइल लगाकर पूछा, “कोई आया तो नहीं?”

“नहीं, कोई नहीं आया। कोई आनेवाला था क्या?” उधर से दीपा ने पूछा।

“नहीं, नहीं। मैंने सोचा, कोई मुझे पूछता हुआ घर आया हो, इसलिए तुमसे पूछ लिया।” संदीप ने जवाब देकर फोन काट दिया।

संदीप ने सोच लिया कि आज सुबह के फोन की बात उसे दीपा को बता देनी चाहिए। उसके मन में क्या है, यह बातचीत से स्पष्ट हो जाएगा, यदि उसकी पूर्व से कोई योजना है। वह नहीं रहना चाहती मेरे साथ। किसी और के साथ नया जीवन शुरू करना चाहती है तो मैं बाधा नहीं बनूँगा।

शाम को घर आकर संदीप ने चाय पी और सहज ढंग से दीपा से कहा, “कोई तुमसे मिलना चाहता है। कहता है, तुमसे व्यक्तिगत काम है। सुबह लैंडलाइन पर उसका फोन आया था।”

“क्या नाम है उसका?” दीपा ने आश्चर्य से पूछा।

"मैं नाम नहीं पूछ पाया।" संदीप ने जवाब दिया।

"ठीक है। अपने लैंडलाइन फोन में मेमोरी सिस्टम है। उसका नंबर निकालिए और अभी उसे फोन करिए। कहिए कि कल सुबह नौ बजे वह मुझसे मिलने आ जाए। आखिर मैं भी देखूँ कि कौन है वह, जिसको मुझसे व्यक्तिगत काम है।" दीपा ने कुछ उत्तेजित होकर कहा।

संदीप ने नंबर निकालकर डायल किया। उधर से 'हैलो' सुनकर संदीप ने कहा, "आप मिसेज दीपा मेहता से मिलना चाहते थे। आपका उनसे कोई व्यक्तिगत काम है। सुबह आपका फोन आया था। आप कल सुबह नौ बजे, मालवीय नगर, तीन सौ बहत्तर-सी में आ जाएँ।"

"ठीक है।" उधर से उसने इतना ही कहा।

"आपने फिर नाम नहीं पूछा! कम-से-कम आप जिससे बात कर रहे हैं, उसका नाम तो आपको पूछना चाहिए।" दीपा ने उलाहना दिया।

कल सुबह सब दूध-का-दूध, पानी-का-पानी हो जाएगा। कल खुल जाएगा पूरा रहस्य कि कौन है दीपा का आशिक और उसका दीपा से कौन सा व्यक्तिगत काम है? संदीप ऐसा सोचते हुए चुप रहा। कुछ बोला नहीं।

संदीप की रात करवटें बदलते हुए कटी। दीपा पास में ही सोई थी। उसने दीपा को छुआ तक नहीं। उसे इस बात पर भी आश्चर्य है कि दीपा ऐसा व्यवहार कर रही है, जैसे उसे जानती तक नहीं, जिसे उससे व्यक्तिगत काम है। आखिर ये माजरा क्या है? संदीप को यह प्रश्न बहुत बेचैन किए जा रहा था।

सुबह ठीक नौ बजे दरवाजे की बेल बजी। संदीप ने दीपा से कहा, "दरवाजा तुम खोलो। मैं यहीं अपने कमरे में हूँ। उसका तुमसे व्यक्तिगत काम है। वहाँ मेरी क्या जरूरत?"

संदीप का व्यवहार दीपा को अच्छा नहीं लगा। इस समय उससे कुछ कहना ठीक न था, इसलिए चुपचाप जाकर उसने दरवाजा खोला। सामने एक बुजुर्ग व्यक्ति खड़े थे। उसके पिता की उम्र के होंगे। पहल दीपा ने ही की, "मैं दीपा मेहता। आपको मुझसे ही कोई व्यक्तिगत काम था?"

"हाँ, मैं आपके पिता दीनानाथजी के बचपन का मित्र हूँ। मेरा नाम अमरनाथ है। दिल्ली से आया हूँ।"

"आइए! आइए!" इतना कहकर दीपा उन्हें अंदर बैठक में ले आई और सादर बैठने के लिए कहा।

"बेटी, तुम मुझे नहीं पहचानती। तुम्हारा बड़ा भाई सुनील भी मुझे नहीं पहचानता। तुम दोनों बहुत छोटे थे, तब मैं अपना शहर छोड़कर कारोबार के सिलसिले में अमेरिका चला गया था। तीन महीने पहले दिल्ली आकर मैंने वहीं रहने का मन बनाया। सुनील की और तुम्हारी शादी हो चुकी थी। दीनानाथ को मैंने दिल्ली बुलाया था। वे तुम्हारी माताजी के साथ मेरे घर पधारे। तुम्हारी माँ ने एक डिब्बा मुझे सौंपते हुए कहा था, 'भैया, इसमें मेरे सारे जेवर हैं। ये दीपा के लिए हैं। मेरे मरने के बाद उसे सौंप देना। अभी सुनील और उसकी पत्नी झगड़ा कर सकते हैं।'

आगे की बात तुम्हारे पिता ने कही, 'सुनील को शहर का हमारा घर मिल जाएगा। घर का सब सामान भी उसका है। यह डिब्बा सिर्फ दीपा के लिए है। उसके हाथ में देना।'

वे दोनों सुनील और बहू को लेकर बहुत दुःखी थे। एक ही शहर में माँ-बाप और बेटे-बहू का अलग रहना उन्हें बहुत खलता था।

मैंने जब उनसे कहा, 'आप स्वयं कभी यह डिब्बा दीपा को अपने हाथों से दे दीजिएगा।'

'जीवन का कोई भरोसा नहीं है अमरनाथ! कब जीवन की ज्योति बुझ जाए, कौन जानता है। मैं जैसा चाहता हूँ, वैसा बँटवारा मैंने कर दिया। बच्चों की शादी जब हुई, तुम अमेरिका में थे। ये दोनों की शादी की फोटोग्राफ हैं। तुम्हें पहचानने में सुविधा होगी। इन दिनों दीपा के पति संदीप की पोस्टिंग किशनगंज में है। वह बिजली विभाग में इंजीनियर है।' कहते-कहते वे भावुक हो गए थे, शायद उन्हें अपने जीवन में आगामी दुर्घटना का पूर्वाभास हो गया था। उस मुलाकात के बाद ही सुना कि एक कार दुर्घटना में दोनों का देहांत हो गया।

मैं किशनगंज गया था, संदीप के पुराने पते पर। वहीं पता चला कि संदीप का ट्रांसफर यहाँ अनूप शहर में हो गया है। पुराने मकान मालिक से संदीप के घर का लैंडलाइन नंबर प्राप्त हुआ। यहाँ आकर मैंने तुरंत इस नंबर पर संपर्क किया और अब तुम्हारे सामने हूँ।" इतना कहकर उन्होंने अपने बैग से एक खूबसूरत-

सा डिब्बा निकाला और दीपा के हाथों में सौंप दिया।

दीपा ने डिब्बा खोलकर देखा, उसमें रखे माँ के सभी जेवर चमचमा रहे थे। दीपा उन्हें पहचानती थी। वे जेवर देखते हुए दीपा को माँ की बहुत याद आई। उसकी आँखें नम हो गईं। उसने अपने आप को सँभाला और कहा, "अंकल, आप मेरे पिता जैसे हैं। खाना खाकर जाइएगा।"

"नहीं बेटी! दोपहर में मेरी फ्लाइट है। जिस काम से आया था, वह पूरा हुआ। मेरे सिर से आज एक बोझ उतर गया, अब निकलना चाहूँगा।"

सामने से संदीप एक ट्रे में बिस्कुट और चाय लेकर प्रगट हुए।

दीपा ने परिचय कराया, "मेरे पति और आप मेरे पिताजी के बचपन के मित्र अमरनाथजी।" सबने एक साथ चाय पी। दीपा और संदीप ने अमरनाथजी को बार-बार धन्यवाद कहा।

कल संदीप बहुत तनाव में था। आज बहुत उत्साहपूर्वक उसने अपने बड़े साहब का इंस्पेक्शन निपटाया।

□

मुलाकात

दीपक के बेटे की शादी है। एक हफ्ते पहले कोरियर से शादी का कार्ड मिल गया था। आज सुबह उसका फोन भी आ गया, "विमल भाई, बेटे की शादी है। आपको जरूर आना है। हम लोग प्रतीक्षा करेंगे।"

बहुत दिनों बाद दीपक से आज फोन पर बात हुई। कॉलेज में हम लोग साथ पढ़ते थे। वह कॉलेज के दिनों से ही कहानियाँ और कविताएँ लिखा करता था। उन दिनों स्थानीय समाचार-पत्रों के रविवारीय अंकों में उसकी कहानियाँ छपतीं और आकाशवाणी के युवा कार्यक्रमों में उसे कविता पाठ के लिए बुलाया जाता। जिस दिन रेडियो पर उसका कविता पाठ होता, वह कॉलेज में हम सब मित्रों को उत्साहपूर्वक बताता, फिर शाम को हम कई मित्र एक साथ मिल-बैठकर किसी के ट्रांजिस्टर पर उसका कविता पाठ सुनते। यह तो बहुत बाद में हमें पता चला कि उसके काव्य पाठ के श्रोताओं में हमारी ही क्लास में पढ़नेवाली अनीता भार्गव भी है।

बी.ए. फाइनल में पहुँचते-पहुँचते दीपक की कहानियाँ राष्ट्रीय स्तर की साप्ताहिक पत्रिकाओं में छपने लगी थीं। शहर में और शहर के बाहर कई जगहों से कवि सम्मेलनों के लिए उसे निमंत्रण भी मिलने लगे थे। मैं हमेशा उससे पूछा करता, "दीपक, बी.ए. करने के बाद क्या करने का इरादा है ?"

वह मुसकराकर कहता, "मैं लेखक हूँ और मुझे लेखक ही होना है। माना कि अभी पत्र-पत्रिकाओं से मुझे बहुत कम पारिश्रमिक मिलता है। कल को मेरे कई उपन्यास प्रकाशित होंगे। पाठ्यक्रमों में भी मेरी कुछ रचनाएँ लग जाएँगी। आकाशवाणी और दूरदर्शन है ही। लेखन से इतना तो मुझे मिल ही जाएगा कि

अकेले राम का जीवन आराम से कट जाए।"

"अकेले राम! ऐसा क्यों कहते हो। क्या शादी नहीं करोगे? वहाँ वो अनीता सरेआम अपनी सहेलियों से कहती फिरती है कि वह शादी करेगी तो सिर्फ दीपक जोशी से और किसी से कभी नहीं। उसके प्रेम के प्रति तुम क्या कहते हो?" मैंने आश्चर्यचकित हो पूछा।

"उसका प्यार एकतरफा है। वह बहुत अच्छी लड़की है, जिससे उसकी शादी होगी, वह परम सौभाग्यशाली होगा। मेरा जीवन संघर्षपूर्ण है। मेरी नजर समाज में व्याप्त असमानता, शोषण और अत्याचार पर है, मुझे अपनी रचनाओं में इनका पर्दाफाश करना है। विस्तार से लिखना है, सामाजिक विसंगतियों पर। भरण-पोषण के लिए अपनी रचनाओं से जो मिल जाएगा, वह पर्याप्त है। इस प्रकार अनीता मेरे साथ निर्वाह नहीं कर पाएगी।" दीपक ने गंभीरतापूर्वक जवाब दिया।

दीपक इस प्रकार की बातें प्राय: अपनी मित्र-मंडली में कहता रहता था। अनीता तक उसके विचार पहुँचते देर न लगी। उसकी सहेलियों ने उसे समझाया भी, "दीपक सिर्फ लेखक है। माना कि अच्छा लेखक है, परंतु सिर्फ लेखन से जिंदगी नहीं चलती। तुम्हारा उसके साथ निर्वाह कैसे होगा?"

अनीता साफ-साफ कहती, "वह लेखक है। कवि है। इसीलिए तो मुझे उससे मोहब्बत है। परिवार हम दोनों को मिलकर चलाना है। मेरी भी तो अपने परिवार के प्रति जिम्मेदारी रहेगी। मैं सिर्फ अपने पति की कमाई के विषय में क्यों सोचूँ?"

उसकी सहेलियाँ उसकी बात का कोई जवाब न दे पातीं। एक बार तो सीधे-सीधे अनीता ने दीपक से कह दिया, "पढ़ाई के बाद मुझे तुमसे शादी करनी है। तुम्हारी कहानियों और कविताओं से मैं बहुत प्रभावित हूँ।"

"देखो, अनीता! तुम समझदार हो। पढ़ी-लिखी और खूबसूरत भी हो। किसी भी अच्छे परिवार में तुम्हारी शादी हो जाएगी। मेरा जीवन, एक लेखक का जीवन है, जिसमें बहुत उतार-चढ़ाव होंगे, आर्थिक अभाव रहेंगे, इन सबके बीच तुम्हारा प्यार खोने लगेगा, फिर तुम्हें अपने निर्णय पर बहुत पश्चात्ताप होगा। इसलिए भावुकतावश मेरे साथ विवाह करने की भूल मत करना।" दीपक

ने अपनी तरफ से अनीता को खूब समझाया था।

अनीता का दो टूक जवाब, "मैं अपने प्यार को असफल होते नहीं देख सकती।"

दीपक और अनीता के बीच क्या चल रहा है? हमारी क्लास के सभी छात्र-छात्राओं को अच्छी तरह मालूम था।

कुछ दिनों पश्चात् बी.ए. का रिजल्ट निकला। रिजल्ट निकलने के बाद दीपक अनीता से बिना मिले अपने गाँव चला गया। अनीता ने अपने एकतरफा प्रेम-प्रसंग को अपने माता-पिता से नहीं छुपाया, उन्हें पहले से मालूम था। छोटा सा अनूप नगर, कहाँ छुपती हैं भला ऐसी बातें। अनीता के माता-पिता समझदार और पढ़े-लिखे, उन्होंने अपनी बेटी के निर्णय पर कोई आपत्ति नहीं की। उनकी एक ही शर्त थी कि दोनों में कोई भी यदि कमाने लगे, नौकरी में आ जाए तो वे तुरंत यह शादी कर देंगे।

अनीता इस सत्य को जानती थी कि परिवार की नींव मजबूत आर्थिक आधार पर ही रखी जाती है। दीपक तो बिना मिले गाँव चला गया। वह अपनी तरफ से पत्र लिखेगा, इसकी आशा भी बहुत कम थी। अनीता ने कमर कसी और पूरी मेहनत, लगन के साथ प्रतियोगी परीक्षाओं की तैयारी में जुट गई। उन दिनों स्टेट बैंक में क्लर्कों की बहुत जगहें निकलीं। अनीता ने पूरे विश्वास के साथ बैंक की परीक्षा दी। पहली ही चयन सूची में उसका नाम आ गया। स्थानीय एस.बी.आई. की ब्रांच में उसकी पोस्टिंग हुई। नौकरी जॉइन करते ही उसने अपने पिता को दीपक के गाँव भेजा। वे खुशी-खुशी गए और दीपक को इस विवाह के लिए सहमत करके ही आए।

दीपक और अनीता की शादी एक सादगीपूर्ण समारोह में संपन्न हुई। मैं उन दिनों शहर में ही था। हमारे बैच के लगभग सभी छात्र कार्यक्रम में उपस्थित हुए। हम सबने दीपक और अनीता के भावी जीवन के लिए उन्हें शुभकामनाएँ दीं। कुछ दिनों बाद एक प्राइवेट कंपनी में मुझे दिल्ली में नौकरी मिल गई। हमारे बैच के अन्य लोग भी अपने काम के सिलसिले में अन्य शहरों में जा बसे। दीपक और अनीता ने उसी शहर में रहते हुए अपने वैवाहिक जीवन की शुरुआत की।

मैं अपनी कंपनी के कामों में व्यस्त होता चला गया। कंपनी का कारोबार कई देशों में फैला हुआ है। मुझे अपने काम के सिलसिले में लंबी-लंबी विदेश यात्राएँ करनी पड़ती है। समय तो जैसे पंख लगाकर उड़ता है, वह उड़ता ही गया और पूरे पच्चीस साल बीत गए। इस बीच दीपक से एक-दो बार मुलाकात हुई, लेकिन बहुत संक्षिप्त-सी। उससे मिल-बैठकर बहुत सारी बातें करने का अवसर ही नहीं मिला, अब उसके बेटे की शादी है। निमंत्रण कार्ड समय से मिल गया और सुबह दीपक का फोन भी आ गया। बहुत दिनों से मेरी दीपक और अनीता से मिलने की इच्छा है। सोचता हूँ कि तीन दिन का प्रोग्राम बनाकर जाऊँ। शुरू के दो दिन तो शादी की धूमधाम में व्यतीत हो जाएँगे। एक दिन पूरा दीपक और अनीता के साथ बिताऊँगा। इस बीच दीपक ने बहुत साहित्यिक प्रगति कर ली होगी।

सत्तर के दशक तक कितनी घरेलू पत्रिकाएँ निकलती थीं। उन दिनों हम लोग कॉलेज में अपनी पढ़ाई कर रहे थे और विभिन्न पत्र-पत्रिकाएँ भी पढ़ रहे थे। दीपक की कई कहानियाँ मैंने उसी समय साप्ताहिक पत्रिकाओं में पढ़ी थीं। कॉलेज में तो सब लोग दीपक को जानते ही थे, शहर में भी बहुत सारे लोग उसे जानने लगे थे। उन दिनों घर-घर में पत्रिकाएँ आ रही थीं। लोग खूब पढ़ते थे और उन पर चर्चा भी करते रहते थे। इधर जाने क्या हुआ कि लगभग सारी पारिवारिक पत्रिकाएँ बंद हो गईं, सिर्फ अखबार रह गए। कुछ साहित्यिक पत्रिकाएँ जरूर हैं। जिन्हें साहित्य में विशेष रुचि है, वे ही इन पत्रिकाओं को मँगा रहे हैं और पढ़ रहे हैं। मुझे तो अखबार तक पढ़ने की फुरसत नहीं मिलती। मोबाइल में इन दिनों समाचारों से लेकर साहित्य तक, सबकुछ तो है। थोड़ा-बहुत समय यदि बचता है तो घर पर टी.वी. देखते हुए बीत जाता है।

बहुत दिन हुए एक संक्षिप्त-सी मुलाकात दीपक से यहीं दिल्ली में हुई थी। वह गांधी शांति प्रतिष्ठान में ठहरा था। किसी कार्यक्रम के सिलसिले में उसका दिल्ली आगमन हुआ था। उसी दिन शाम को मुझे कंपनी के काम से अमेरिका जाना था। दोपहर को जैसे ही उसका फोन आया, मैं भागा-भागा गांधी शांति प्रतिष्ठान पहुँचा। वह बहुत उत्साहपूर्वक मिला। मैंने उसके परिवार के विषय में पूछा तो उसने बताया, "एक बेटा और एक बेटी है। बेटा कंप्यूटर

साइंस में इंजीनियरिंग कर रहा है और छोटी बेटी इन दिनों एम.बी.ए. का कोर्स कर रही है। अनीता अब एस.बी.आई. में ब्रांच मैनेजर हो गई है और मैं जैसा था, वैसा ही हूँ। थोड़ा-बहुत लिख-पढ़ रहा हूँ, अब लिखने में वैसा उत्साह नहीं रहा, जैसा उन दिनों था, जब तुम लोग शहर में हुआ करते थे।"

"उत्साह क्यों नहीं रहा?" मैंने तुरंत पूछा था।

"साहित्य की दुनिया इन दिनों बदल गई है। हिंदी के पाठक लगातार कम होते जा रहे हैं। पत्रिकाओं की अपनी राजनीति है। प्रकाशन संस्थान सरेआम लेखकों का शोषण करते हैं। अधिकांश लेखक पद और पुरस्कार के लिए नेताओं के आगे-पीछे घूमते रहते हैं। ईमानदारी और संघर्ष का जज्बा लेखकों में लगातार कम होता जा रहा है। पहले किसी लोकप्रिय साप्ताहिक में रचना प्रकाशित हो जाए तो देश भर में पहचान स्थापित हो जाती थी, अब जो पत्रिकाएँ निकल रही हैं, उनमें रचना छपती है, कुछ साहित्यिक मित्र ही उसे देखते हैं। लेखकों में जबरदस्त गुटबाजी है। हर गुट का आलोचक सिर्फ अपने गुट के लेखकों को महान् बताता फिरता है। शेष लेखक कितना ही अच्छा लिख रहे हों, उनकी बला से। इसलिए लिखने में उत्साह कम होता जा रहा है, लेकिन लिखते रहने के सिवा हम कुछ नहीं कर सकते। नौकरी के लिए उस समय मैंने कुछ जगहों में एप्लाई किया था। नौकरी मिली नहीं, फिर मेरे जैसे स्वभाववाला आदमी नौकरी कर भी नहीं सकता। नौकरी मिल जाती तो जल्द ही मुझे उससे निकाल दिया जाता। अनीता मेरे लिए साक्षात् लक्ष्मी है। सफलतापूर्वक घर चला रही है। मैं नकारा इधर-उधर साहित्यिक कार्यक्रमों में घूमता रहता हूँ।" ऐसा कहते हुए उसने अपने ही ऊपर करारा व्यंग्य किया।

मेरी शाम की फ्लाइट थी, इसलिए मैं ज्यादा देर उसके पास न रुक सका। उसने अपने दो उपन्यास मुझे भेंट किए। मैं खुश हुआ कि चलो बहुत दिनों बाद ही सही, दीपक का लिखा हुआ पढ़ने को तो मिला। मैं नमस्ते करके वहाँ से चला आया। दीपक को ये क्या हो गया है? कहता है, लिखने में अब उत्साह जाता रहा। ऐसा नहीं होना चाहिए। वह एक लेखक है और लेखक होने के लिए ही पैदा हुआ है। अगली बार जब मिलेगा तो इस विषय पर मैं उससे विस्तार से बातचीत करूँगा। मैं तो उसे कॉलेज के दिनों से अब तक सिर्फ लेखक के

रूप में ही जानता आया हूँ। वह आगे भी लिखेगा और उत्साहपूर्वक लिखेगा। मैं उसे समझाऊँगा।

मैंने नियत तारीख में अनूप नगर जाने का रिजर्वेशन करा लिया। मन में बहुत उत्साह है, दीपक और अनीता से मिलने का। दीपक ने फोन पर बताया था कि बेटे सुनील ने कंप्यूटर इंजीनियरिंग में डिग्री हासिल कर ली है। उसकी होनेवाली पत्नी भी सॉफ्टवेयर इंजीनियर है। दोनों बहुत बड़े पैकेज के साथ एक ही कंपनी में काम करते हैं। भविष्य में उनका यू.एस. जाने का प्लान है। छोटी बेटी सुधा ने एम.बी.ए. किया है, वह भी एक स्थानीय कंपनी में अच्छे पैकेज के साथ काम करती है। अगले बरस उसकी भी शादी कर देंगे। बेटी की एक ही शर्त है कि उसके पति की तनख्वाह उससे ज्यादा होनी चाहिए। यदि वह उससे छोटे पद पर होगा तो उसकी नहीं निभेगी। इसलिए हम ढूँढ़ रहे हैं, उसके लायक कोई लड़का।

सचमुच, अनीता भाभी ने अपने परिवार को खूब सँभाला। बेटे और बेटी दोनों को पढ़ा-लिखाकर बहुत योग्य बनाया, अब बच्चों का घर बसने जा रहा है।

मैं ठीक शादी के दिन दीपक और अनीता के घर पहुँच गया। पहली बार उनके घर आया था। घर के सामने जो नेम प्लेट लगी थी, उस पर लिखा था—दीपक जोशी, 54 मालवीय नगर। एड्रेस मुझे मालूम था। घर ढूँढ़ने में कोई परेशानी नहीं हुई। अनीता के माता-पिता अपने पैतृक गाँव में रहते हैं। वहाँ पुरखों की कुछ खेतीबाड़ी है। दीपक ने ही बताया था कि अनीता ने बैंक से लोन लेकर एक बड़ा सा मकान खरीद लिया है। बैंक के कर्मचारियों को लोन की विशेष सुविधा रहती है। अनीता ने समय रहते परिवार के लिए एक घर खरीद लिया, अब दीपक-अनीता और उनके दोनों बच्चे इसी में रहते हैं।

दरवाजे पर दीपक ही मिला, उसने बढ़कर मुझे गले लगाया और अपने पढ़ने-लिखने वाले कमरे में मुझे ठहराया। कार्ड में छपा था कि डायमंड होटल में शादी का कार्यक्रम संपन्न होगा। होटल के कई कमरे बुक करा लिये गए थे, जिनमें और मेहमानों को ठहराया गया था। अनीता से नमस्ते भर हो पाई, वह शादी के इंतजाम में पूरी तरह व्यस्त थी। दीपक जरूर मुझे फुरसत-सा दिखा।

मेरे साथ बैठकर उसने इत्मीनान से चाय पी। मेरे घर–परिवार के हालचाल पूछे, फिर अपने साथ मुझे डायमंड होटल ले गया। रास्ते में उसने बताया, "आजकल स्थानीय अखबार 'प्रभात' के संपादकीय विभाग में काम करने लगा हूँ। इतवार को साहित्य के जो पेज छपते हैं, उन्हें देखता हूँ। साहित्य संपादक के रूप में मेरा नाम जाता है।"

"चलो अच्छा है, अपनी पसंद का ही काम कर रहे हो।" मैंने कहा।

"मेरे बेटे और बेटी को यह अच्छा नहीं लगता कि मैं कुछ नहीं करता। उनके मित्र पूछते हैं कि तुम्हारे पापा क्या करते हैं? लेखक हैं, कहने से बात नहीं बनती। वे पूछते हैं, काम क्या करते हैं? बेटे और बेटी को यह कहते अच्छा नहीं लगता कि वे कुछ नहीं करते। घर–परिवार तो मम्मी चलाती हैं। बेटी की कंपनी में सी.ई.ओ. हैं, अनूप अग्रवाल। उनके छोटे भाई का अखबार है यहाँ। बेटी ने ही संपादक का नियुक्ति पत्र लाकर मुझे दिया। मैंने कहीं कोई प्रयास नहीं किया था। सुनील और सुधा दोनों की इच्छा थी कि मैं यह नौकरी जॉइन कर लूँ। अनीता ने मेरी इच्छा के ऊपर छोड़ दिया था। उसका कहना था, मन लगे तो करो, न मन लगे तो हरगिज मत करना। बच्चों का मन रखने के लिए मैंने यह नौकरी कर ली, लेकिन अपनी शर्तों पर ही वहाँ काम करता हूँ। इसी बहाने कुछ समय कट जाता है।" दीपक ने सहज ढंग से बताया।

"और लेखन कार्य कैसा चल रहा है?" मैंने पूछा।

"दो साल से कुछ नहीं लिखा। न कविता, न कहानी। मन नहीं लगता इन दिनों।" दीपक ने कुछ निराशा भरे स्वर में कहा।

होटल आ गया था। हम लोगों ने भीतर प्रवेश किया। मैरिज हॉल अच्छी तरह सजाया जा चुका था। दीपक ने सुनील और सुधा से परिचय कराया, जो वहाँ अपने फ्रैंड सर्किल में व्यस्त थे। दोनों बहुत खुश थे। लड़कीवाले भी इसी होटल की ऊपरी मंजिल में अपने रिश्तेदारों सहित आ गए थे। शाम को बारात निकलेगी। शहर का एक चक्कर लगाकर, फिर इसी होटल में आ जाएगी। दोनों तरफ से पूरा इंतजाम कर लिया गया था। कहीं कोई कमी न थी।

कुछ देर बाद हम लोग तैयार होने के लिए घर आ गए। अनीता सहित दोनों बच्चे और अन्य मेहमान होटल में ही थे। दीपक ने चाय बनाई। हम लोगों

ने चाय पी और हाथ-मुँह धोकर शादी समारोह में सम्मिलित होने के लिए तैयार होने लगे।

सारी रात शादी के कार्यक्रम चले। शहर के सभी साहित्यिक मित्र आए। दीपक ने सबसे मेरा परिचय कराया। उनके अखबार के पत्रकार बंधु भी पधारे, उनसे भी दीपक ने मिलवाया। समारोह में सुनील और सुधा के परिचितों की संख्या सबसे ज्यादा थी। अनीता के बैंक स्टाफ के लोग भी पधारे थे। सुनील की होनेवाली पत्नी भी सॉफ्टवेयर इंजीनियर है, उसके मित्र, परिचित और कंपनी के स्टाफवाले भी समारोह में पधारे थे। दोनों तरफ के मेहमानों के लिए सम्मिलित रिसेप्शन रखा गया था। इस प्रकार धूमधाम से दीपक के बेटे की शादी संपन्न हुई।

दूसरे दिन सुबह ही बहू की विदाई हुई, तत्पश्चात् मेहमानों के जाने का सिलसिला शुरू हो गया। बहू घर में आ गई, अब घर में गहमागहमी थी। घर के सामने बड़ा सा लॉन था, जहाँ कुरसियाँ डाल दी गई थीं। बैठक के बड़े हॉल में दिन भर बहू की मुँह-दिखाई का कार्यक्रम चलता रहा।

तीसरे दिन, जब सब मेहमान जा चुके, तब दीपक और अनीता से बातचीत करने का अवसर मिला। आज पहले दिन ससुराल में बहू को खाना बनाकर सबको खिलाना था। सुधा अपनी भाभी के साथ रसोई के काम में लग गई। परिवार में सब लोग बहू से पूर्व परिचित थे, इसलिए कहीं कोई संकोच या झिझक की बात नहीं थी।

नाश्ते के समय से ही अनीता, दीपक और मैं रीडिंग रूम में आकर बैठ गए। बातों का सिलसिला चल निकला।

अनीता ने ही बात शुरू की—"विमल भैया, इन्होंने पिछले दो सालों से कोई नई रचना नहीं लिखी। न कहानी, न कविता। मैं इनकी रचनाओं की पहली पाठिका हूँ। मुझे इनके न लिखने से बेचैनी होती है।"

"आजकल कुछ भी नया लिखने का मन नहीं होता विमल! साहित्य की दुनिया इन दिनों बहुत बदल गई है। पहले हम लेखकगण भ्रष्टाचार, अन्याय और शोषण के खिलाफ अपने लेखन से आवाज बुलंद करते थे। अकसर जनआंदोलनों में भी अपनी भागीदारी दर्ज कराते थे। इधर पद, पुरस्कार,

फेलोशिप, विदेश यात्राएँ, इनके जुगाड़ में अधिकांश लेखक संलग्न दिखाई देते हैं। साहित्यिक पत्रिकाएँ कम हैं, जितनी हैं, गुटबाजी से ग्रसित हैं। साल भर में एक रचना कहीं छप भी गई तो उससे कोई पहचान नहीं बनती। प्रकाशक सरेआम लेखकों का शोषण करते हैं और लेखक इस स्थिति में प्रसन्न हैं। कहीं कोई विरोध का स्वर नहीं। प्रकाशकों द्वारा रॉयल्टी देने की परंपरा अब लगभग समाप्त हो गई है। तीन-चार साल तक तो वे आपकी पांडुलिपि पर निर्णय ही नहीं लेते। बाद में खेद सहित वापस कर देते हैं। इन दिनों तो बड़े-बड़े लेखक पैसे देकर अपनी पुस्तकें छपवा रहे हैं। चर्चा, गोष्ठी, समीक्षा और सम्मेलन आदि सब प्रायोजित हैं। हिंदी में पाठक वर्ग बहुत कम है, किसके लिए लिखा जाए? मेरे न लिखने से भला क्या फर्क पड़ता है!" दीपक ने अपना लंबा सा स्पष्टीकरण दे दिया।

"अनीता के लिए लिखना है, वह आपकी पहली पाठिका है। तुम उसे घर की लक्ष्मी कहते हो। तुम्हें पता है, उसका देवी जैसा व्यक्तित्व कैसे बना? तुम्हारी रचनाएँ पढ़ते हुए। वह कॉलेज के दिनों से तुम्हारी रचनाएँ पढ़ती आ रही है। इसी प्रकार अन्य पाठक भी तुम्हें कहीं-न-कहीं पढ़ते होंगे। भले ही तुम उन्हें न जानते हों। निश्चित ही तुम्हें पढ़ते हुए उनका व्यक्तित्व भी निखर रहा होगा।" मैंने अपना दृष्टिकोण दीपक के सामने स्पष्ट किया।

"समय बहुत बदल गया है विमल भाई, अब समय की माँग साहित्य नहीं, कुछ और है। मेरे ही घर में सुनील और सुधा को मेरी रचनाओं में कोई दिलचस्पी नहीं है। उन दोनों ने आज तक मेरी कोई पुस्तक नहीं पढ़ी। सुधा अपने परिचितों में 'प्रभात' के संपादक कहकर मेरा परिचय कराती है। सुनील भी आजकल मुझे अखबार का एक बड़ा पत्रकार कहकर लोगों से मिलवाता है। मुझे हँसी आती है, उनकी हरकतों पर, अब पुस्तक से ज्यादा जरूरी लैपटॉप और सेलफोन हैं, उसमें दुनिया भर की जानकारी उपलब्ध है, फिर तुम्हीं बताओ, किसके लिए, क्या लिखा जाए?" दीपक ने चाय पीते हुए अपनी बात कही।

हम तीनों ने अपने-अपने चाय के प्याले हाथ में उठा लिये। सुधा ने एक प्लेट में सैंडविच भी लाकर रख दी थीं। कुछ देर कमरे में मौन पसरा रहा, फिर अनीता बोली, "देखो, मैंने एक लेखक से प्रेम विवाह किया है। मैं चाहती

हूँ, तुम जीवन भर लेखक ही बने रहो। मैं किसी और रूप में तुम्हें नहीं देखना चाहती। हम लोगों ने जीवन को बहुत करीब से देख लिया है, अब आपको अपने लेखन में जीवन का गंभीर विश्लेषण करना चाहिए। चार उपन्यास और छह कहानी-संग्रह प्रकाशित हो गए आपके। सौ-दो सौ कविताएँ आपकी फाइल में होंगी। कविता-संग्रह कोई प्रकाशक लेना नहीं चाहता, इसलिए काव्य-संग्रह आपके प्रकाशित होने से रह गए। इतना कुछ अपर्याप्त है। आपको और लिखना है। मैं तो आपको रोज कुछ-न-कुछ लिखते हुए देखना चाहती हूँ। कोई पढ़ता है या नहीं पढ़ता, इससे क्या? समय आपका मूल्यांकन करेगा, अब तो आप कोई बड़ा प्रोजेक्ट हाथ में लीजिए। वर्षों लग जाएँ, उसे लिखने में कोई बात नहीं। कम-से-कम आप मुझे रोज साहित्य साधना करते हुए तो दिखेंगे। मेरा उसी में सुख है। मैं आपसे ऐसा ही चाहती हूँ।" अनीता ने अपने हृदय की बात उँडेलकर रख दी।

"अनीता बिल्कुल ठीक कहती है।" मैंने उसकी बात का समर्थन किया। बहू ने अपने हाथ से पकोड़े बनाए थे, लेकर आई। उसने पहली बार अपने ससुर की विशाल लाइब्रेरी देखी, वैसे कई बार सुनील के साथ वो इस घर में आ चुकी थी। बैठक में ही उसकी सब लोगों से मुलाकातें होती रहीं। घर में भीतर आने का अवसर तो अब मिला था। उसने पकोड़ों की प्लेट सबके सामने रख दी और बड़े ध्यान से अलमारी में रखी पुस्तकें देखने लगी। टेबल पर रखी हुई दीपक की दो पुस्तकें उठाकर उसने कहा, "पापा, ये आपकी लिखी हुई पुस्तकें हैं?" दीपक ने उत्साहपूर्वक कहा, "हाँ, बहू! ये मेरी लिखी हुई पुस्तकें हैं।"

"ओ···वाह! मैं इन्हें जरूर पढ़ूँगी। मुझे पुस्तकें पढ़ने का बहुत शौक है।" बहू ने खुश होकर कहा।

"पूरी लाइब्रेरी तुम्हारी है। इत्मीनान से पढ़ो। ये दोनों पुस्तकें तुम अपने पास रख लो। तुम्हारी ही हैं।" दीपक को ऐसा कहते हुए जो प्रसन्नता हुई, मुझे देखकर बहुत अच्छा लगा।

रात को नौ बजे मेरी ट्रेन थी। बहू ने बहुत अच्छा खाना बनाया था। मैं जरूरत से ज्यादा खा गया। सुबह के लिए नाश्ता भी बहू ने एक बैग में रखकर दे दिया। अनीता और दीपक दोनों मुझे छोड़ने रेलवे स्टेशन आए। जाते समय

मैंने दीपक से कहा, "आपको अपने अज्ञात पाठकों के अलावा, अब अनीता और अपनी बहू के लिए लिखना है।"

मेरी बात सुनकर अनीता और दीपक दोनों मंद-मंद मुसकाए थे। मुझे भी यह मुलाकात हमेशा याद रहेगी।

□

असफल होती प्रेमकथा

मैं लोक स्वास्थ्य यांत्रिकी विभाग में इंजीनियर था। तीन साल हुए सेवानिवृत्त हो गया, परंतु मेरे विभाग ने मेरा पीछा नहीं छोड़ा। मेरे विभाग के बड़े अफसरों का कहना है कि अभी हमें आपकी जरूरत है। कई बड़े शहरों में इन दिनों स्मार्ट सिटी योजना प्रारंभ होने जा रही है, जिसमें हमें अनुभवी इंजीनियरों की जरूरत है। आप अपने ही शहर में रहते हुए हमारे लिए परामर्शदाता के रूप में काम करें। मैंने अपने प्रमुख अभियंता से कहा था, "सर, मैंने अपनी नौकरी पूरी कर ली, अब आराम करना चाहता हूँ। आप नए इंजीनियरों की भर्ती करिए। वे ज्यादा कुशल और ऊर्जावान हैं।"

उन्होंने हँसकर कहा था, "सरकार की ओर से नई भर्तियाँ करने की अनुमति नहीं है। विभाग में इंजीनियरों के साथ ही लिपिक आदि के भी बहुत से पद रिक्त हैं, परंतु सरकार नई भर्तियाँ नहीं कर रही है।"

"सर, नए लोग कहाँ जाएँगे? विभाग का काम कैसे चलेगा?" मैंने उनसे पूछा था।

"सरकार की नीति है। हम लोग क्या कर सकते हैं? पहले साठ साल में कर्मचारी सेवानिवृत्त हो जाते थे। सरकार ने इस सीमा को बढ़ाकर बासठ साल कर दिया। कुछ विभागों में तो सेवानिवृत्ति की आयु सीमा पैंसठ साल है। ऊपर के पदों पर कई अफसर रिटायर्ड हो गए। उन्होंने एक्सटेंशन नहीं माँगा, परंतु सरकार ने उन्हें दिया। पता नहीं क्यों सरकार नई भर्तियाँ करना ही नहीं चाहती। इस प्रकार हम लोगों को कम स्टाफ के साथ ज्यादा काम करना पड़ रहा है।" मुख्य अभियंता ने कहा था।

चपरासी चाय के दो प्याले रख गया। चाय पीते हुए उन्होंने फिर मुझसे कहा, "जब तक आपका मन लगे, काम करिए। आपको एक सम्मानजनक मानदेय दिया जाएगा, जब हेड ऑफिस, यहाँ राजधानी आएँगे या अन्यत्र कहीं दौरे पर जाएँगे, तब यात्रा भत्ता अलग से प्रदान किया जाएगा। सरकार की नीतियाँ हम लोगों को समझ में नहीं आतीं। प्रशासन में एक नया आविष्कार हुआ है—संविदा नियुक्ति। बहुत कम मानदेय पर लोगों की भर्तियाँ की जा रही हैं। न इंक्रीमेंट, न यात्रा भत्ता। बस, एकमुश्त मामूली-सी रकम देकर कुछ भर्तियाँ कर ली जाती हैं। उससे भला कैसे काम चलेगा?"

मुख्य अभियंता की बातें सुनकर उस दिन मुझे भी लगा था, सरकार नई भर्तियाँ क्यों नहीं कर रही? जबकि हर विभाग में कई तरह के पद खाली हैं। अपने ही विभाग में सेवानिवृत्ति के पश्चात् परामर्शदाता के रूप में काम करते हुए मुझे पूरे तीन साल हो गए। अभी दो सप्ताह पूर्व हमारे विभाग ने संविदा नियुक्ति के लिए 35 सहायक इंजीनियरों के पद विज्ञापित किए, अब तक दो हजार आवेदन आ चुके हैं। आज राजधानी में लिखित परीक्षा आयोजित है। तत्पश्चात् उसमें चुने गए उम्मीदवारों को साक्षात्कार के लिए बुलाया जाएगा। मुझे एक बजे तक राजधानी पहुँचना है। मुख्य अभियंता का फोन आया था कि सहायक इंजीनियरों की भर्ती परीक्षा में यहाँ आकर कुछ मदद करें। अनूप नगर, जहाँ मैं रहता हूँ। यहाँ से राजधानी टैक्सी द्वारा दो घंटे में पहुँचा जा सकता है। मैं सुबह के दस बजे तक पूरी तरह तैयार हो गया। घर के सामने जो चौक है, वहाँ से टैक्सियाँ मिल जाती हैं। मैं तैयार होकर चौक पर पहुँच गया, वैसे तो टैक्सी में, जब चार यात्री हो जाएँ, तब टैक्सीवाले ले जाते हैं। कभी-कभार तीन यात्री भी मिल जाएँ तो टैक्सीवाले चल देते हैं। जब से अनूप नगर से राजधानी के लिए चार्टर्ड बसें चलने लगी हैं, टैक्सीवालों के ग्राहक कम हो गए हैं, फिर भी बहुत लोग अब भी टैक्सी से ही राजधानी जाते-आते हैं। मैं एक खाली टैक्सी में पीछे की सीट पर बैठ गया। ड्राइवर ने कहा, "बस, दो सवारियाँ और आ जाएँ, फिर चलते हैं।" दस मिनट के अंदर ही एक युवक और युवती टैक्सी के पास आए और जल्द राजधानी चलने के लिए कहने लगे। ड्राइवर चलने के लिए तैयार हो गया।

युवक ने मुझसे निवेदन किया, "अंकल, आप आगे की सीट पर आ जाएँ तो हम लोगों को सुविधा होगी।" मैं ईयरफोन लगाकर अपनी पसंद का म्यूजिक सुनने लगा था। मैंने ईयरफोन निकाला। युवक की बात समझी और आगे की सीट पर आकर बैठ गया। वे युवक और युवती पीछे की सीट पर सुविधाजनक ढंग से बैठ गए। मैंने ड्राइवर से कहा, "दो सवारियाँ आ गई हैं, अब जल्दी चलो।" वह चलने के लिए तैयार हो गया। मैं अपने कानों में ईयरफोन लगाकर फिर म्यूजिक सुनने लगा।

पीछे बैठे हुए युवक और युवती मेरी ओर से निश्चिंत थे, उन्हें लगा कि मैं उनकी ओर से बेखबर पूरी तरह म्यूजिक सुनने में मशगूल हूँ, जबकि ईयरफोन लगाए रहने के बाद भी मैं उन दोनों की बातें भलीभाँति सुन रहा था। मोबाइल पर साउंड को कम-ज्यादा करना तो मेरे ही हाथ में था। उनकी सामान्य बातचीत से मुझे पता लगा कि लड़की रतलाम की रहनेवाली है और लड़का खरगोन का। लड़के ने इसी वर्ष इंजीनियरिंग में डिग्री कोर्स पूरा किया है और लड़की एम.बी.ए के अंतिम वर्ष में है। दोनों अनूप नगर में अपने-अपने हॉस्टल में रहकर पढ़ाई कर रहे हैं। लड़की जैन परिवार से है और लड़का अग्रवाल है। दोनों में प्रेम है और वे जल्द-से-जल्द विवाह करना चाहते हैं। दोनों ने अपने-अपने परिवारों में अपने प्रेम के विषय में बता दिया है। दोनों के परिवारवालों को कोई एतराज नहीं है। समस्या सिर्फ एक है, लड़के का फिलहाल बेरोजगार होना। लड़की के पिता का कहना है, जब तक लड़का नौकरी में नहीं आता, हम शादी नहीं कर सकते। लड़के के पिता भी इस बात से सहमत हैं। बात लड़के की नौकरी को लेकर अटकी हुई है। लड़के और लड़की का मानना है कि दोनों में से कोई एक भी सर्विस में आ जाए तो वे विवाह कर लेंगे।

लड़के ने बहुत विश्वास भरे स्वर में लड़की से कहा, "लोक स्वास्थ्य यांत्रिकी विभाग में बहुत दिनों बाद कुछ इंजीनियरों के पद निकले हैं। माना कि मेरे नंबर 65 प्रतिशत हैं, परंतु यहाँ लिखित परीक्षा द्वारा चयन होना है, बस इस परीक्षा में पास भर हो जाऊँ। सूची में नाम आ जाए, फिर इंटरव्यू के लिए ज्यादा चिंता की बात नहीं है। विधायकजी ने मुख्य अभियंता के नाम सिफारिशी चिट्ठी लिख दी है। मेरा सिलेक्शन अवश्य हो जाएगा।"

"आज की परीक्षा के लिए तुमने अच्छे से तैयारी की है न? स्मार्ट सिटी योजना के अंतर्गत भर्तियाँ होनी हैं। तुम्हारा विभाग नल-जल योजनाओं और शहरों से जल निकासी योजनाओं के लिए कार्य करता है, इससे संबंधित सवाल आज के परचे में पूछे जाएँगे। तुमने इन विषयों को अच्छी तरह देख लिया है न?…और इंटरव्यू में सिर्फ विधायक के सिफारिशी-पत्र के भरोसे मत रहना। पूरी तैयारी करके जाना होगा।" लड़की ने उसकी बात का जवाब दिया।

मैं समझ गया कि मेरे ही विभाग में संविदा पर सहायक इंजीनियरों की जो पोस्टें निकली हैं, उसकी लिखित परीक्षा में सम्मिलित होने के लिए यह युवक जा रहा है। उसकी हौसलाअफजाई के लिए यह लड़की, जो उसकी प्रेमिका है, साथ जा रही है। लड़के के डिग्री कोर्स में मात्र 65 प्रतिशत मार्क्स हैं, अर्थात् पढ़ाई में यह लड़का औसत है। आजकल तो 80 प्रतिशत से कम मार्क्सवालों को औसत माना जाता है। मुझे मालूम है कि 35 पदों के लिए अब तक दो हजार आवेदन आ चुके हैं। आज राजधानी के कुछ कॉलेजों में, जहाँ परीक्षा सेंटर बनाए गए हैं, वहाँ इन पदों के लिए लिखित परीक्षा आयोजित है। मेरा अनुमान है कि इस परीक्षा में उत्तीर्ण छात्रों में ऊपर से सौ लोगों की सूची बनाकर उन्हें साक्षात्कार के लिए बुलाया जाएगा, जिसमें से 35 प्रत्याशियों का चयन होना है।

लड़का फिर विश्वासपूर्वक लड़की से बोला, "मेरी तैयारी पूरी है। मैं इस लिखित परीक्षा में अवश्य निकल जाऊँगा। इंटरव्यू की मुझे चिंता नहीं है। विधायकजी की सिफारिश है न। लगभग छह महीने के भीतर मेरी पोस्टिंग हो जाएगी, फिर हमें विवाह करने से कोई नहीं रोक सकेगा। मैंने तो तुम्हारे पापा से कहा था कि मेरा डिग्री कोर्स पूरा हो गया है। कहीं-न-कहीं मेरी नौकरी लग जाएगी, आप उसकी चिंता न करें, विवाह के लिए 'हाँ' कह दें। नौकरी तो लगनी ही है, परंतु वे मेरी बात माने नहीं। उनकी जिद है, पहले नौकरी, बाद में शादी।"

"मेरे खयाल में मेरे पापा का सोचना सही है। बिना आर्थिक आधार के वे अपनी बेटी का दांपत्य जीवन शुरू नहीं करना चाहते। मैं भी ऐसा ही सोचती हूँ। क्या शादी के बाद भी हम लोग अपने माता-पिता पर आर्थिक रूप से निर्भर रहेंगे? यह ठीक नहीं होगा। मेरा एम.बी.ए. का यह आखिरी साल है। अच्छे छात्रों का हमारे कॉलेज में कैंपस सिलेक्शन हो जाता है। कई कंपनियों के

प्रतिनिधि कॉलेज से अच्छे छात्रों का चुनाव कर उन्हें अपने यहाँ जॉब प्रदान कर देते हैं। तुम्हारी नौकरी कहीं नहीं लगती तो मेरी ही कहीं लग जाए, परंतु हमारी जिंदगी का अपना कोई आर्थिक आधार होना चाहिए। यदि हमारे माँ-बाप ऐसा सोचते हैं तो गलत नहीं सोचते।" लड़की ने अपनी बात कही।

मुझे सरकारी नीतियों के प्रति क्षोभ हो रहा था। गली-गली में इंजीनियरिंग कॉलेज खोलने के लिए सरकार ने लाइसेंस दे दिए। अधिकांश इंजीनियरिंग कॉलेज तो नेताओं और सेठों के हैं, अब मोहल्ले के ज्यादातर घरों में बेरोजगार इंजीनियर हैं। किसी भी विभाग में नए पद नहीं निकल रहे। सभी विभागों में बहुत काम है, परंतु स्टाफ की कमी। संविदा नियुक्ति का नया फॉर्मूला सरकार ने निकाल लिया है। कम वेतन पर पूरा काम लो और जब चाहे तब कर्मचारियों को निकाल बाहर करो, इतनी बड़ी विसंगति पूरे देश में चल रही है। कहीं कोई विरोध नहीं। कोई आंदोलन नहीं। विपक्षी पार्टियाँ बेमतलब के मुद्दे उछालती रहती हैं। असल समस्या पर कोई बात ही नहीं करना चाहता। ऐसे न जाने कितने प्रेमी-प्रेमिका एक नौकरी के कारण अपने भविष्य का कोई निर्णय नहीं कर पा रहे।

कुछ निराश-से स्वर में लड़के ने कहा, "यदि मेरा इस नौकरी में सिलेक्शन न हो पाया और तुम्हारा भी एम.बी.ए. करने के पश्चात् कैंपस सिलेक्शन न हुआ तो ?"

"तब मजबूरन हमें अपने रास्ते बदलने होंगे। कोई विकल्प नहीं। बिना किसी मजबूत आर्थिक आधार के मेरे पिता तुम्हारे साथ मेरा विवाह नहीं करेंगे, सिर्फ प्यार के नाम पर मैं उनका विरोध नहीं कर पाऊँगी, लेकिन तुम ऐसा सोचते क्यों हो ? तुम अवश्य इस परीक्षा में पास हो जाओगे और इंटरव्यू में भी तुम्हारा सिलेक्शन होगा।" लड़की ने विश्वासपूर्वक कहा।

पेट्रोल पंप पर ड्राइवर ने पेट्रोल लेने के लिए गाड़ी रोकी। उसने मुझसे किराए के रुपए लेने के पश्चात् पीछे मुड़कर देखा। लड़की ने झट अपने बैग में से रुपए निकालकर दोनों का किराया ड्राइवर को दे दिया। पेट्रोल भरवाकर ड्राइवर ने टैक्सी आगे बढ़ाई।

मुझे लगा, लड़का आर्थिक रूप से कमजोर है और उसमें आत्मविश्वास

की भी कमी है। उसकी चिंता ये है कि किसी प्रकार उसकी शादी अपनी प्रेमिका के साथ हो जाए। नौकरी तो देर-सवेर मिलती रहेगी। लड़की अपने प्रेमी की अपेक्षा ज्यादा व्यावहारिक है। उसे मालूम है कि जिंदगी में प्रेम की अहमियत है, परंतु जिंदगी सिर्फ प्रेम के भरोसे नहीं चल सकती। उसके लिए एक मजबूत आर्थिक आधार भी चाहिए। वह चाहती है कि उसका प्रेमी इस परीक्षा में पास हो जाए और किसी प्रकार उसे यह नौकरी मिल जाए तो वे प्रेमपूर्वक अपना दांपत्य जीवन शुरू कर सकते हैं, फिर कोई उनके निर्णय का विरोध नहीं करेगा, परंतु अभी, जबकि दोनों बेरोजगार हैं, तब वह विवाह के विषय में सोचना नहीं चाहती।

लड़का बार-बार अपनी बातचीत में इस बात पर जोर दे रहा था कि अब हमें शादी में विलंब नहीं करना चाहिए। नौकरी तो आज नहीं कल मिल ही जाएगी, सिर्फ नौकरी के नाम पर हमें अपना विवाह स्थगित नहीं करना चाहिए। लड़की उसके विचार से सहमत नहीं थी। उसका कहना था, "विवाह के पश्चात् हम अपने माँ-बाप से कोई आर्थिक सहायता नहीं लेंगे। हमें अपनी जिंदगी अपने संसाधनों से शुरू करनी चाहिए। माँ-बाप ने हमें पाल-पोसकर बड़ा किया। पढ़ाया-लिखाया, अब हमें अपनी जिंदगी की जिम्मेदारी स्वयं उठानी चाहिए। माँ-बाप तो हमारे अपने हैं। वे तो सदा हमारी सहायता के लिए तत्पर रहते हैं, परंतु हमारी भी अपनी जिंदगी के लिए कोई जिम्मेदारी है कि नहीं? इस प्रकार बिना किसी आर्थिक आधार के विवाह करना हमारे लिए ठीक नहीं होगा।"

लड़का अपनी प्रेमिका के विचार सुनते हुए उदास हो गया। वह नौकरी के लिए पूरा प्रयास कर रहा है। उसने मन लगाकर इंजीनियरिंग का डिग्री कोर्स किया, अब नहीं आए उसके नब्बे प्रतिशत मार्क्स तो वह क्या करे! फर्स्ट डिवीजन तो है उसके पास, अब तक वह कई प्राइवेट कंपनियों में एप्लाई कर चुका, कहीं सिलेक्शन नहीं हुआ। बड़ी कंपनियाँ आई.आई.टी. में जाकर वहाँ कैंपस सिलेक्शन से अपने यहाँ नियुक्तियाँ कर लेती हैं। सामान्य छात्र आखिर कहाँ जाएँ? उन्होंने भी तो इंजीनियरिंग में डिग्री कोर्स किया है।

बहुत देर तक दोनों के बीच मौन पसरा रहता है। लड़का उदास है। लड़की असमंजस में। एक ढाबे पर टैक्सी रुकती है। ड्राइवर हम लोगों से चाय

आदि ले लेने का आग्रह करता है। हम लोग ढाबे के अंदर प्रवेश करते हैं। मैं एक कप कॉफी के लिए कूपन लेता हूँ। यहाँ भी लड़की ने बैग खोलकर पैसे निकाले और चाय एवं सैंडविच के लिए कूपन लिया। थोड़ी देर बाद हम लोग फिर टैक्सी में थे।

लड़का बार-बार लड़की से जल्द-से-जल्द विवाह कर लेने का आग्रह कर रहा था और लड़की भी अपने माँ-बाप द्वारा प्रस्तावित नौकरी की शर्त दोहरा रही थी। मुझे समझ में नहीं आ रहा था कि इस प्रेमकथा का अंत क्या होगा? जिस विभाग में लड़के ने एप्लाई किया है और आज विभाग द्वारा आयोजित लिखित परीक्षा के लिए वह राजधानी जा रहा है, मैं उसी विभाग मैं पैंतीस वर्ष नौकरी कर चुका हूँ, अब सिर्फ पैंतीस पदों के लिए विज्ञापन निकला है और दो हजार विद्यार्थी आज लिखित परीक्षा में बैठेंगे। सौ लोगों की, नंबरों के अनुसार चयन सूची बनेगी, जिन्हें साक्षात्कार के लिए बुलाया जाएगा। उनमें से सिर्फ 35 लोगों का चयन होना है, संविदा आधार पर सहायक इंजीनियर के लिए। स्मार्ट सिटी योजना, अरबों रुपए की है, जिसमें विभिन्न विभाग मिलकर काम करेंगे। वाटर सप्लाई और ड्रेनेज सिस्टम का कार्य लोक स्वास्थ्य यांत्रिकी विभाग के जिम्मे रहेगा। कई विभागों में इंजीनियरों और अन्य कर्मचारियों की बहुत जरूरत है। पद खाली हैं, परंतु नियुक्तियों पर प्रतिबंध है। संविदा नियुक्ति के आधार पर थोड़े इंजीनियरों और कर्मचारियों की भर्ती करके काम चलाया जा रहा है। इंजीनियरों की तो आजकल बहुत दुर्दशा है। प्रदेश में सैकड़ों इंजीनियरिंग कॉलेज हैं और नौकरियाँ बहुत कम। कहाँ जाएँ ये पढ़े-लिखे इंजीनियर? हमारी कॉलोनी में ही कई इंजीनियरों ने अपना-अपना व्यवसाय शुरू किया है। कोई डेयरीफार्म चला रहा है। कोई किराने की दुकान पर बैठता है। कोई सब्जी की दुकान चला रहा है। इस प्रकार इंजीनियरिंग के क्षेत्र में आजकल नौकरी मिलना बहुत कठिन है। मुझे यह लड़का बॉडी लैंग्वेज से बहुत औसत लगता है। मुझे नहीं लगता कि यह लिखित परीक्षा में निकल पाएगा।

लड़का अब अपने प्रेम का वास्ता दे रहा है—"हमने साथ जीने का एक सपना देखा है! क्या एक नौकरी के कारण वह सपना टूट जाएगा? मुझे यदि नौकरी न मिली तो तुम्हें तो मिल ही जाएगी। मैं कोई दूसरा काम कर लूँगा, परंतु

हम साथ-साथ रहेंगे। हमें विवाह कर लेना चाहिए। हमारे बीच जाति, धर्म और समाज की कोई बाधा नहीं है। हम दोनों के पेरेंट्स तैयार हैं। बाधा सिर्फ एक नौकरी की है, वह भी देर-सवेर दूर हो जाएगी, उसके नाम पर हमें अपने प्रेम को बलि नहीं चढ़ाना चाहिए।"

"मैं तुम्हारी हर बात से सहमत हूँ, परंतु अपने पिता की शर्त को नकार नहीं सकती। हमारे-तुम्हारे पेरेंट्स मध्यमवर्गीय परिवार से हैं। किसी के पास कोई बड़ी पूँजी नहीं है, जिससे हम कोई दूसरा काम शुरू कर सकें। हमें बैंकों से लोन लेना होगा, जिसे पटाते-पटाते हम बूढ़े हो जाएँगे, फिर कोई जरूरी नहीं कि हमारा छोटा-मोटा व्यवसाय, जिसका हमें कोई अनुभव नहीं, वह अच्छा-खासा चल निकले। इस प्रकार अँधेरे में कदम रखना, मुझे मंजूर नहीं है। हम प्रयास करते हैं, पहले तुम्हारी नौकरी के लिए, फिर मैं अपनी नौकरी के लिए, परंतु बिना किसी मजबूत आर्थिक आधार के हम शादी नहीं कर सकते।" लड़की ने बहुत स्पष्ट शब्दों में अपनी बात लड़के को बताई।

लड़का चुप, मौन और गंभीर।

मुझे अपने जमाने की प्रेम कहानियाँ याद हो आईं। उस समय जातिगत बंधन बहुत कठिन थे। प्रेमियों को इन बंधनों को तोड़ना बहुत मुश्किल हुआ करता था। अलग-अलग धर्मों की भी प्रेम के बीच दीवारें हुआ करती थीं। समाज में प्रेमी-प्रेमिकाओं को खानदान का वास्ता दिया जाता था। प्रेमी जोड़े उन दिनों साथ जिएँगे, साथ मरेंगे की कसमें खाया करते थे। जो जमीं पर नहीं मिले, वे जन्नत में मिलेंगे, इस प्रकार की भावुक बातें हुआ करती थीं। जमाना जालिम है। दुनियावाले हमें मिलने नहीं देते। हम जहर खाके जान दे देंगे। इस प्रकार की बातें उस जमाने में बहुत हुआ करती थीं, अब प्रेमी युगल अपने भविष्य के विषय में गंभीरता से सोचने लगे हैं।

हमारी टैक्सी राजधानी नाका पार कर चुकी है, अब जल्द ही हम लोग शहर में प्रवेश करनेवाले हैं। मैं चाहकर भी इस प्रेमी युगल की कोई मदद नहीं कर सकता। मेरे अनुसार लड़के का इस परीक्षा में उत्तीर्ण होना बहुत मुश्किल है। यदि किसी प्रकार वह लिखित परीक्षा में सौ लोगों की सूची में आ भी गया तो साक्षात्कार में निकल पाना कठिन होगा। विधायक तो उन सबके लिए, जो

उनके पास जाते हैं, सिफारिशी चिट्ठियाँ लिख दिया करते हैं। उन चिट्ठियों का ज्यादा महत्त्व नहीं होता, जब तक कि वे स्वयं ऑफिसरों से मिलकर व्यक्तिगत रुचि न लें, यह बात भी कठिन होती है। इस प्रकार लड़के को यह नौकरी मिल जाएगी, इसकी संभावना मेरे अनुसार बहुत कम है, फिर भी मेरी शुभकामनाएँ उसके साथ हैं।

लड़की यदि अच्छे नंबरों के साथ एम.बी.ए. में पास होती है तो कैंपस सिलेक्शन द्वारा किसी कंपनी में उसकी नौकरी लग सकती है, तब उसके पिता एक बेरोजगार इंजीनियर से उसकी शादी नहीं करेंगे। लड़की जब किसी बड़ी कंपनी में अच्छे जॉब में आ जाएगी, तब नौकरी करते हुए कई इंजीनियर स्वयं उसके यहाँ शादी का प्रस्ताव लेकर आएँगे, तब तक इस प्रेमकथा के सफल होने में बहुत देर हो चुकी होगी।

टैक्सी बस स्टॉप पर पहुँच चुकी थी। ड्राइवर ने उतरकर दोनों तरफ के गेट खोले। हम लोग अपने-अपने बैग लेकर नीचे उतरे। लड़की ने एक ऑटोवाले को बुलाया और लड़के को उसमें बैठने के लिए कहने लगी। मैंने अपने कानों से ईयरफोन निकालकर लड़के का नाम पूछा। उसने बताया, "मुकेश अग्रवाल।" मैंने उसे भावी परीक्षा में उत्तीर्ण हो जाने की शुभकामनाएँ दीं, फिर हम लोग अलग-अलग अपनी मंजिल की ओर निकल पड़े।

□

महानता

वे हाई स्कूल में शिक्षक हैं। मैंने कभी उन्हें अपने स्कूल में पढ़ाते नहीं देखा। वे जिले भर के कई दफ्तरों में काम करते रहते हैं। कभी कलेक्टर कार्यालय में संलग्न हैं। कभी जिला पंचायत कार्यालय में अपनी सेवाएँ दे रहे हैं। कभी सर्वशिक्षा अभियान के कार्यक्रम में लगे हैं। कुछ नहीं तो जिला शिक्षा अधिकारी के कार्यालय में ड्यूटी बजाते हैं। शिक्षक हैं, परंतु कक्षा में पढ़ाने के अलावा कई तरह के काम करते रहते हैं।

प्रदेश में चुनाव की घोषणा हो गई। कलेक्टर कार्यालय की निर्वाचन शाखा में इन दिनों बहुत काम है। वहाँ सुपरिंटेंडेंट वर्माजी हैं। वे उनके पास पहुँचे। पहुँचते ही उन्होंने चरण छूकर प्रणाम किया। वर्माजी ने कहा भी, "आपका इस तरह मेरे चरण छूना, मुझे अच्छा नहीं लगता। आप एक वरिष्ठ शिक्षक हैं। आइए, बैठिए।"

वे बैठते हुए बोले, "आप कुछ भी कहें वर्माजी, मैं अपनी भारतीय संस्कृति को कैसे भूल सकता हूँ? हमारे यहाँ परंपरा है कि जब भी किसी बड़े से मिलें तो उसके चरण छूकर ही प्रणाम करें। आप मुझसे उम्र में बड़े हैं। पद में बड़े हैं। जिले के सबसे बड़े कार्यालय में सुपरिंटेंडेंट हैं। इस प्रकार हर लिहाज से आप मुझसे बड़े हैं, अब ये कैसे हो सकता है कि मैं आपसे मिलूँ और आपके चरण छूकर आशीर्वाद न लूँ!"

वर्माजी मुसकराए। वे उन्हें जानते हैं। उनके स्वभाव से भी परिचित हैं। बोले, "कहिए, कैसे आना हुआ?"

वे उत्साहित होकर बोले, "बस, आपसे आशीर्वाद लेने आया हूँ। कल

विधायकजी के यहाँ गया था। आपकी बड़ी तारीफ कर रहे थे। कह रहे थे, निर्वाचन शाखा में वर्माजी हैं, वो सब सँभाल लेते हैं। मेहनती हैं। ईमानदार हैं। उनके रहते निर्वाचन शाखा में कोई धाँधली नहीं हो पाती।"

"विधायकजी मेरे विषय में ऐसा सोचते हैं तो यह उनकी महानता है। मैं तो एक मामूली कर्मचारी हूँ।" वर्माजी ने कहा। वे प्रसन्न मुद्रा में फिर बोले, "कौन कहता है कि आप मामूली आदमी हैं। आपके कारण ही यह निर्वाचन शाखा चल रही है। जिले भर में आप जैसा मेहनती कोई सुपरिंटेंडेंट ढूँढ़े न मिलेगा। आप इस शाखा में हैं, इसलिए सब काम विधिवत् निपट जाते हैं। आप···।"

वे आगे धाराप्रवाह बोलते रहते। वर्माजी ने बीच में ही टोककर पूछा, "बताइए, आपकी क्या सेवा करें?"

"कुछ नहीं! बस, आपकी छत्रछाया में रहकर कुछ सीखना चाहता हूँ। निवेदन है कि आप मुझे अपने कार्यालय में अटैच करा लें। चुनाव डिक्लेयर हो गए हैं। आपकी शाखा में बहुत काम बढ़ गया होगा। मैं आपकी मदद के लिए यहीं आपके अधीन काम करना चाहता हूँ।" वे बोले।

"अच्छा···अच्छा ये बात है। ठीक है, एप्लीकेशन बनाकर लाए हो?" वर्माजी ने पूछा। उन्होंने झट जेब से एप्लीकेशन निकालकर वर्माजी के सामने रख दी। वर्माजी जब तक उसे पढ़ते, उन्होंने तुरंत चपरासी को कहकर सेक्शन में जितने लोग थे, सबके लिए चाय मँगवा ली।

"ठीक है। नोटशीट के साथ मैं कलेक्टर साहब को सूचित करता हूँ। ऑर्डर तो उन्हें ही निकालना है।" वर्माजी बोले।

"अरे, वर्माजी! आप भी। मेरे लिए तो आप ही कलेक्टर के बराबर हैं। आपने हाँ कह दी, इसका मतलब है कि ऑर्डर हो गया। मैं आता हूँ कल से आपकी सेवा में।" चपरासी टेबल पर चाय रख गया था। उन्होंने चाय का गिलास वर्माजी के हाथ में पकड़ाया और खुद भी चाय पीने लगे।

जाते समय उन्होंने एक बार फिर वर्माजी के पैर छुए और कहा, "कृपादृष्टि बनाए रखिएगा।"

सचमुच, अगले दिन उनके स्कूल के प्राचार्य की टेबल पर उनका कलेक्टर कार्यालय में संलग्नीकरण का आदेश पहुँच गया। प्रिंसिपल साहब उन्हें जानते

हैं कि स्कूल में उनका मन नहीं लगता। यहाँ ऊपरी कमाई के अवसर कहाँ? निर्वाचन शाखा में इस समय ज्यादा अवसर हैं। लाखों की खरीदी होगी। जिले भर के कर्मचारियों की चुनाव में ड्यूटी लगाना और काटना अपने हाथ में होगा। कमाई–की–कमाई और रुतबा अलग से, इसलिए समय रहते उन्होंने निर्वाचन शाखा में अपना संलग्नीकरण करवा लिया। प्रिंसिपल साहब ने स्थापना बाबू को उन्हें आज ही रिलीव करने के लिए लिख दिया।

वे चैन से जिले की निर्वाचन शाखा में काम करने लगे। वहाँ रहते हुए उन्होंने वह सब तो किया ही, जिसके लिए वे वहाँ गए थे। इसके अलावा जिले भर के बड़े अधिकारियों से उनकी जान–पहचान हुई, जैसी कि उनकी आदत है और उनके अनुसार भारतीय परंपरा भी कि बड़ों के चरण छूकर उनसे आशीर्वाद लेना चाहिए। वे यहाँ रहते हुए ऐसा ही करते रहे।

तीन महीने तक वे निर्वाचन शाखा में रहे। चुनाव संपन्न हो गए। प्रदेश में नई सरकार बन गई। जिले में नए कलेक्टर पदस्थ हो गए। उन्होंने अपने कार्यालय में अतिरिक्त कर्मचारियों का संलग्नीकरण समाप्त कर दिया। वे पुनः अपने स्कूल आ गए, जैसा कि उनका स्वभाव है कि पढ़ाने में उनका तनिक भी मन नहीं लगता। वे फिर सोचने लगे कि अब कहाँ जाना चाहिए? निर्वाचन शाखा में रहते हुए उनका स्वास्थ्य बहुत अच्छा हो गया था। चेहरे पर अतिरिक्त लाली झलकने लगी थी। उनकी आत्मा फिर छटपटाने लगी, कहीं संलग्नीकरण के लिए।

एक दिन वे जिला पंचायत कार्यालय पहुँच गए और सीधे सी.ई.ओ. बघेल साहब से उनके कक्ष में मिले। बघेल साहब से निर्वाचन शाखा में रहते हुए उनका परिचय हो गया था। चैंबर में घुसते ही उन्होंने बघेल साहब के चरण स्पर्श किए और कहने लगे, "सर, परसों मंत्रीजी (जो विधायक थे, वे चुनाव जीतकर नई सरकार में मंत्री हो गए। मास्टरजी स्थानीय होने के कारण यदा–कदा उनके यहाँ हो आया करते हैं। इधर कई हफ्तों से मास्टरजी की उनसे भेंट नहीं हुई) के घर गया था, आपकी बड़ी तारीफ कर रहे थे। कह रहे थे, बघेलजी बहुत मेहनती और ईमानदार अफसर हैं। उनके प्रयासों के कारण मेरे क्षेत्र में ग्रामीण विकास के कार्यक्रम बहुत अच्छे चल रहे हैं।"

"मंत्रीजी को मेरी कार्यशैली अच्छी लगती है तो खुशी की बात है, वैसे तो हम जहाँ रहते हैं, इसी तरह काम करते हैं।...खड़े क्यों हो ? आओ बैठो।"

"सर, एक निवेदन लेकर आया था।" उन्होंने अत्यंत विनम्रता के साथ कहा।

"कहो...कहो, क्या काम है ?" बघेल साहब उत्साहित होकर बोले।

"सर, आपके अधीन सर्वशिक्षा अभियान कार्यक्रम चल रहा है। मैं चाहता हूँ कि आप मुझे उसमें समन्वयक के रूप में कार्य करने का अवसर प्रदान करें। बड़ी कृपा होगी।" कहते हुए उन्होंने अपना आवेदन बघेल साहब की टेबल पर रख दिया।

बघेल साहब ने आवेदन-पत्र पढ़ा। मुसकराए, फिर बोले, "ठीक है, मुझे योग्य व्यक्तियों की जरूरत तो है। कल आपका आदेश हो जाएगा। मन लगाकर काम करिएगा। मुझे मेहनती और ईमानदार लोग पसंद हैं।"

"सर! आपको कभी शिकायत का मौका नहीं दूँगा। खूब मन लगाकर काम करूँगा।" उन्होंने बघेल साहब के फिर चरण छुए और कृत-कृत्य होकर उनके ऑफिस से आ गए।

दूसरे दिन उनके स्कूल में सी.ई.ओ. का आदेश पहुँच गया कि उन्हें जिला पंचायत कार्यालय में सर्वशिक्षा अभियान के अंतर्गत समन्वयक के रूप में आगामी आदेश तक संलग्न किया जाता है।

अगले दिन वे अपने स्कूल से रिलीव होकर जिला पंचायत कार्यालय पहुँच गए। सर्वशिक्षा अभियान, प्राथमिक शिक्षा के क्षेत्र में एक बड़ा कार्यक्रम है, जिसके अंतर्गत जिले भर के प्राइमरी स्कूलों में मध्याह्न भोजन की व्यवस्था चलती है। विद्यार्थियों को गणवेश सप्लाई किया जाता है। छात्रों के लिए कॉपी-किताबों और छात्रवृत्ति का वितरण होता है; और भी कई तरह की सुविधाएँ स्कूल और स्कूली छात्रों के लिए जिला पंचायत कार्यालय द्वारा प्रदान की जाती हैं। एक बड़े कार्यक्रम के अंतर्गत अपना संलग्नीकरण कराके वे बहुत संतुष्ट हुए।

स्कूल में उनके साथी शिक्षक उनकी प्रतिभा देखते हुए अभिभूत हैं। वे अपने स्कूल से तनख्वाह लेते हैं और स्कूल का कोई काम नहीं करते। प्रायः

कहीं-न-कहीं संलग्नीकरण में रहते हैं। जिले का हर छोटा-बड़ा अफसर उन्हें अच्छी तरह जानता है। बहुत लोगों को तो पता ही नहीं है कि ये किसी स्कूल में शिक्षक की नौकरी में हैं। अधिकांश लोग तो यही समझते हैं कि ये कलेक्टर कार्यालय के स्टाफ में हैं।

कुछ महीनों पश्चात् बघेल साहब का ट्रांसफर हो गया। उन्होंने उनके सम्मान में अपनी तरफ से शानदार पार्टी दी। उनका सामान पहुँचाने वे ट्रक के साथ प्रदेश के कोने में दूसरे जिले तक गए। बघेल साहब उनकी सेवा से बहुत प्रसन्न हुए। यहाँ जब उनके मित्रों ने पूछा कि अब तो बघेल साहब दूसरे जिले में चले गए, फिर तुमने उनके लिए इतना कष्ट क्यों उठाया? उन्होंने अपनी नीति समझाई, कल को बघेल साहब कलेक्टर बनेंगे। अपने जिले में भी आ सकते हैं। सचिवालय में भी गए, तब वहाँ कोई काम पड़ गया तो, उनसे परिचय काम आएगा। यहाँ नए सी.ई.ओ. खरेजी पदासीन हुए। सबसे पहले उनकी सेवा में ये ही हाजिर हुए। बहुत जल्द उन्होंने खरेजी को भी प्रभावित कर लिया, अब सर्वशिक्षा अभियान में वे सर्वेसर्वा थे। उनकी मर्जी के बिना वहाँ पत्ता न हिलता था। वे एक अफसर की तरह वहाँ कार्य कर रहे थे। लगभग डेढ़ साल उन्होंने वहाँ अपनी सेवाएँ दीं, फिर राजधानी से सर्वशिक्षा अभियान में समन्वयक की स्थायी पोस्टिंग हो गई। कोई श्रीवास्तवजी अपना आदेश लेकर कार्यालय में उपस्थित हुए और उनको जिला पंचायत कार्यालय से रिलीव होना पड़ा।

एक हफ्ते पश्चात् ही उन्होंने अपने आप को जिला शिक्षा अधिकारी के कार्यालय में संलग्न करा लिया। यह तो उनका अपना विभाग था। जिले भर के सारे शिक्षकों का लेखा-जोखा इसी कार्यालय में रहता है। हर किसी का बड़े ऑफिस में कोई-न-कोई काम है। जूनियर और समकक्ष शिक्षक तो ठीक, उनसे सीनियर शिक्षक तक आए दिन उन्हें सलाम करते रहते, उन्हें लगता कि पूरे जिले के शिक्षक उनके अधीन हैं। वे एक अफसर की तरह व्यवहार करते। उनके भीतर का शिक्षक, जो पता नहीं था भी कि नहीं, जाने कहाँ विलीन हो गया।

5 सितंबर को दिए जानेवाले राष्ट्रीय शिक्षक पुरस्कार के लिए जिले से नाम प्रस्तावित किए जाने थे। उन्होंने अपने प्रिंसिपल को ढेर सारे प्रमाण-पत्रों के साथ आवेदन दिया। वे जिस बड़े कार्यालय में संलग्न रहते, वहाँ से रिलीव होते समय

उस कार्यालय के बड़े अफसर से एक प्रमाण-पत्र जरूर ले लेते, जिसमें लिखा रहता कि ये बहुत मेहनती, ईमानदार और कुशल शिक्षक हैं। इस प्रकार उनके पास कई प्रमाण-पत्र जमा हो गए थे। उनका आवेदन प्राचार्य महोदय ने जोरदार अनुशंसा के साथ जिला शिक्षा अधिकारी को प्रेषित कर दिया। इस कार्यालय में वे स्वयं विराजमान थे। यहाँ कोई दिक्कत नहीं हुई। जिला शिक्षा अधिकारी ने बहुत अच्छी टिप्पणी के साथ उनके आवेदन को कलेक्टर कार्यालय प्रेषित कर दिया। वे कलेक्टर ऑफिस में पहले कार्य कर चुके थे, वहाँ से अनुशंसा सहित आवेदन राजधानी के उच्च कार्यालय पहुँचाने में उन्हें विलंब नहीं हुआ। मंत्रीजी के यहाँ उनका यदा-कदा आना-जाना था ही। उनका अनुशंसा-पत्र भी उन्होंने सहजता से प्राप्त कर उच्च कार्यालय को भिजवा दिया। साल भर बाद जब नए जिला शिक्षा अधिकारी आ गए और उनके स्थान पर किसी व्यक्ति की स्थायी नियुक्ति हो गई, तब वे उस कार्यालय से मुक्त हुए।

अभी उनको अपने स्कूल में आए हुए महीना भर न हुआ था कि उनका मन किसी बड़े ऑफिस में जाने के लिए फड़फड़ाने लगा। स्कूल में नए प्राचार्य आ गए थे, उनसे उनकी पटरी नहीं बैठ पा रही थी। पूर्व प्राचार्य शर्माजी उनके बड़े प्रशंसक थे। इधर नए प्राचार्य ने जब उन्हें स्कूल में कुछ दिनों तक अनुपस्थित पाया, तब एक दिन अपने कक्ष में बुलाकर उनसे पूछा, "आजकल कहाँ रहते हैं आप?"

वे हँसते हुए बोले, "आपके श्रीचरणों में।" प्राचार्य महोदय की कुछ समझ में नहीं आया। उन्होंने गंभीरतापूर्वक पूछा, "आखिर आप चाहते क्या हैं? स्कूल क्यों नहीं आते?"

"आपका आशीर्वाद चाहता हूँ सर! मंत्रीजी अकसर बँगले पर बुला लेते हैं, इसलिए स्कूल नहीं आ पाता।" वे अतिरिक्त विनम्रता के साथ बोले।

"अच्छा, आप कौन से ऐसे महत्त्वपूर्ण अभियान में लगे हैं, जिसके लिए मेरे आशीर्वाद की जरूरत आ पड़ी? और मंत्रीजी तो एक महीने से राजधानी में हैं। विधानसभा सत्र चल रहा है। यहाँ बँगले पर तुम्हें कौन बुला लेता है?" प्राचार्य ने नाराज होते हुए पूछा।

वे सकपका गए। मंत्रीजीवाला दाँव खाली गया। वे सँभलकर बोले, "सर,

नाराज होना भी कोई आपसे सीखे। अंदर से आप कितने स्नेहिल हैं। जिसे डाँटते हैं, उसकी भावनाओं का पूरा खयाल रखते हैं। आप तो नारियल की तरह हैं, ऊपर से कड़े, भीतर से मुलायम। कितने महान् हैं आप। मैं तो आपका कायल हो गया। आपके चरणों की धूल चाहिए बस।" इतना कहकर वे प्राचार्य महोदय के चरण छूने के लिए लपके। प्राचार्य महोदय ने पैर पीछे कर लिये और उन्हें डाँटा, "आप बिल्कुल नकारा आदमी हैं। कल से नियमित स्कूल आइए और अपनी कक्षाओं में छात्रों को पढ़ाइए। समझे! जाइए अब।"

उनका स्कूल में मन नहीं लग रहा था। आत्मा छटपटा रही थी, किसी बड़े कार्यालय में जाने के लिए। प्रिंसिपल उन्हें रोज बुलाकर डाँटते। आए दिन स्कूल न आने और देर से आने का उनसे स्पष्टीकरण माँगा जाता। वे प्रिंसिपल को बहुत समझाने की कोशिश करते, परंतु उन पर कोई असर न होता। जिले में कलेक्टर, जिला पंचायत सी.ई.ओ. और जिला शिक्षा अधिकारी बदल गए थे, वरना वे किसी से भी अपने प्राचार्य को फोन करवा देते, तब प्राचार्य की बोलती बंद हो जाती। मंत्रीजीवाला जादू भी यहाँ काम नहीं आया।

कुछ दिनों पश्चात् प्राचार्यजी ने एक दिन उन्हें अपने कक्ष में बुलाया। प्रेमपूर्वक उन्हें सामने की कुरसी पर बैठने के लिए कहा। वे समझ गए कि आज स्कूल में डाक से विधिवत् सूचना आ गई है, उन्हें पूर्व में ही जानकारी मिल चुकी थी, परंतु उन्होंने किसी से कहा नहीं था। प्राचार्यजी ने लिफाफे से एक सरकारी पत्र निकालकर उन्हें देते हुए कहा, "आपको बहुत-बहुत बधाई।"

उन्हें पहले से मालूम था कि 'राष्ट्रीय शिक्षक पुरस्कार' के लिए उनके नाम का चयन हो गया है, यह उसी का पत्र था। उन्होंने आश्चर्य-मिश्रित स्वर में कहा, "सर, आपके आशीर्वाद का फल है।" और लपककर उन्होंने प्रिंसिपल साहब के चरण पकड़ लिये। प्रिंसिपल साहब ने उन्हें दोनों हाथों से उठाया और मुसकराकर कहा, "सचमुच, आप एक महान् शिक्षक हैं।"

□

लॉकडाउन

सबसे पहले टी.वी. में एक दिन समाचार आया कि चीन के वुहान नामक शहर में एक बीमारी फैली है, जिसमें खाँसते-खाँसते लोग मर जाते हैं। घर के सभी सदस्यों ने इसे साधारण समाचार मानते हुए कोई खास ध्यान नहीं दिया। दूसरे दिन के समाचार-पत्र में इस बीमारी के विषय में विस्तार से छपा, यह सर्दी-जुकाम जैसी एक बीमारी है। पहले खाँसी आती है। गले में खराश महसूस होने लगती है, फिर बुखार के लक्षण प्रगट होते हैं। तत्पश्चात् काम-तमाम, अर्थात् मृत्यु। परिवार के सदस्यों ने अखबार में समाचार पढ़ा। पत्नी ने प्रतिक्रिया व्यक्त की, "जाने कैसी-कैसी बीमारियाँ निकल आई हैं!"

रात के समाचार बुलेटिन में इस बीमारी की वुहान शहर में तेजी से फैलने की बात बताई गई। यह भी बताया गया कि चीन में यह बीमारी तेजी से फैलने लगी है और वहाँ की सरकार बचाव के हरसंभव प्रयास कर रही है, अब तक परिवार के सदस्यों ने इसे चीन की बीमारी माना और बेटी ने मुँह बनाकर कहा, "चीनी लोग साँप, छछूँदर, मेढक, चमगादड़ और जाने क्या-क्या खा जाते हैं! वहाँ तो ऐसी बीमारियाँ होंगी ही।"

सुबह की सैर के लिए मैं कॉलोनी में घूमने निकला तो मित्रों से इस विषय पर चर्चा हुई। सबका मत था कि चीनी समाज में सर्वाधिक मांसाहार है। पशु-पक्षियों के वायरस वहाँ मनुष्य में आ गए हैं, इसलिए इस प्रकार की बीमारियाँ फैल रही हैं। अगले दिन के समाचार-पत्र में इस बीमारी के विषय में विस्तार से पढ़ने को मिला। इस बीमारी को 'कोविड-19' कहते हैं। यह 'कोरोना' नामक वायरस से फैलती है। कुछ लोगों का कहना है कि यह वायरस चमगादड़ में

पाया जाता है। इस बीमारी से संक्रमित आदमी से हाथ मिलाने, उसके संपर्क में आने, उसके द्वारा छुई गई वस्तुओं को हाथ लगाने और उसके छींकने-खाँसने से यह वायरस तेजी से फैल रहा है। यहाँ तक इस बीमारी के विषय में जानकर परिवार में कोई हलचल नहीं हुई। मित्र मंडली के सदस्यों ने भी चीनी समाज के रहन-सहन को दोष देते हुए बात समाप्त की।

हलचल हुई रात्रि के टी.वी. समाचार सुनते हुए। समाचारों में विस्तार से बताया गया कि कोरोना वायरस चीन की हदें पार कर दूसरे कई देशों में पहुँच गया है और इसका संक्रमण तेजी से फैल रहा है। दुःख इस बात का है कि फिलहाल इस बीमारी का कहीं कोई इलाज नहीं है, इसलिए चीन में लगातार इस बीमारी से सैकड़ों लोग मर रहे हैं। वहाँ की सरकार ने वुहान शहर में पूरी तरह लॉकडाउन कर दिया है। न उस शहर में कोई जा सकता है और न कोई उस शहर से बाहर आ सकता है। शहर के निवासियों से भी सरकार ने अपने-अपने घरों में रहने की अपील की है। इस समाचार को परिवार के सभी सदस्यों ने गंभीरता से लिया। बेटी ने कहा, "कोरोना वायरस जब चीन की हदें पार करके दूसरे देशों में पहुँच गया है तो भारत में भी इसके पहुँचने की संभावना है।" पत्नी ने उसे चुप कराया और कहा, "शुभ-शुभ बोलो। भारत एक धार्मिक देश है। यहाँ ऐसी-वैसी बीमारी नहीं आएगी।" मैं दोनों की बातें चुपचाप सुनता रहा। मैंने कोई प्रतिक्रिया व्यक्त नहीं की।

सुबह की सैर में फिर सभी मित्र मिले। सभी सीनियर सिटीजन, अब लोगों की बातों में चिंता के स्वर सुनाई देने लगे। लोगों को लग रहा था कि यह जानलेवा वायरस अब हमारे देश में पहुँचने ही वाला है। सब लोग चीन को दोष दे रहे थे। शुक्लाजी, जो कि कॉलेज में राजनीति शास्त्र पढ़ाते थे, अब रिटायर हो गए हैं। उनका स्पष्ट मत था, "चीन में इस बीमारी के फैलने से लाखों लोग मर गए हैं। उसके द्वारा समाचारों को छुपाया जा रहा है। यह बीमारी वहाँ बहुत पहले आ गई थी। जान-बूझकर चीन ने इससे संबंधित खबरों को दुनिया से छिपाया, अब यह महामारी सारी दुनिया में फैल रही है।"

घर पहुँचकर जब अखबार पढ़ा, तब यह स्पष्ट हो गया कि भारत सरकार भी इस बीमारी को लेकर सतर्क हो गई है। अंतरराष्ट्रीय हवाई अड्डों पर यात्रियों

की स्क्रीनिंग शुरू कर दी गई है। रात में टी.वी. के समाचारों में इटली, फ्रांस, जर्मनी और अमेरिका में कोरोना वायरस के तेजी से फैलने के समाचार विस्तार से बताए गए, अब परिवार के सभी सदस्यों ने इन समाचारों को गंभीरता से लिया। बाहर निकलते समय मास्क लगाना, हाथों को दिन में कई बार साबुन से धोना और लोगों से लगभग एक मीटर की दूरी बनाए रखना, टी.वी. पर बताए गए ये सुरक्षा उपाय सभी ने कल से ही पालन करने का संकल्प लिया।

दूसरे दिन के अखबार ने यह स्पष्ट कर दिया कि कोरोना वायरस भारत में प्रवेश कर चुका है। दिल्ली, मुंबई, अहमदाबाद सहित देश के कई शहरों में कोविड–19 के मरीजों की पुष्टि हुई है। इन मरीजों के लिए सरकारी अस्पतालों में इलाज की अलग से व्यवस्था की जा रही है। जहाँ इस प्रकार के मरीज पाए गए हैं, उन क्षेत्रों में गहन सर्वेक्षण कार्य किया जा रहा है। डॉक्टर, नर्स, पैरामेडिकल स्टाफ, सफाईकर्मी और पुलिसवाले तत्परता से अपने कार्यों को अंजाम दे रहे हैं। इन्हें 'कोरोना योद्धा' कहा गया।

अगले दिन सुबह दस बजे देश के प्रधानमंत्री ने टी.वी. पर देश की जनता को संबोधित कर आगामी इतवार को देश में जनता कर्फ्यू का आह्वान किया और शाम को पाँच बजे ताली/थाली आदि बजाकर कोरोना योद्धाओं का सम्मान करने के लिए देश की जनता से अपील की। प्रधानमंत्री के इस अभिभाषण के पश्चात् ही सबको यह लगने लगा था कि देश अब गंभीर संकट से गुजरनेवाला है।

…और सचमुच वही हुआ, जिसकी आशंका थी। देश में कोरोना मरीजों की संख्या लगातार बढ़ने लगी। दो दिनों बाद ही प्रधानमंत्री ने 21 दिनों के देशव्यापी लॉकडाउन की घोषणा कर दी। तेज दौड़ती जिंदगी में सहसा ब्रेक लगा दिया गया। स्कूल, कॉलेज, दुकानें, दफ्तर, बसें, ट्रेनें, रेस्टोरेंट, होटल, बाजार सब इक्कीस दिनों के लिए पूरी तरह बंद। सब लोगों को अपने–अपने घरों में रहना है। बाहर निकलना बंद। मेडिकल स्टोर भर खुले रहेंगे। दूध के पैकेट मिल सकेंगे और किराने का सामान ऑनलाइन मँगाने की सुविधा रहेगी।

सबसे पहले घर में प्रतिक्रिया हुई। बेटी ने अपने कमरे में ऑफिस बनाया। उसकी कंपनी का कार्यालय बंद। घर में लैपटॉप पर ही काम करने के निर्देश। पत्नी, जो कभी एक दिन कामवाली न आए तो उसका मूड खराब हो जाता था,

उन्होंने कामवाली को महीने भर की पगार देकर अवकाश पर भेज दिया। किसी को कुछ कहना नहीं पड़ा, घर के तीनों सदस्यों ने सभी घरेलू कार्य आपस में बाँट लिये। बाहर की दुनिया से जुड़ने के लिए अब हमारे पास तीन साधन थे; पहला समाचार-पत्र (जिसके विषय में कहा गया कि इससे वायरस नहीं फैलता), दूसरा टी.वी. सेट और तीसरा हमारे अपने-अपने सेलफोन। बाहर निकलना, दूसरे लोगों से मिलना-जुलना पूरी तरह प्रतिबंधित। यदि मेडिकल स्टोर तक जाना है तो चेहरे पर मास्क लगाकर ही जाना है।

सुबह की सैरवाले हम लोग छह साथी हैं। सभी सीनियर सिटीजन। मंडली में सबसे ज्यादा पढ़े-लिखे प्रो. शुक्ला। राजनीति शास्त्र में पी-एच.डी.। दूसरे तिवारीजी सिविल इंजीनियर। श्रीवास्तवजी, सरकारी अस्पताल से सेवानिवृत्त शल्य चिकित्सक। अनवर साहब, तरक्कीपसंद शायर और लेखक, शहर में उनका बड़ा मेडिकल स्टोर है, जिसमें अब उनका इकलौता बेटा बैठता है। जैन साहब, बैंक-सेवाओं से रिटायर, अब कॉलोनी में रहवासी संघ के अध्यक्ष हैं और मैं, एक सरकारी संस्थान में मैकेनिकल इंजीनियर था। तीन वर्ष पहले सेवानिवृत्त हो गया हूँ। सबसे फोन पर बातें होती रहती हैं। लोग एक-दूसरे का कुशलक्षेम पूछते रहते हैं।

टी.वी. पर समाचार डरावने आ रहे हैं। हर प्रांत में मरीजों की संख्या बढ़ती जा रही है। मरनेवालों की संख्या में इजाफा हो रहा है। दूसरे देशों में भी संक्रमित मरीजों की संख्या और मरनेवालों के आँकड़े रोज टी.वी. में दिखाए जा रहे हैं। टी.वी. पर विश्लेषक आकर बताते हैं कि भारत में समय रहते यहाँ के प्रधानमंत्री ने लॉकडाउन घोषित कर दिया, इसलिए यहाँ इस महामारी का प्रकोप उस तरह नहीं फैल पाया, जैसा अमरीका, फ्रांस, इटली आदि देशों में फैल गया है।

इधर टी.वी. के समाचारों से ज्ञात हो रहा था, दुनिया भर में कोरोना के मरीज लगातार बढ़ते जा रहे हैं और इस बीमारी से मरनेवालों की संख्या भी बढ़ रही है। बहुत मरीज इस बीमारी को परास्त कर अच्छे भी हो रहे थे, ऐसे लोगों की संख्या भी बढ़ रही थी, परंतु बीमारी से ग्रस्त और मरनेवालों के आँकड़े दिल दहला देनेवाले थे। भारत के औद्योगिक नगरों में इस बीमारी ने तेजी से पैर पसारने शुरू कर दिए थे। पूरे देश में लॉकडाउन घोषित हो चुका था। सबसे

खराब स्थिति दिहाड़ी मजदूरों की हुई। काम बंद, आमदनी बंद और भूखों मरने की नौबत शुरू। कुछ समाजसेवी संस्थाएँ सामने आईं। उन्होंने गरीबों को भोजन कराने का बीड़ा उठाया, परंतु कब तक? यह किसी को मालूम न था। मजदूर अपने-अपने गाँव जाना चाहते थे। कम-से-कम अपने घर-गाँव में कैसे भी रह लेंगे, यह सोचकर बहुत लोग तो सैकड़ों किमी. की यात्रा पर पैदल ही निकल पड़े। इसी प्रकार कई विद्यार्थी विभिन्न शहरों में फँस गए। स्कूल, कॉलेज और कोचिंग इंस्टीट्यूट बंद। विद्यार्थी वहाँ क्या करें? वे घर जाने के लिए बेचैन थे। सरकार ने समस्या की गंभीरता को समझा और अलग-अलग राज्यों ने अपने क्षेत्र के लोगों को बुलवाने के लिए बसों की आवाजाही शुरू की। छोटा-मोटा व्यवसाय करनेवालों की हालत बहुत खराब हुई। चाय और पान की गुमटी चलानेवाले लोग बहुत परेशान होने लगे।

इस तरह के सारे समाचार हम लोग परिवार सहित टी.वी. पर देख-सुन रहे थे। अच्छा नहीं लग रहा था। लोगों की परेशानी को हम लोग गहराई से महसूस कर रहे थे। यह सोचकर संतोष कर लेते कि सिर्फ 21 दिनों की बात है। बाद में हालात सामान्य हो जाएँगे और जिंदगी अपनी रफ्तार से दौड़ने लगेगी।

शाम को राजनीति शास्त्र के प्रो. शुक्लाजी से फोन पर बातचीत हुई। वे अपनी प्राध्यापकीय शैली में बोले, "दुबेजी, ये चीन द्वारा छेड़ा गया तीसरा विश्वयुद्ध है। बिना कोई बम गिराए उसने यह विश्वयुद्ध जीत लिया। उसने सारे बड़े देशों को कोरोना से पराजित कर दिया। स्वयं उसके यहाँ वायरस वुहान शहर से बाहर नहीं आया। चीन की राजधानी बीजिंग पूरी तरह सुरक्षित है। उनके नेता और फौजी अफसर सुरक्षित हैं, उनका बाल-बाँका नहीं हुआ। जबकि दूसरे देशों में नेता, अफसर और सामान्य जन सब इस बीमारी से परेशान हो रहे हैं। चीन अब स.रे विश्व में सबसे बड़ी आर्थिक शक्ति बनकर उभरेगा।"

शुक्लाजी से बातचीत करके अभी मैंने फोन रखा ही था कि डॉ. श्रीवास्तव, जो हमारी मित्रमंडली में रिटायर शल्य चिकित्सक हैं, उनका फोन आ गया। वे दु:खी मन से कह रहे थे, "सरकार डॉक्टरों, नर्सों और पुलिसकर्मियों को मारे डाल रही है। एक तो सरेआम बस्तियों में उन पर हमले हो रहे हैं। दूसरे अस्पतालों में भी कई तबलीगी मरीज उनके साथ दुर्व्यवहार कर रहे हैं। कल

का अखबार आपने पढ़ा ही होगा, अपने ही शहर में दो डॉक्टर और दो पुलिस इंस्पेक्टर कोरोना संक्रमित होकर मौत को प्राप्त हुए। दरअसल यह मौत नहीं हत्या है। मेडिकल स्टाफ और सुरक्षाकर्मियों के पास पर्याप्त पी.पी.ई. किट (सुरक्षा कवचवाली ड्रेस) नहीं है। एक साधारण मास्क लगाकर संक्रमित इलाकों में उन्हें परीक्षण के लिए भेजना, मौत के मुँह में भेजने जैसा है, सिर्फ भावुकता से महामारियों को नहीं जीता जा सकता। योद्धा कह देने से, ताली/थाली बजाने और फूल बरसा देने से उनकी सुरक्षा नहीं हो जाती, उन्हें सम्मान मिलना चाहिए। उसके वे हकदार हैं, परंतु सबसे पहले उन्हें सुरक्षा कवच मिलना चाहिए, वरना ये लड़ाई बिना हथियारों से लड़ी जानेवाली लड़ाई कही जाएगी।" आगे उन्होंने बताया कि विभिन्न अखबारों में उन्होंने इस आशय के संदेश भेजे हैं।

सचमुच दूसरे दिन कई अखबारों ने उनके संदेश को आधार बनाकर लेख छापे, जिससे डॉक्टरों और सुरक्षाकर्मियों के पक्ष में वातावरण बना।

घर के सभी सदस्य लॉकडाउन से ऊबने लगे थे। बेटी का ऑफिस घर में अच्छी तरह चल रहा था। वह अपने बॉस और सहकर्मियों के साथ वीडियो कॉन्फ्रेंस कर लेती थी। पत्नी के लिए टी.वी. पर कई पुराने धारावाहिक (रामायण, महाभारत आदि) आ रहे थे और मेरे पास पढ़ने के लिए कई मोटे-मोटे ग्रंथ मेरी लाइब्रेरी में पहले से उपलब्ध थे। इस प्रकार सबका समय ठीक-ठाक कट रहा था, परंतु बाहर आने-जाने की स्वतंत्रता बाधित होने से मन मायूस था। घर में घुसे हुए अच्छा नहीं लग रहा था। सबका मन था कि लॉकडाउन में कुछ छूट मिले तो बाहर निकलना हो। मित्रों, परिचितों से मेल-मुलाकातें हों, हालाँकि फोन पर जिससे मन हो, उससे देर तक बातचीत हो जाती थी, परंतु मिलकर बातचीत करने का मजा कुछ और है। घर पर किराने का सामान, दूध, फल और सब्जियाँ आदि ऑनलाइन सप्लायर बराबर भिजवा रहे थे। जरूरी चीजों का कोई अभाव नहीं था। बस, एक अजीब तरह की ऊब जीवन में पसरती जा रही थी। गनीमत है, अखबारों के विषय में कहा गया कि इनसे इंफेक्शन फैलने का खतरा नहीं है, इसलिए अखबार आ रहे थे, जिनसे शहर की गतिविधियाँ मालूम हो रही थीं। विस्तृत समाचारों के लिए टी.वी. पर बहुत समाचार चैनल थे, जो हर पल की खबर देशवासियों तक पहुँचा रहे थे।

शाम को जैन साहब, जो सेवानिवृत्त बैंककर्मी हैं, से बातचीत हुई। इन दिनों कोरोना महामारी के अलावा कोई विषय बात करने लायक नहीं है। जैन साहब ने दार्शनिक अंदाज में कहा, "दुबेजी, हमारे यहाँ तो पहले ही कहा गया है, 'अहिंसा परमोधर्मः', अर्थात् जिओ और जीने दो। विश्व भर में जीव हत्या तेजी से बढ़ रही थी, इसलिए जीव ही अब अपनी हत्या का बदला ले रहे हैं। एक अज्ञात-से जीव ने सारी दुनिया के लोगों को अपने-अपने घरों में कैद कर दिया। आदमी ने प्रकृति का संतुलन बिगाड़ दिया था, अब प्रकृति अपने आप को संतुलित कर रही है। नदियाँ साफ हो गईं। हवा शुद्ध हो गई। प्रदूषण जाता रहा। अपराध बहुत कम हो गए। मेरा तो कहना है कि आगे हर महीने दो दिनों का लॉकडाउन सारी दुनिया में अनिवार्य कर देना चाहिए। अपने देश में तो ऐसा करना बहुत जरूरी है।" मैंने पूछा, "खाने-पीने का सब सामान सुगमता से मिल रहा है?" उन्होंने कहा, "हाँ, सब सामान मिल रहा है, परंतु अब घर में बोर होने लगा हूँ। आप लोगों से मिलने का बहुत मन हो रहा है।" मैंने कहा, "जल्द ही हम लोग फिर मिलेंगे।"

दूसरे दिन कई शहरों में लॉकडाउन के पश्चात् मसजिदों में सामूहिक नमाज पढ़ी गई। मौलवियों के बयान आए कि इस तरह मसजिदों को वीरान करने की साजिश ठीक नहीं है। हमें मसजिदों में नमाज पढ़ने की इजाजत दी जाए। प्रशासन ऐसी अपीलों को सुनने लगे तो फिर नागरिकों की जान बचाना कितना मुश्किल हो जाए। पुलिसवालों ने भीड़ तितर-बितर की और लोगों को घर पर ही नमाज पढ़ने की सलाह दी। हमारे तिवारीजी, रिटायर सिविल इंजीनियर हैं। बड़े ही धार्मिक आदमी हैं। उन्होंने फोन पर कबीर दास के एक भजन की पंक्तियाँ सुनाईं, "मोको कहाँ ढूँढ़े रे बंदे, मैं तो तेरे पास में। न मसजिद में, न मंदिर में। न काबे, कैलाश में।" फिर बोले, "कबीर दास का यह भजन आज अक्षरशः सत्य साबित हो रहा है। सारे धार्मिक स्थलों में ताले लग गए। लोग घरों में ही इबादत कर रहे हैं, अर्थात् उनके भगवान्, अब उनके पास हैं। मंदिरों और मसजिदों की कोई जरूरत नहीं रह गई।"

इतना कहकर उन्होंने पूछा, "आपके दिन कैसे कट रहे हैं?"

मैंने कहा, "घर में ट्रेडव्हील है। इन दिनों उस पर सुबह-शाम पहले से ज्यादा चलता हूँ और मेरी निजी लाइब्रेरी में हिंदी के कई उपन्यास हैं, कुछ पुरानी

कथा पत्रिकाएँ भी हैं, उन्हें ही आजकल पढ़ रहा हूँ। हाँ, मन तो होता है कि सुबह-शाम, जैसे पहले आप लोगों से मिला करते थे, वैसे ही फिर से मिलना-जुलना शुरू हो जाए तो अच्छा रहेगा।"

वे बोले, "इक्कीस दिनों का लॉकडाउन है। थोड़े दिन और बचे हैं, उसके बाद स्थिति सामान्य हो जाएगी।"

रात के टी.वी. समाचारों को सुनकर, लॉकडाउन खत्म होने की आशा जाती रही। देश के सभी राज्यों में कोरोना के मरीज लगातार तीव्रता से बढ़ते जा रहे थे। मरनेवालों की संख्या भी सभी प्रांतों में बढ़ रही थी। कई शहरों में तो डॉक्टर, नर्सें और पुलिसकर्मी भी तेजी से संक्रमित हो रहे थे। मुख्यमंत्रियों ने प्रधानमंत्री से लॉकडाउन बढ़ाए जाने का आग्रह किया था। इस स्थिति में यह लग रहा था कि देश में 21 दिनों का यह लॉकडाउन अपर्याप्त है। घर में पत्नी और बेटी ने तो अपना मन बना लिया कि अभी आगे कई दिनों तक हमें लॉकडाउन में ही रहना है। मैंने भी कई पुस्तकें अलमारी से निकालकर टेबल पर रख लीं।

...और सचमुच कुछ दिनों पश्चात् ही प्रधानमंत्री द्वारा लॉकडाउन-2 उन्नीस दिनों के लिए घोषित कर दिया गया।

दूसरे ही दिन सुबह शुक्लाजी का फोन आया, "दुबेजी, देश की अर्थव्यवस्था का बुरी तरह भट्ठा बैठनेवाला है। मुझे तो चिंता है, छोटे व्यवसायियों की। बेचारे क्या करेंगे? देश में करोड़ों की संख्या में मजदूर हैं। फेक्ट्रियाँ बंद। उद्योग-धंधे ठप। निमार्ण कार्य स्थगित। आवागमन अवरुद्ध, अब देश आगे कैसे चलेगा? समझ में नहीं आता।"

मैंने कहा, "भाई साहब, किसी के पास कोई विकल्प नहीं है। लॉकडाउन ही एक अंतिम उपाय है, बहुत सारे लोगों की जान बचाने का। दुनिया भर के आँकड़े तो यही बताते हैं कि भारत ने सही समय पर अपने यहाँ लॉकडाउन घोषित कर दिया। माना कि संक्रमित मरीजों की संख्या यहाँ भी बढ़ रही है, परंतु कई विकसित देशों की तुलना में वह कम है।"

वे गंभीर स्वर में बोले, "आप ठीक कहते हैं, परंतु आनेवाला समय मुझे बहुत खराब लग रहा है।"

मैंने कहा, "अब जो होगा, सो देखा जाएगा।"

लॉकडाउन-2 की शुरुआत पहले से ज्यादा कड़ाई के साथ पूरे देश में शुरू हो गई, हालाँकि देश में कई ऐसे जिले भी हैं, जहाँ कोरोना का एक भी केस नहीं पाया गया। वहाँ लॉकडाउन में आंशिक छूट रही, परंतु वहाँ के नागरिक तरह-तरह की शंकाओं से घिरे रहे। जिला प्रशासन भी मुस्तैदी से अपने काम में जुटा रहा, ताकि बाहर से आनेवालों के कारण उनके जिले में कोई केस न आ जाए। जिले की प्रवेश सीमाओं पर परीक्षण तेज कर दिया गया। किसी में भी कोई संदेह पाया जाता तो उसे तुरंत चौदह दिनों के लिए क्वारंटाइन क्षेत्र में भेज दिया जाता। फोन पर अपने-अपने जिलों का हालचाल लोग एक-दूसरे को बताते और लॉकडाउन के अनुभव साझा करते।

कुछ दिनों पश्चात् एक दिन मैंने अनवर साहब से पूछा, "भाई साहब, आजकल क्या लिख रहे हैं? इन दिनों तो बहुत समय है, जरूर आपने कई नज्में, गजलें और रिसाले आदि लिख डाले होंगे!"

वे मायूस स्वर में बोले, "आजकल लिखने में बिल्कुल मन नहीं लगता। मैं रात-दिन रेडियो सुनता रहता हूँ। टी.वी. थोड़े समय के लिए देखता हूँ, ज्यादा नहीं। हाँ, कुछ पुस्तकें घर में ही रखी थीं, उन्हें ही आजकल पढ़ रहा हूँ।"

"इन दिनों तो काफी-कुछ लिखा जा सकता है। शहर के अन्य कवि और लेखक देखिए कितना कुछ लिख रहे हैं। स्थानीय अखबारों में रोज कोरोना पर कविताएँ और लेख आदि छप रहे हैं।" मैंने अनवर साहब से कहा।

वे कहने लगे, "भैया, कोरोना एक महामारी है। दुनिया भर में अभी इसकी कोई कारगर दवा नहीं है। लगातार लोग इस बीमारी से मर रहे हैं और नए लोग संक्रमित होते जा रहे हैं। बहुत दुःख और अफसोस का समय है ये। हम लोग तो लॉकडाउन में रहते हुए किसी तरह अपनी जिंदगियाँ बचा रहे हैं। सब्जीवाले, दूधवाले और किराना स्टोर के लोग घरों पर सामान पहुँचा देते हैं, परंतु डर बना रहता है कि कहीं किसी सामान के पैकेट में वायरस न हो। सामानों को पैकेट सहित अच्छी तरह धोकर ही इस्तेमाल करने की हिदायत है, अब डरे हुए माहौल में भला क्या लिखा जाए? अन्य लोग अखबारों में तुकबंदियाँ छपवा रहे हैं। 'कोरोना को भगाना है, जिंदगी बचाना है।' 'ईश्वर का हर घर में वास होगा, कोरोना तेरा सत्यानाश होगा।' 'चुपचाप अपने घर में रह जाओ, कोरोना को दूर

भगाओ।' इस प्रकार की तुकबंदियाँ हमारे मित्र कवि-शायर आए दिन लिख रहे हैं। इस भावुक अंदाज से कोई लड़ाई नहीं जीती जा सकती। लॉकडाउन में परेशान मजदूरों, छोटे व्यापारियों और आम नागरिकों के विषय में लिखना चाहता हूँ। जो भी जानकारी मिल रही है, वह अखबारों और टी.वी. चैनलों से मिल रही है। बाहर निकलकर कुछ देख पाता तो विश्वासपूर्वक लिखता। समाचारों की जुगाली करते रहने से क्या फायदा? बाद में कभी इस कठिन समय के विषय में लिखा जाएगा।"

मैंने तबलीगी जमात के विषय में विभिन्न चैनलों पर आ रहे तरह-तरह के समाचारों के विषय में उनकी प्रतिक्रिया जाननी चाही। वे स्पष्ट बोले, "तबलीगी जमात की तर्ज पर मुसलिम समाज में एक तरक्कीपसंद जमात की जरूरत है, जो मुसलिम समाज में आधुनिक साहित्य का प्रचार-प्रसार करे। बिना नए विचारों को आत्मसात् किए किसी समाज की प्रगति नहीं हो सकती। मुसलिम समाज के पढ़े-लिखे लोग मिलकर यह बीड़ा उठाएँ तो बात बन सकती है। व्यर्थ की राजनीति करते रहने से कोई फायदा नहीं होगा।"

दूसरे लॉकडाउन की अवधि समाप्त होने को थी, परंतु देश में कोरोना की महामारी का ग्राफ ऊपर की तरफ बढ़ता जा रहा था। घर में समाचार सुनते हुए हम लोग आपस में चर्चा करते कि लॉकडाउन अभी और बढ़ेगा, अब इसी तरह घर में रहते रहने की आदत डालनी होगी। ऊब का रोना रोकर भी आप क्या कर लेंगे! अब समझ में आया कि नजरबंद लोग किस तरह रहते हैं। स्वतंत्रता संग्राम के समय हमारे नेताओं ने किस तरह अपना समय अंग्रेजों की जेल में काटा होगा। उस समय तो मोबाइल और टी.वी. आदि की सुविधा भी नहीं थी।

हुआ वही, जो हम लोगों ने सोच रखा था, अर्थात् नियत समय पर गृह मंत्रालय द्वारा दो सप्ताह के लिए तीसरे लॉकडाउन की घोषणा कर दी गई। यह घोषणा सभी के लिए ज्यादा परेशानी का सबब बनकर आई। केंद्र सरकार सहित, सभी राज्य सरकारों की अर्थव्यवस्था बुरी तरह चरमरा गई थी। दिहाड़ी मजदूर और छोटे व्यवसायी बहुत परेशान हो गए थे। शहरों में काम करनेवाले मजदूर अपने गाँव जाना चाहते थे। समस्या जब ज्यादा गंभीर हुई, तब सरकारों ने कुछ इंतजाम किए भी, परंतु उन्हें लागू होते-होते बहुत देर हो गई। घरों में

घुसे-घुसे लोग बहुत उकता चुके थे।

बहुत घबराए हुए स्वर में एक दिन जैन साहब ने फोन किया, "पड़ोस के दो घरों में कोरोना पॉजिटिव केस पाए गए। हम लोगों को अपने-अपने घरों में क्वारंटाइन कर दिया गया है। पूरे मोहल्ले के लोगों के सैंपल लिये गए हैं, कल तक रिपोर्ट आएगी। मुझे बहुत डर लग रहा है। रक्तचाप गिर गया है। घबराहट हो रही है। मुझे तो प्राय: सर्दी-जुकाम बना ही रहता है। उम्र पैंसठ से ऊपर हो गई है और मैं शुगर का पुराना मरीज हूँ।" मैंने उन्हें साहस बँधाया, "चिंता न करें। आप तो पूरे लॉकडाउन में घर से बाहर नहीं निकले। अपने आप घरों में वायरस नहीं घुसता। आप चिंता न करें।"

कहने को तो जैन साहब से मैंने उत्साहवर्धक बातें कह दीं, परंतु मेरा मन बेचैन हो उठा। जाने किस सामान के साथ वायरस कहाँ-से-कहाँ चला जाए, मैंने घर में आए हुए हर सामान को अच्छी तरह धोने के निर्देश दिए।

दूसरे दिन सुबह-सुबह तिवारीजी का फोन आया, "इकलौता बेटा मुंबई के प्राइवेट अस्पताल में डॉक्टर है। वह कोरोना पॉजिटिव पाया गया। अभी अपने ही अस्पताल में भर्ती है। घर में पत्नी ने रो-रोकर बुरा हाल कर दिया है। अफसोस! ऐसे में हम लोग बेटे तो देखने भी नहीं जा सकते।"

मैंने उन्हें समझाया, "तिवारीजी, आप रिटायर इंजीनियर हैं। आपकी पत्नी भी कॉलेज में प्रोफेसर रही हैं। आप दोनों ही काफी पढ़े-लिखे और समझदार हैं। आपको मालूम है, सैकड़ों लोग कोरोना की बीमारी से ठीक हो गए हैं और लगातार हो भी रहे हैं। आपका बेटा डॉक्टर है। अपने ही अस्पताल में उसका इलाज चल रहा है। मुझे पूरा विश्वास है कि वह पूरी तरह ठीक हो जाएगा। आप बिल्कुल फिक्र न करें।"

सारे तथाकथित समझदार कोरोना पीड़ितों और उनके परिवारवालों को इसी तरह समझा रहे हैं। मैंने भी वही किया, परंतु इतना पर्याप्त है क्या? सब जानते हैं, इस बीमारी का कोई कारगर इलाज अभी तक नहीं खोजा जा सका है। लोग अपनी रोग प्रतिरोधक क्षमता और शरीर में इस क्षमता को बढ़ानेवाले उपायों के कारण कोरोना की बीमारी को जीत पा रहे हैं, परंतु यह लड़ाई बहुत कठिन है।

तीसरे लॉकडाउन की शुरुआत में एक खास बात देखने को मिली। शराब

की दुकानें खुलते ही लोग उन पर टूट पड़े। तमाम सुरक्षा उपायों को दरकिनार कर बहुत महँगे दामों पर शराब खरीदने के लिए लोग निकल पड़े। शराब के प्रति लोगों का अतिशय प्रेम देखकर सबको आश्चर्य हुआ। कई राज्यों में एक दिन में ही करोड़ों रुपयों की शराब बिकी। कुछ शहरों में तो बढ़ती हुई भीड़ को देखकर शराब की दुकानें बंद कर देनी पड़ीं। यह अब तक के लॉकडाउन का जबरदस्त प्रभाव था।

शुक्लाजी का फोन आया। उच्च शिक्षा विभाग में सेवानिवृत्ति की सीमा पैंसठ साल तक है। शुक्लाजी को रिटायर हुए पाँच वर्ष हो गए, अर्थात् वे सत्तर वर्ष से ऊपर चल रहे हैं। वे ऋषि कपूर और इरफान खान के निधन का समाचार सुनकर बहुत दुःखी हैं। उनका कहना था कि दोनों बेचारे मुझसे बहुत कम उम्र के थे। असमय चले गए, अब मेरे जाने का समय आ गया है।

मैंने उन्हें समझाया, "कैसी बातें कहते हैं शुक्लाजी! उन दोनों कलाकारों को कैंसर था। वे दोनों कैंसर की बीमारी से लड़ते हुए गए हैं। आपको कोई बीमारी नहीं है। आपको तो पूरे सौ साल जीना है।"

वे कहने लगे, "इन लॉकडाउन के दिनों में मेरा आत्मविश्वास डगमगाने लगा है। आजकल मुझे बहुत खराब सपने आते हैं। आँख बंद करते ही सपने में किसी-न-किसी की लाश दिखाई देती है। घबराकर उठता हूँ तो अपने आप को पसीने से तर-ब-तर पाता हूँ। कोई भी मौत का समाचार मुझे विचलित कर जाता है। अखबार और टी.वी. के समाचार ऐसी ही सूचनाओं से भरे रहते हैं। मुझे अंदर से इन दिनों बहुत डर लगने लगा है। घर में पत्नी और बच्चों से कह नहीं सकता, बेचारे दुःखी हो जाएँगे। मित्रों से ही अपने मन की बात कही जा सकती है, इसलिए आपसे कह पा रहा हूँ।"

मैंने कहा, "चिंता मत कीजिए शुक्लाजी! लॉकडाउन के दिनों में आपकी उम्रवाले लोगों के साथ ऐसा होना स्वाभाविक है। मन को दूसरी तरफ लगाना होगा। सबसे पहले तो टी.वी. पर समाचार कम-से-कम देखिए। अखबार भी सरसरी निगाह से पलटकर एक ओर रख दीजिए। मेरे पास पुरानी फिल्मों के बहुत सारे सी.डी. हैं। कल ही आपके पास किसी के द्वारा भिजवाता हूँ। पुरानी फिल्में मधुर गीत-संगीत से सजी होती हैं। उनमें भरपूर मनोरंजन है। आप

फिल्में देखिए। कविताएँ पढ़िए। टी.वी. पर सीरियल देखिए और फोन पर हम लोगों से बातें करते रहना कभी मत भूलिए। जल्द ही आपकी यह मन:स्थिति बदल जाएगी।"

मैंने उन्हें समझा तो दिया। अवसाद से उबरने के उपाय भी बता दिए, परंतु मुझे उनके विषय में चिंता होने लगी है। सत्तर साल के बुजुर्ग शुक्लाजी लॉकडाउन के कारण इन दिनों गहरे अवसाद में हैं। उनसे मुलाकात का कोई उपाय नहीं है। अपने दूधवाले के हाथों मैं उन्हें कल ही पुरानी फिल्मों के सी.डी. भिजवा रहा हूँ।

मैंने फोन करके अपनी मित्र मंडली के सदस्य डॉ. श्रीवास्तव को शुक्लाजी के विषय में बताया। उन्होंने मुझे आश्वस्त किया कि उनकी बात शुक्लाजी से हो गई है। व्हाट्सएप पर मैंने उन्हें दवा लिखकर भेज दी है। दवा दुकानें तो खुली हैं, वे कहीं से मँगवा लेंगे। नींद पूरी न होने के कारण ऐसा बहुत लोगों को हो रहा है। घरों से निकलना लोगों का बंद है। बैठे और लेटे रहने से खाना पचता नहीं और नींद भी नहीं आती। घर में सबको थोड़ी देर के लिए जॉगिंग करनी चाहिए। शरीर थकाए बिना खाना नहीं पचेगा, न नींद आएगी। अवसाद का यही कारण है। मैंने शुक्लाजी को दवा लिखकर भेज दी है। चिंता की कोई बात नहीं है।

मैंने फोन पर उनके भी हालचाल जानने चाहे। वे बोले—"मैं रोज अपने कमरे में जॉगिंग करता हूँ। कुछ योगासन भी कर लेता हूँ। खाना मैंने पहले से आधा कर दिया है। पत्नी मेरी बहुत धार्मिक हैं। कल्याण के कई मोटे-मोटे विशेषांक उसके पास सुरक्षित हैं। मैंने पहली बार उसका संग्रह ठीक से देखा, अब उन्हीं में से कुछ किताबें निकालकर पढ़ रहा हूँ। मजा आ रहा है। महामारी के समाचार विचलित करते हैं। अस्पतालों में भरपूर इंतजाम नहीं हैं। कोरोना के मरीज बढ़ते ही जा रहे हैं। न इतनी संख्या में टेस्ट करने की व्यवस्था है और न ही अस्पताल में प्र्याप्त बेड हैं। वेंटीलेटर की तो बहुत कमी है, जो इस बीमारी के अंतिम चरण में बहुत जरूरी समझा जाता है। किसी को अंदेशा नहीं था कि सहसा इतनी बड़ी महामारी का सामना करना पड़ेगा। सरकारें अपने स्तर पर इंतजाम कर रही हैं, परंतु इतने इंतजाम अपर्याप्त हैं। डॉक्टर, नर्सों और सुरक्षाकर्मियों पर तो रहम आता है। बेचारे कितने कम साधनों से, कितनी कठिन लड़ाई लड़ रहे हैं।"

दूसरे दिन सुबह ही अनवर साहब ने फोन पर दुःखद समाचार सुनाया, "कल रात तिवारीजी के इकलौते डॉक्टर बेटे का मुंबई के अस्पताल में कोरोना की बीमारी से निधन हो गया। अस्पतालवालों ने मुंबई प्रशासन से विशेष परमिशन लेकर अपनी एंबुलेंस से डेड बॉडी यहाँ तिवारीजी के घर भिजवाने का इंतजाम किया है। दोपहर तक डेड बॉडी आ जाएगी। अंतिम संस्कार में हम लोगों को रानी बाग श्मशान घाट चलना है। सभी मित्रों को मैंने बता दिया है। मैं समय पर आपको चलने की सूचना दूँगा।"

समाचार सुनकर मैं सन्न रह गया। मैंने उस दिन तिवारीजी को किस तरह समझाया था। आप फिक्र न करें। आपका बेटा पूरी तरह ठीक हो जाएगा। लो हो गया पूरी तरह ठीक!! मुझे अपने शब्दों पर ही बहुत बेचारगी महसूस हो रही है। तिवारीजी से मिलकर अब मैं क्या कहूँगा? शुक्ला, जैन और डॉ. श्रीवास्तव के भी फोन आए। सबने बहुत अफसोस जाहिर किया। अंत्येष्टि में चलने के लिए सभी तैयार थे। अनवर साहब से सूचना मिलते ही सभी अपने-अपने वाहनों से रानी बाग क्षेत्र में पहुँच जाएँगे।

घर में पत्नी और बेटी को यह समाचार सुनाया तो उन्हें भी सुनकर बहुत दुःख हुआ। बेटी ने अपना कीमती मास्क मुझे देते हुए कहा, "इसे पहनकर रानी बाग जाइएगा।" मैंने हाँ में सिर हिलाया।

शाम चार बजे अनवर साहब का फोन आ गया। उन्होंने कहा, "रानी बाग पहुँचिए। सभी मित्रों को सूचना दे दी है।"

अपने स्कूटर पर मास्क पहने हुए मैं रानी बाग की तरफ निकल पड़ा। रास्ते में एक-दो जगह पुलिसवालों ने पूछा भी, उन्हें वस्तुस्थिति से अवगत कराया। उन्होंने सहजता से जाने दिया। रानी बाग पहुँचते देर नहीं लगी। रास्ते में कहीं जाम नहीं था। सड़कें खाली-सी थीं। इक्का-दुक्का लोग आ-जा रहे थे। चौराहों पर लाल बत्ती का भी कोई झमेला न था। रानी बाग पहुँचकर मैंने देखा, तिवारीजी के परिवार को लेकर एंबुलेंस आ गई थी। मुंबई से बेटे के शव के साथ उसकी पत्नी और नातिन आई थीं। एक कोई अस्पताल के सीनियर स्टाफ भी थे। इधर से तिवारीजी और उनकी पत्नी एंबुलेंस में ही बैठकर रानी बाग आए। शव उतारा गया। एक ओर चबूतरे पर उसे रखा गया। तिवारीजी, उनकी पत्नी,

बहू और नातिन का रो-रोकर बुरा हाल था। जिला प्रशासन को खबर कर दी गई थी। अंत्येष्टि में अधिकतम दस लोगों के सम्मिलित होने की इजाजत मिली थी। दो पुलिसवाले भी समय पर आ गए। सोशल डिस्टेंसिंग को मैंटेन रखते हुए सभी ने बहुत भारी मन से तिवारीजी के बेटे को अंतिम विदाई दी। तिवारीजी रोते हुए इतना ही बुदबुदा पाए—"सोचा था बेटा मेरी अंत्येष्टि करेगा। अफसोस! मुझे उसकी अंत्येष्टि करनी पड़ी।" उसके बाद वे फफक-फफककर खूब रोए। श्रीवास्तव, अनवर, जैन, शुक्ला और मैंने अलग-अलग सांत्वना दी। पुलिसवाले सबको दूरी बनाए रखने की आवश्यक हिदायत देते रहे। थोड़ी देर बाद सब लोग अपने-अपने वाहनों से घर आ गए।

घर आकर मैंने गरम पानी से नहाया। कपड़े बदले। पत्नी ने अदरकवाली चाय पिलाई। बेटी ने टी.वी. ऑन किया तो मैंने उसे रोक दिया। मेरा मन बहुत दु:खी था, ऐसे समय में मैं टी.वी. पर और मौत के समाचार नहीं सुनना चाहता था। भगवद्गीता निकालकर मैं उसे पढ़ने लगा। कहने को कितनी सहजता से कृष्ण ने कह दिया कि आत्मा सदा अमर है। वह कभी नहीं मरती। मृत्यु तो सिर्फ कपड़े बदलने जैसा है। आत्मा यहाँ पुराने शरीर को छोड़कर नए शरीर को प्राप्त करने की यात्रा पर निकल जाती है। क्या ऐसा पढ़ लेने से, सुन लेने से आदमी के विषाद मिट जाते हैं? मैं देर तक भगवद्गीता पढ़ता रहा। थोड़ी देर बाद मुझे नींद आ गई।

अगले दिन सुबह शुक्लाजी की पत्नी का फोन आया। उन्होंने घबराते हुए कहा, "इनकी हालत ठीक नहीं है। रात में भी कुछ नहीं खाया। सुबह से चाय तक नहीं पी। कुछ पूछो तो रोने लगते हैं। खुलकर कुछ बताते नहीं। मैं बहुत चिंतित हूँ।"

"आप चिंता न करें भाभीजी! सब ठीक हो जाएगा। मैं कुछ करता हूँ।" इतना कहकर मैंने फोन रख दिया। मैं क्या कर सकता हूँ? लॉकडाउन में मैं उनकी कोई मदद नहीं कर सकता। फोन लगाकर मैं उन्हें सांत्वना के दो शब्द बोल भी दूँ तो उससे क्या हो जाएगा? शुक्लाजी गहन अवसाद में हैं। कहीं उन्हें कुछ हो गया तो, मैं यह सोचकर ही घबरा गया। थोड़ी देर बाद मुझे खयाल आया कि अपने डॉ. श्रीवास्तव से इस बाबत सलाह ली जाए। मैंने तुरंत डॉ.

श्रीवास्तव को फोन लगाकर शुक्लाजी के विषय में उन्हें विस्तार से बताया। वे सहज होकर बोले, "चिंता न करें, मैं देखता हूँ।" ऐसे ही डॉ. श्रीवास्तव ने मुझसे भी कह दिया, "मैं देखता हूँ।" इस लॉकडाउन में कोई भला क्या कर सकता है?

करीब दो घंटे बाद जब डॉ. श्रीवास्तव का फोन आया, तब मुझे लगा कि मुसीबत की घड़ी में डॉक्टर बहुत कुछ कर सकता है। डॉक्टर ने मुझे विस्तार से बताया कि तुम्हारा फोन आने के पश्चात् मैंने तुरंत अपना स्कूटर निकाला और शुक्लाजी के घर की तरफ निकल पड़ा। रास्ते में पुलिसवालों ने घूरकर देखा। गले में स्टेथॉस्कोप लटका हुआ देखकर उन्होंने मुझे रोका नहीं। चुपचाप जाने दिया। शुक्लाजी के घर पहुँचकर मैंने उनका बी.पी. नापा। वही लो ब्लड प्रेशर, जो अवसाद में होता है। मैं अपने साथ में कुछ दवाइयाँ लेता गया था। अपने हाथ से उन्हें दवा दी। भाभीजी को बोलकर खाने की थाली मँगवाई। अपने सामने उन्हें खाना खिलाया। पुरानी फिल्मों की सी.डी. वहाँ पड़ी थीं। राजकपूर की एक फिल्म सी.डी. प्लेयर पर मैंने चलाई, जब शैलेंद्र का गीत और शंकर-जयकिशन का संगीत बजने लगा, तब मैंने उनसे विदाई ली। भाभीजी से मैंने कहा, "अभी तो इनकी तबीयत पूरी तरह ठीक है। रात में आकर फिर देख जाऊँगा। जरूरत महसूस हुई तो यहीं घर पर इन्हें एक ग्लूकोज बॉटल चढ़ा दूँगा। बिल्कुल ठीक हो जाएँगे। चिंता मत करिए।" घर आकर फिर मैंने आपको फोन लगाया कि आपकी चिंता भी दूर हो जाए।

डॉक्टर से बात करके मुझे बहुत संतोष हुआ। हमारी मित्रमंडली में शुक्लाजी सबसे बुजुर्ग हैं। बहुत पढ़े-लिखे हैं। विद्वत्तापूर्ण बातें करते हैं, परंतु इस लॉकडाउन में अवसाद किसी को भी हो सकता है। देश में करोड़ों लोग अपने-अपने घरों में कैसी जिंदगी जी रहे हैं? इसकी कल्पना भर की जा सकती है। काम-धंधे वाले लोगों पर क्या बीत रही होगी, समझ में नहीं आता, फिर मजदूर हैं, कामगार हैं, नौकर-चाकर हैं, कामवाली बाइयाँ हैं, सब इन दिनों अपने-अपने घरों में बिना कामकाज के हैं। थोड़ी-बहुत आर्थिक मदद मिल भी गई तो उससे क्या होता है? जीवन तो अपने कामकाज से ही चलता है। भला हो टी.वी और मोबाइल का, ये न होते तो क्या होता!

समाचारों के अनुसार देश में संक्रमित मरीजों की संख्या बढ़ती ही जा रही

है। मौत के आँकड़े भी इसी प्रकार लगातार बढ़ रहे हैं।

पत्नी और बेटी की खीज है कि सामान ठीक-ठीक नहीं मिल रहा है। दुकान पर जाकर लाते तो ठोक-बजाकर अपनी पसंद का लाते। ऑनलाइन सप्लाई में तो जो उन्होंने भेज दिया, सो भेज दिया। इसी प्रकार सब्जियाँ भी मनपसंद नहीं मिल रहीं। महीनों से घर में खाते-खाते ऊब गए हैं। होटल, रेस्टोरेंट सब बंद हैं, वहाँ जाकर खाने का तो प्रश्न ही नहीं उठता। दिल्ली में कुछ लोगों ने पिज्जा मँगवाया और सप्लाई करनेवाला कर्मचारी कोरोना संक्रमित था। बाद में वे सारे लोग परेशान हुए, जहाँ-जहाँ उसने पिज्जा सप्लाई किया था। घर की अपनी समस्याएँ हैं। बरतन माँजते, कपड़े धोते, माँ-बेटी ऊब गए हैं, हालाँकि लॉकडाउन के पहले दिन से ही यह व्यवस्था मैंने लागू कर दी थी कि अपने-अपने कमरों में झाड़ू-पोंछा हम स्वयं करेंगे एवं भोजन के पश्चात् अपने-अपने बरतन भी सभी लोग धोएँगे। इस नई व्यवस्था से लोग कितने दिनों तक संतुष्ट रहनेवाले थे? लॉकडाउन में सबके मन में बेचैनी होने लगी। आगे भी यह स्पष्ट नहीं था कि जनजीवन कब तक सामान्य हो पाएगा? सरकारें अब चरमराती हुई अर्थव्यवस्था को लेकर बहुत चिंतित थीं, उन्हें उद्योग-धंधे चालू करने की जल्दबाजी है। इन परिस्थितियों में कैसे हो पाएगा सबकुछ पहले जैसा। इस बात की गारंटी कौन लेगा कि अब शहर में एक भी कोरोना संक्रमित नहीं है? आवागमन शुरू हो जाएगा, तब दूसरे शहरों से भी संक्रमित लोगों के शहर में आ जाने की संभावना बढ़ जाएगी। इस प्रकार लॉकडाउन-3 समाप्त होने के पश्चात् भी क्या लोग स्वतंत्रतापूर्वक, आत्मविश्वास के साथ शहर में सब जगह आवाजाही कर सकेंगे? कुछ समझ में नहीं आता!

दोपहर को कॉल बेल बजी तो मैंने झाँककर देखा, सामने के गेट पर कैमरा और माइक लिये तीन लोग खड़े दिखे। सभी लोग मास्क लगाए हुए थे। मैंने पूछा तो उन्होंने बताया, "हम लोग स्थानीय टी.वी. चैनल से हैं। अनवर साहब के यहाँ से उनका इंटरव्यू रिकॉर्ड करके आए हैं। उन्होंने आपके विषय में बताते हुए आग्रह किया कि आपके विचार भी हम लोग रिकॉर्ड करें। बस यहीं खड़े-खड़े संक्षेप में आप इस महामारी के विषय में कुछ कहें?"

"महामारी की भयावहता सब लोग जानते हैं। उसके विषय में मुझे कुछ

नहीं कहना। मेरा मानना है कि दुनिया में विकास संबंधी बड़े परिवर्तन वैज्ञानिकों, शोधकर्ताओं और चिंतकों के द्वारा ही होते हैं। इस महामारी को भी हम उनके भरोसे पर ही जीत पाएँगे। मुझे आदमी की सामर्थ्य पर विश्वास है।" इतना कहकर मैंने अपनी बात समाप्त की। वे लोग धन्यवाद कहकर अपनी गाड़ी में बैठ गए।

□

लल्लन बाबू

टी.वी. ऑन करते ही समाचार सुना, प्रख्यात पत्रकार और 'प्रभात' समाचार-पत्र के पूर्व संपादक श्री लल्लन प्रसाद मिश्र अब हमारे बीच नहीं रहे। मुख्यमंत्री एवं राज्यपाल महोदय ने उनके निधन पर शोक व्यक्त किया। आगे कोई समाचार मैं सुन नहीं पाया। मैंने बढ़कर टी.वी. बंद कर दिया और अपने कमरे में आकर चुपचाप बैठ गया। लल्लन बाबू अब नहीं रहे, यह सुनकर मन बहुत बेचैन है। धीरे-धीरे स्मृतियों के पटल खुलने लगे और मैं लल्लन बाबू की यादों में डूबता चला गया।

लल्लन प्रसाद मिश्र नाम था उनका। लोग उन्हें प्यार से, आदर से 'लल्लन बाबू' कहकर पुकारते थे। उनका पूरा नाम शायद ही किसी को मालूम रहा हो। अखबार के दफ्तर, जिसमें वे काम करते थे, उसके पुराने रिकॉर्ड में जरूर उनका पूरा नाम दर्ज होगा।

देश नया-नया आजाद हुआ था। सब ओर जोश और उत्साह का वातावरण व्याप्त था। लल्लन बाबू कांग्रेस में नहीं रहे, यद्यपि वे गांधीजी से सदा प्रभावित रहे, वे क्रांतिकारी दल में रहे। आजादी की लड़ाई में क्रांतिकारी गतिविधियों में उनकी सक्रिय भागीदारी रही। कई बार पकड़े गए। पुलिस की लाठियाँ खाईं। क्रांतिकारियों का साथ देने के जुर्म में दो साल की सजा भी पाई। उन्हें कभी समझ में नहीं आता था कि बिना लड़ाई के देश आजाद कैसे हो जाएगा? क्या हाथ जोड़कर प्रार्थना करने से अंग्रेज अपना शासन हमें सौंपकर अपने देश वापस चले जाएँगे? कदापि नहीं। उन्हें परेशान करना होगा। उनके काम में रोड़े अटकाने होंगे। उनके कानूनों का बहिष्कार करना होगा। अंग्रेजों को और उनकी पुलिस

को इतना ज्यादा तंग करना होगा कि शासन व्यवस्था पर से उनकी पकड़ ढीली पड़ती जाए, तब मौका देखकर हमें संगठित होकर उन पर हमला करके शासन छीन लेना होगा। फिर कहीं जाकर आजादी आएगी। अपने इन्हीं विश्वासों के कारण वे सदा क्रांतिकारी गतिविधियों का समर्थन करते रहे।

किशोरावस्था से ही उन्हें लिखने का शौक था। जिस उम्र में लोग प्रेम गीत लिखा करते हैं, उस उम्र में वे देशभक्ति की कविताएँ लिख रहे थे। देश के लिए वे उन दिनों मर-मिटने की बातें कर रहे थे। संघर्ष और बलिदान के लिए वे देशवासियों का अपनी कविताओं में आवाहन कर रहे थे। जुलूस और प्रभात फेरियों में वे और उनके साथी उनकी कविताएँ जोशपूर्वक गाते हुए जन-जागरण के अभियान में लगे हुए थे। उन्होंने उन दिनों कविताओं के अलावा कहानियाँ लिखीं, लेख लिखे और हाथ से लिखे हुए ये परचे भोर होने से पहले वे घर-घर में डाल आते थे। वे इस बात से पूरी तरह सहमत थे कि जो ताकत तोप, तलवार और बम के गोलों में नहीं होती, वह लिखे हुए शब्दों में होती है। शब्दों के प्रभाव से जन-जागरण होता है। इससे जो सैलाब आता है, उसे कोई भी प्रशासन कभी नहीं रोक सकता। इस प्रकार वे अपने लेखन से जन-जागरण की भूमिका बना रहे थे।

आजादी के बाद सत्ता की बंदरबाँट शुरू हो गई। लोग अपनी-अपनी देशभक्ति का प्रमाण-पत्र लेकर अपने लिए पद और सुविधाएँ बटोरने में लग गए। क्रांतिकारियों को किसी ने नहीं पूछा। वे पीछे रह गए। वे सचमुच देशप्रेमी थे। जो देश के लिए अपने प्राण न्योछावर करने में सदा आगे रहे, वे पद और सुविधाओं के लिए क्यों लालायित रहते! उनका मिशन अभी पुराना न हुआ था। माना कि अंग्रेज देश छोड़कर अपने देश चले गए थे, परंतु जिस स्थिति में वे देश छोड़कर गए थे, उसकी हालत बहुत खराब थी। अंग्रेजों ने उपहार में हमें देश का बँटवारा दिया। सभी देशी रियासतों को आजाद छोड़ दिया और खजाना लगभग खाली, जिसमें से आधा हमें पाकिस्तानियों को देना पड़ा। इस प्रकार देश में चारों तरफ अव्यवस्था व्याप्त थी। जगह-जगह सांप्रदायिक दंगे हो रहे थे। पाकिस्तान से आए हुए शरणार्थियों को बसाने की विकराल समस्या सामने थी। इस प्रकार लल्लन बाबू ने अपनी कलम के हथियार को पैना किया। वे मानते थे कि

आजादी के संघर्ष के पश्चात् देश में जन-जागरण की और ज्यादा आवश्यकता है। लोगों में आपसी समझ से सांप्रदायिक उन्माद कम होगा। देशभक्ति के मजबूत जज्बे से ही मजबूत राष्ट्र का निर्माण संभव होगा। आपसी सहयोग और सौहार्द से ही शरणार्थियों को यहाँ बसाया जा सकता है। अंधविश्वास, छुआछूत, जातिवाद, निरक्षरता, नारी शक्ति की महत्ता और कठोर परिश्रम के विषय में देश की जनता को जागरूक करने की बहुत आवश्यकता है, यह सोचकर लल्लन बाबू ने अपने भावी जीवन की योजना बनाई।

बद्रीनाथ केडिया शहर के एक बड़े उद्योगपति थे। वे हृदय से क्रांतिकारियों के पक्षधर थे। आजादी के संघर्ष में उन्होंने हमेशा क्रांतिकारियों की मदद की। शहर के क्रांतिकारियों को जेल हो जाती। वे सब फरारी में अपना जीवन काटते। कुछ क्रांतिकारी शहीद हो जाते, कुछ को फाँसी पर लटका दिया जाता, तब उनके परिवार की देखभाल करना केडियाजी अपना कर्तव्य मानते। उन्होंने क्रांतिकारियों और उनके परिवारजनों की दिल खोलकर मदद की। लल्लन बाबू से उनका अच्छा-खासा परिचय था। वे उनकी कलम की ताकत जानते थे। आजादी के बाद उन्हें शहर से एक अखबार निकालने की आवश्यकता महसूस हुई। इस संबंध में उन्होंने लल्लन बाबू से विचार-विमर्श किया। इस प्रकार शहर से पहले समाचार-पत्र 'प्रभात' के प्रकाशन की शुरुआत हुई। लल्लन बाबू उसके प्रधान संपादक बनाए गए।

बड़े बाजार में बद्रीनाथजी का एक बड़ा शोरूम था, जो काफी दिनों से खाली पड़ा था, उसमें अखबार की मशीनें लगवाई गईं और आधे हिस्से में अखबार का कार्यालय बनाया गया। पूरी योजना लल्लन बाबू की देखरेख में क्रियान्वित की गई। अखबार के तैयार होने, छपने और उसके वितरण तक की पूरी व्यवस्था को लल्लन बाबू स्वयं देख रहे थे। केडियाजी का उनके ऊपर पूरा विश्वास था। जो उन्होंने कह दिया, वो केडियाजी ने बिना कुछ कहे तुरंत मान लिया। अखबार की पूरी जिम्मेदारी वे लल्लन बाबू के ऊपर छोड़कर निश्चिंत थे। धीरे-धीरे लल्लन बाबू ने अलग-अलग विभाग बनाए। संपादकीय कक्ष अलग बनाया। मुद्रण और प्रकाशन के लिए उन्होंने अलग यूनिट बनाई। वितरण के लिए भी उन्होंने अलग प्रभाग बनाया। इस प्रकार 'प्रभात' का प्रकाशन सुचारु

रूप से चलने लगा। लल्लन बाबू ने शहर के कवियों और लेखकों को 'प्रभात' से जोड़ा। प्रदेश के नामी साहित्यकारों से उन्होंने 'प्रभात' के लिए नियमित लिखते रहने का आग्रह किया।

बद्रीनाथजी शहर के बड़े उद्योगपति थे। सीमेंट, लोहा, कागज और तेल का उनका बड़ा कारोबार था। देश और देशभक्तों के प्रति उनके मन में बड़ा आदर था। उन्होंने अखबार का काम इसलिए शुरू किया था कि इस माध्यम से वे देश को आगे बढ़ाने में अपना योगदान दे सकेंगे। हालाँकि अपने उद्योग-धंधों को लगातार आगे बढ़ाते हुए वे देश की औद्योगिक प्रगति में अपनी भूमिका निभा रहे थे। अखबार को आगे बढ़ाने के लिए उन्होंने लल्लन बाबू को पूरी स्वतंत्रता दे रखी थी। वे उनके किसी काम में कभी कोई हस्तक्षेप न करते थे। एक तरह से वे लल्लन बाबू की बहुत इज्जत करते थे।

लल्लन बाबू ने पूरी निष्ठा और लगन के साथ 'प्रभात' के लिए काम करना शुरू कर दिया था। वे निर्भीक और ईमानदार थे और देश की जनता के प्रति पूरी तरह प्रतिबद्ध। वे विचारों से क्रांतिकारी थे, परंतु गांधीजी की जीवन-शैली का उन पर जबरदस्त प्रभाव था। वे हर तरह के शोषण के खिलाफ अपने अखबार में लेख लिख रहे थे। गरीबों, असहायों और वंचितों के हितों के लिए वे लगातार आवाज उठा रहे थे। सरकार चाहे केंद्र की हो या प्रदेश की, जरा भी जनहित के रास्ते से भटकती तो वे अपने अखबार में जमकर सरकारी नीतियों की आलोचना करते और आमजन के पक्ष में वातावरण बनाते। कभी-कभी सरकार के प्रभावशाली नेता उनसे नाराज हो जाते। उनसे सीधे कुछ कहने का कोई असर न था। वे जनहित के मुद्दों पर हमेशा अडिग रहते। सरकार के लोग बद्रीनाथजी पर तरह तरह से दबाव बनाते। बद्रीनाथजी लल्लन बाबू का स्वभाव भली-भाँति जानते थे। उन्होंने कभी उनके काम के विषय में अपनी तरफ से कुछ नहीं कहा। जबकि वे अखबार के मालिक थे। लल्लन बाबू और 'प्रभात' के स्टाफ का वेतन उनकी तरफ से दिया जाता था। वे चाहते तो उनके कार्यों में गाहे-बगाहे हस्तक्षेप कर सकते थे। कई बार तो 'प्रभात' द्वारा सरकारी नीतियों की आलोचना होने के कारण बद्रीनाथजी को अपने व्यापार में परेशानियाँ आईं। सरकार के साथ कई व्यापारिक अनुबंधों में उन्हें नुकसान उठाना पड़ा, परंतु

उन्होंने 'प्रभात' की नीति में बदलाव करने से साफ इनकार कर दिया।

'प्रभात' अपनी बेबाक टिप्पणियों, निष्पक्ष समाचार और आमजन के प्रति अपनी पक्षधरता के कारण जनता में निरंतर लोकप्रिय होता चला गया। देश और प्रदेश के नामी लेखक एवं पत्रकार 'प्रभात' से जुड़ने में अपना गौरव महसूस करने लगे। लल्लन बाबू की हरेक समाचार, लेख और फीचर आदि पर पूरी नजर रहती थी। संपादक की अपनी एक दृष्टि होती है, अखबार देखकर वह सहज ही जानी जा सकती है।

उन्हीं दिनों लल्लन बाबू से मेरा परिचय हुआ। हालाँकि हम लोग एक-दूसरे को जानते थे, परंतु कभी मिले नहीं थे। उनके शहर में जब मैं एक साहित्यिक जलसे में गया, तब उनके दफ्तर में उनसे मुलाकात हुई। मुझे आश्चर्य हुआ, जब उन्होंने मेरी कई रचनाओं का विस्तारपूर्वक जिक्र किया। उन्होंने मेरी कई कहानियाँ, उपन्यास और लेख पढ़े थे। तमाम व्यस्तताओं के बावजूद वे इतना अधिक पढ़ते हैं, यह जानकर मुझे बहुत प्रसन्नता हुई। उन्होंने 'प्रभात' कार्यालय के सभी विभागों में ले जाकर अपने स्टाफ से मेरा परिचय कराया। संपादन से लेकर अखबार के वितरण तक की पूरी व्यवस्था उन्होंने मुझे उत्साहपूर्वक बताई, जैसे अपने परिवार के सभी सदस्यों से मिलवाकर उनकी निरंतर प्रगति के विषय में मुझे बता रहे हों। सचमुच, अखबार के सभी प्रभागों पर उनकी छाप और पकड़ मुझे दिखाई दे रही थी। वे पूरी तरह 'प्रभात' के प्रति समर्पित व्यक्तित्व थे। उन्होंने विनम्रतापूर्वक मुझसे प्रभात में नियमित स्तंभ लिखने का आग्रह किया। मैं स्वभाव से बहुत आलसी हूँ। अपने इसी आलसीपन के कारण मैं किसी भी पत्रिका या अखबार में कॉलम लिखने की स्वीकृति नहीं देता। लल्लन बाबू ने कुछ इस अधिकार और स्नेह के साथ आग्रह किया कि मैं उन्हें मना नहीं कर पाया। इस प्रकार 'प्रभात' में मेरे नियमित कॉलम की शुरुआत हुई। अब जब भी लल्लन बाबू के शहर में किसी भी साहित्यक कार्यक्रम में मैं आमंत्रित होता, तब लल्लन बाबू से घंटों उनके दफ्तर में मुलाकात होती। वे हर बार अखबार के दफ्तर और संपादकीय विभाग की नीति में क्या-क्या कर रहे हैं, इसके विषय में विस्तार से मुझे बताते। उन्होंने अखबार के दफ्तर से लगा हुआ दो कमरों का एक गेस्ट हाउस बनवाया। बाहर से जो भी लेखक, पत्रकार और संवाददाता

आदि शहर में आते उनके ठहरने की उन्होंने 'प्रभात' के बगल में ही व्यवस्था करा दी। गेस्ट हाउस दिखाकर वे बोले थे; आगे किसी होटल में नहीं, यहीं आकर रुकना। फीचर पेजों में उन्होंने एक कॉलम शुरू किया, 'आईने के सामने' इसमें वे नामी साहित्यकार, कलाकार, संगीतकार और विभिन्न क्षेत्रों की प्रसिद्ध हस्तियों के जीवन पर अंतरंग लेख उन्हीं से लिखवाते और छापते। इस कॉलम के विषय में भी उन्होंने उत्साहपूर्वक बताया। सचमुच 'प्रभात' में यह कॉलम बहुत लोकप्रिय हो रहा था।

लगभग दो साल तक मेरा कॉलम 'प्रभात' में नियमित रूप से छपता रहा, फिर मुझे एक फेलोशिप के सिलसिले में यू.एस. जाना पड़ा, तब यह कॉलम मुझसे छूट गया। लगभग पाँच सालों तक मैं यू.एस. में रहा। अपना प्रोजेक्ट पूरा करके मैं दिल्ली में अपने बेटे के पास रहने लगा। इस बीच लल्लन बाबू के कोई समाचार नहीं मिले। आगे मुझे कई बार लंबी विदेश यात्राओं पर जाना पड़ा। यात्रा-वृत्त लिखने के लिए मेरे पास पर्याप्त सामग्री इकट्ठी हो गई थी।

इस प्रकार मैं अपनी यात्राओं के हाल-चाल लिखने में मशगूल हो गया। पुराने दो उपन्यास भी बहुत दिनों से अधूरे पड़े थे, उन्हें भी पूरा करने का मैंने मन बनाया। अपने आलसी स्वभाव के बावजूद मैंने अपने आप को काम में झोंक दिया। समय बीतता गया, पता ही न चला कि 'प्रभात' में अपना कॉलम छोड़े मुझे पूरे दस वर्ष हो गए हैं। एक प्रकाशक ने जब उस स्तंभ लेखन को छापने का प्रस्ताव रखा, तब मुझे याद आया कि लल्लन बाबू से मिलकर 'प्रभात' की पुरानी फाइलों में से उन लेखों को निकलवाया जा सकता है। संयोग से उसी समय उनके शहर में होनेवाले एक साहित्यिक कार्यक्रम में सम्मिलित होने का मुझे निमंत्रण मिला। मैं यह सोचकर ही बहुत खुश हुआ कि अब लल्लन बाबू से बहुत दिनों बाद मुलाकात होगी।

जब लल्लन बाबू के दफ्तर गया, तब वहाँ का माहौल पूरी तरह बदला हुआ था। बरसों पहले बद्रीनाथजी का देहांत हो चुका था। उनके तीन बेटे थे, उनमें पूरी संपत्ति का बँटवारा हुआ। मझले बेटे राजेंद्र कोडिया के हिस्से में प्रेस का कारोबार आया। उसे अखबार के काम में कोई दिलचस्पी न थी। उसे सीमेंट के कारखाने में ज्यादा दिलचस्पी थी। बँटवारे में बड़े बेटे को लोहे का कारखाना,

मझले को सीमेंट की फैक्ट्री और 'प्रभात' की जिम्मेदारी एवं सबसे छोटे बेटे के हिस्से में कागज का कारखाना आया। तीनों बेटे शुद्ध व्यवसायी थे, उन्हें साहित्य और संस्कृति में कोई दिलचस्पी न थी। मझले राजेंद्र के अनुसार अखबार का कार्यालय बंद करके वहाँ अन्य कोई व्यावसायिक प्रतिष्ठान खोलना ज्यादा फायदे का काम था। उसने ऐसा निर्णय भी ले लिया था, फिर उसके मित्रों ने उसे समझाया कि अखबार अच्छा निकल रहा है, इसे निकलने दो। अखबार के कारण राजनीति में अपनी पहचान बनती है। नौकरशाही के बीच अपना दबदबा रहता है। समाज में एक अलग तरह की प्रतिष्ठा भी बनी रहती है। माना कि दूसरे उद्योग-धंधों की तरह इसमें उतना फायदा नहीं है, परंतु दूसरे सफल उद्योगों के साथ अखबार भी चलता रहे तो क्या बुरा है? राजेंद्र ने बेमन से अपने दोस्तों की बात मान ली और अखबार के दफ्तर को बंद नहीं किया, परंतु उसने 'प्रभात' की व्यवस्था में बहुत परिवर्तन किए। सबसे पहले तो लल्लन बाबू, जो अब पैंसठ साल से ऊपर के हो रहे थे, उन्हें सेवानिवृत्त कर दिया। उनके स्थान पर एक तेज-तर्रार युवा पत्रकार 'प्रभात' का कार्यकारी संपादक नियुक्त किया गया। पहले 'प्रभात' के प्रधान संपादक के रूप में एकमात्र लल्लन बाबू का नाम जाता था। बद्रीनाथजी अखबार के मालिक थे, परंतु अखबार में उनका कहीं नाम न जाता था। संस्था के रूप में सिर्फ 'प्रभात' प्रकाशन छपता था। इधर अब प्रधान संपादक के रूप में राजेंद्र केडिया और कार्यकारी संपादक के रूप में एक बिल्कुल नया नाम जाने लगा। संपादकीय विभाग में राजेंद्र ने अपने अनुसार कई परिवर्तन किए। पुराने लोग जो उम्रदराज हो चले थे, उन्हें सेवानिवृत्त कर नई भर्तियाँ की गईं। नए संवाददाता बनाए गए। लल्लन बाबू से इस संबंध में कोई सलाह नहीं ली गई।

बद्रीनाथजी की मृत्यु के पश्चात्, जब एक दिन लल्लन बाबू को सेवानिवृत्ति का आदेश-पत्र मिला तो वे हतप्रभ रह गए। सहसा उन्हें आदेश पर भरोसा नहीं हुआ। वे तुरंत राजेंद्र बेटे से जाकर मिले। बद्रीनाथजी के समय वे उनके तीनों बेटों से उनके नाम के आगे बेटा लगाकर ही बात किया करते थे। राजेंद्र ने उन्हें टका से जवाब दे दिया, "देखिए बाबूजी, अब आपकी उम्र हो गई है। आप अब आराम करिए। नए लोगों को काम देखने दीजिए। मैंने 'प्रभात' में जो कुछ भी

किया है, बहुत सोच-समझकर किया है। मैं स्वयं प्रधान संपादक के रूप में सारी व्यवस्था देख रहा हूँ। समय-समय पर आप दफ्तर आते रहिए। 'प्रभात' आपका अपना है। हमें आपका सहयोग मिलता रहेगा तो खुशी होगी।"

लल्लन बाबू के पास अब कहने के लिए कुछ नहीं था। वे चुपचाप घर आ गए। लल्लन बाबू अपने जीवन में अपना निजी घर नहीं बनवा पाए। बद्रीनाथजी ने उन्हें स्टाफ क्वाट्र्स में से एक भवन रहने के लिए बहुत पहले दिया था, जिसका उनसे कभी किराया नहीं लिया गया। पुराने स्टाफ क्वाट्र्स बँटवारे में छोटे बेटे वीरेंद्र के हिस्से में आए थे। उसने इस महीने से उनके मकान का किराया तय करके उन्हें सूचना भिजवा दी। लल्लन बाबू का एकमात्र बेटा, ज्यादा पढ़ा-लिखा न था, उन्होंने समय रहते उसके भविष्य के प्रति ध्यान न दिया, इसका उन्हें और उनके बेटे, दोनों को बहुत मलाल था। बेटे का मानना था कि बद्रीनाथजी बाबूजी को बहुत मानते थे। प्रधान संपादक के रूप में बाबूजी की राजनीति और नौकरशाही में अच्छी पैठ थी। वे चाहते तो मुझे कहीं भी छोटी-मोटी नौकरी में लगवा सकते थे। परंतु वहाँ उनके सिद्धांत आड़े आते थे। उन्होंने मेरी नौकरी के लिए कभी किसी से नहीं कहा। इधर जब वे सेवानिवृत्त हो गए और घर में बेटा बेरोजगार, तब उन्हें अपनी भूल का एहसास हुआ। एक दिन उन्होंने हिम्मत करके बद्रीनाथजी के बड़े बेटे देवेंद्र से, जो कि एक बड़े लोहे के कारखाने का मालिक था, अपने बेटे की नौकरी के लिए कहा। देवेंद्र ने उनके प्रस्ताव को गंभीरता से नहीं लिया और यह कहकर टाल दिया कि आपका बेटा तो अनस्किल्ड है। उसे कहाँ लगाएँ? फिर भी भविष्य में देखेंगे। कहीं उसके लायक कोई काम होगा तो विचार करेंगे।

देवेंद्र की बात सुनकर लल्लन बाबू को बहुत बुरा लगा था। वे खून का घूँट पीकर रह गए। उन्हें बार-बार बद्रीनाथजी की याद आ रही थी। आज यदि वे जीवित होते तो उन्हें ये दिन न देखने पड़ते। उन्होंने कभी भी उनके किसी प्रस्ताव को अस्वीकार नहीं किया। 'प्रभात' में जैसा उन्होंने चाहा, वैसा किया। बद्रीनाथजी ने कभी कोई हस्तक्षेप नहीं किया। एक बार अपनी उत्तराखंड यात्रा पर बद्रीनाथजी ने एक यात्रा-वृतांत लिखा था, जिसे उन्होंने बाकायदा संपादक के नाम पत्र लिखकर उसके प्रकाशन पर विचार करने का अनुरोध किया था।

लल्लन बाबू ने उसे पर्याप्त संशोधन के पश्चात् प्रकाशित किया था, जिस पर बद्रीनाथजी ने अपार प्रसन्नता व्यक्त की थी। इधर राजेंद्र, जो कि अब 'प्रभात' के प्रधान संपादक हैं, उनकी मर्जी के बगैर प्रभात में कोई चुटकुला तक नहीं छप सकता।

वो तो भला हो बद्रीनाथजी का, जो उन्होंने 'प्रभात' की स्थापना के समय लल्लन बाबू के सुझाव पर अखबार के कर्मचारियों के लिए पेंशननिधि योजना बना दी थी। जिसमें कुछ राशि कर्मचारियों के वेतन से कटती और कुछ संस्थान द्वारा जमा कराई जाती थी, इस प्रकार लल्लन बाबू और उनके साथ रिटायर हुए कर्मचारियों का किसी प्रकार गुजर-बसर हो रहा था। अब तो उन्हें अपनी पेंशन की राशि में से मकान किराया भी नियमित रूप से अदा करना था।

'प्रभात' को खड़ा करने में लल्लन बाबू ने अपना पूरा जीवन लगा दिया। वे अच्छे पत्रकार तो थे ही, बहुत अच्छे लेखक भी थे। उन दिनों उनकी कुछ कहानियाँ राष्ट्रीय स्तर की पत्रिकाओं में प्रकाशित हुई थीं। वे यदि लगातार लिखते रहते तो आज एक बड़े कहानीकार के रूप में उनकी ख्याति होती। उन्होंने 'प्रभात' में पत्रकारिता करते हुए अपने साहित्यकार का बलिदान कर दिया। एक नए अखबार को शुरू करके उसे बुलंदियों तक पहुँचाने में कितनी ऊर्जा लगती है, यह कोई लल्लन बाबू से ही पूछे। अखबार के हर प्रभाग में उनका नियंत्रण था। हर जगह उनकी अपनी दृष्टि थी। लगन और मेहनत तो जैसे उनकी रग-रग में समाई हुई थी। अब रिटायर होकर वे क्या करते? 'प्रभात' कार्यालय जाना उन्होंने नहीं छोड़ा। कार्यकारी संपादक की कुरसी के सामने ही कोने में उनकी मेज-कुरसी लगा दी गई। वे दिनभर वहाँ बैठते। कई तरह के अखबार पढ़ते। कभी मन होता तो कुछ लिखते भी। बगल में प्रधान संपादक राजेंद्र केडिया का भव्य कक्ष बना हुआ था। दिन में थोड़ी देर के लिए राजेंद्र आते और अपने कक्ष में कार्यकारी संपादक एवं सहायक संपादकों को बुलाकर समझाते कि कौन सा समाचार किस पेज पर जाएगा। हेड लाइन क्या होगी। किस घटना को किस तरह छापना है, जिससे संस्थान के हित सुरक्षित रहें और अखबार की नीति को कोई खतरा न हो। इस तरह थोड़ी देर में वे हर दिन के अखबार का प्रारूप तय करके चले जाते। पहले 'प्रभात' कार्यालय

में साहित्यकार, पत्रकार, कलाकार, संगीतकार, रंगकर्मी, खेल जगत् के लोग प्रधान संपादक से मिलने उनके कक्ष में आया करते थे। इन दिनों राजनीतिज्ञ, नौकरशाह और उद्योगपति किस्म के लोग राजेंद्र से मिलने आते और देर तक उनके कक्ष में उनसे उनकी गपशप चलती रहती।

देश में या प्रदेश में जब कोई जन–विरोधी गतिविधियाँ होतीं, तब लल्लन बाबू से न रहा जाता, वे उसके विरोध में लंबा लेख लिखते, जिसे काट–छाँट के पश्चात् 'प्रभात' में स्थान मिल पाता। वे दु:खी हो जाते, परंतु राजेंद्र से कभी कुछ न कहते। कार्यकारी संपादक और सहायक संपादकों को वे हमेशा कुछ–न–कुछ समझाते रहते, परंतु उनके कहे को कोई गंभीरता से न लेता। हाँ, लोग उनका लिहाज करते। वरिष्ठ पत्रकार के रूप में सम्मान भी करते, परंतु सामने पड़ जाने पर, पीठ पीछे उनका उपहास उड़ाते। पुराना चावल कहकर उनकी स्थिति पर लोग हँसते रहते। लगन और निष्ठा जब अंधे मोह में परिवर्तित हो जाए तो आदमी की स्थिति दयनीय होने लगती है। समय रहते आदमी को अपने लिए दूसरा रास्ता चुन लेना चाहिए। लल्लन बाबू 'प्रभात' से हटकर अपने लिए कुछ सोच नहीं पाए।

मेरी जब 'प्रभात' कार्यालय में उनसे मुलाकात हुई, तब वह बहुत उत्साहित दिखे। उन्होंने पहले की तरह मुझे 'प्रभात' में घुमाया। हर सेक्शन में ले जाकर उसके प्रभारी से मेरा परिचय कराया। कार्यकारी संपादक से परिचय कराते हुए उन्होंने कहा, "इन्होंने 'प्रभात' में वर्षों कॉलम लिखा है। बहुत बड़े विचारक और लेखक हैं। इनका कॉलम उन दिनों बहुत लोकप्रिय हुआ करता था।" वे मुझसे 'प्रभात' में पुन: कॉलम लिखने के लिए कहना चाहते थे, चाहकर भी नहीं कह पाए।

शहर में अन्य मित्रों से मुझे 'प्रभात' में उनकी स्थिति की जानकारी मिल गई थी। उन्होंने अपनी मुलाकात में पूरी तरह यही जाहिर किया कि वे अब भी 'प्रभात' में सर्वेसर्वा हैं। वे अब शारीरिक और मानसिक रूप से कमजोर हो चले थे। बेटा बेरोजगार था। परिवार किराए के मकान में बसर कर रहा था। उनकी मामूली पेंशन थी, जिससे उनका गुजर–बसर चल रहा था। वे पूरी तरह एक कुशल संपादक और निर्भीक पत्रकार थे, अब इस व्यक्तित्व की 'प्रभात'

को कोई जरूरत न थी। उनके समय 'प्रभात' एक निष्पक्ष और प्रगतिशील समाचार पत्र माना जाता था। अब उसकी प्रतिबद्धताएँ कुछ और हैं। राजेंद्र ने उसे इसलिए जीवित रखा कि उससे राजनीतिक समीकरण अपने अनुकूल बने रहें और नौकरशाही में अपनी पैठ कायम रहे। वे अपने उद्‌देश्य में सफल हैं।

लल्लन बाबू अपने जीवन के संध्याकाल में थे। उनका मन नहीं मानता था। वे अब भी गाहे-बगाहे अपने क्रांतिकारी विचारों से ओत-प्रोत कुछ लिखते रहते थे, पर उसे छापे कौन? उनका अपना 'प्रभात' उन्हीं के लेख को बहुत काट-छाँटकर छापता था। वे जैसे भी थे, बदल नहीं सकते थे। मुझसे बिछड़ते समय उन्होंने मुझे आशीर्वाद दिया था, "अच्छा लिखो। खूब अच्छा लिखो, यही मेरी कामना है।"

आज जब वे इस दुनिया में नहीं हैं, उनके शब्द मेरे कानों में गूँज रहे हैं। मैं सोचता हूँ, अखबार और पत्रिकाएँ अपना रूप बदलती जा रही हैं। मीडिया बाजार में बिकने के लिए खड़ा है। अच्छा और बहुत अच्छा छापने के लिए मंच सिकुड़ते जा रहे हैं। लल्लन बाबू भले ही अब इस दुनिया में नहीं रहे, लेकिन उनके मूल्य रहने चाहिए, उन्हीं से एक बेहतर दुनिया का निर्माण होगा। उन्हें मेरी विनम्र श्रद्धांजलि।

□

बँटवारा

सुबह लगभग आठ बजे फोन आया कि माँ नहीं रहीं। फोन सुधाकर की पत्नी सविता ने ही उठाया। लैंडलाइन पर फोन कम आते हैं। सविता और सुधाकर के पास अलग-अलग मोबाइल हैं। बेटे और बेटी के पास भी अपने अलग-अलग मोबाइल हैं। सविता ने सैंडविच चबाते हुए लापरवाही से फोन उठाया था। उधर से सत्येंद्र ने बताया कि सुबह साढ़े सात बजे माताजी ने अंतिम साँस ली। आप लोग जल्द आ जाओ। सविता ने मुँह का कौर गटका और जोर-जोर से रोना प्रारंभ कर दिया। सुधाकर उसके रोने का कारण पूछते, उससे पहले ही उनके मोबाइल की घंटी बजी। मोबाइल पर सत्येंद्र का नाम उभरा तो सुधाकर समझ गए, कुछ गड़बड़ है। उधर से सत्येंद्र ने बताया कि माताजी नहीं रहीं। आप लोग आ जाइए। बच्चों को भी अब तक मालूम हो गया कि उनकी नानी नहीं रहीं।

दो साल पहले उन्हें लकवा लग गया था। शरीर का आधा हिस्सा बिल्कुल निष्क्रिय हो गया था। तब से वे बिस्तर पर ही थीं। उठ-बैठ भी नहीं सकती थीं। टट्टी-पेशाब में बहुत दिक्कत होती। सत्येंद्र और उसकी पत्नी प्रेरणा मिलकर किसी प्रकार उनकी दैनिक क्रियाएँ संपन्न कराते थे। जबड़े में भी लकवे का असर था। दाल-चावल बहुत पतला करके उनके मुँह में डाला जाता था। किसी प्रकार वे गटक लेती थीं। सत्येंद्र उनका सबसे छोटा और इकलौता बेटा है। प्रेरणा उसकी पत्नी। प्रेरणा की गोद में दो साल का छोटा बच्चा है। सत्येंद्र स्थानीय तहसील ऑफिस में क्लर्क है। यों तो सत्येंद्र स्नातकोत्तर है, परंतु कोई बड़ी नौकरी मिली नहीं इसलिए जो नौकरी मिली, उसी से चिपक गए। प्रेरणा

भी स्नातक है। कई जगह उसने आवेदन दिए, परंतु नौकरी कहीं नहीं मिली। बहरहाल बाबूजी ने घर बनवा लिया था। उन्हें मरे हुए दस साल हो गए। माँ को उनकी आधी पेंशन मिल रही थी। वे वन विभाग में लेखापाल थे। रिटायर होने के अगले साल ही चल बसे। परंतु रिटायर होने से पहले वे अपनी चारों बेटियों क्रमशः सविता, विनीता, अनीता और सुजाता की अच्छे घरों में शादियाँ कर गए थे। सत्येंद्र तब छोटा था, मैट्रिक में पढ़ रहा था। कम उम्र में ही उस पर घर की सारी जिम्मेदारी आ पड़ी थी। एम.ए. करने के पश्चात् जैसे ही उसकी नौकरी लगी कि माँ ने उसकी शादी कर दी। इस प्रकार घर में बहू आई और साल भर में एक पोता। वे अपने पोते को ठीक से खिला भी न पाईं कि उन्हें पक्षाघात हो गया। एक तरफ के हाथ-पैर पूरी तरह बेकार। जब उन्हें पक्षाघात हुआ, थोड़े-थोड़े अंतराल पर उनकी चारों बेटियाँ और दामाद उन्हें देखने आए थे। सत्येंद्र और प्रेरणा को समझाकर कि अब आप लोगों को ही माँ की देखभाल करनी है, चले गए थे।

सविता ने रोते-रोते अपनी छोटी बहनों विनीता, अनीता और सुजाता से मोबाइल पर बातचीत की। सबने जल्द-से-जल्द निकलने की बात कही। अभी निकलेंगे तो रात तक सब लोग अनूपपुर पहुँच जाएँगे। सब लोगों ने अलग-अलग सत्येंद्र को बता दिया कि हम लोग आज रात तक वहाँ पहुँच जाएँगे। अंतिम संस्कार अगले दिन सुबह करना ठीक होगा।

सुधाकर सॉफ्टवेअर इंजीनियर हैं। उन्हें अपनी कंपनी में छुट्टी के लिए आवेदन देना है। उन्होंने अपने तीनों साढ़ू भाइयों से बातचीत की। दूसरे प्रकाश, कॉलेज में प्रोफेसर हैं। ये विनीता के पति हैं। तीसरे देवेंद्र, अनीता के पति, बैंक में नौकरी करते हैं। चौथे सुरेश बी.ए.एम.एस. हैं। प्राइवेट प्रैक्टिस करते हैं। सब लोगों ने आपस में बातचीत करके तय कर लिया कि आज रात तक हर हालत में अनूपपुर पहुँच जाएँगे। अगले दिन सासूजी का दाह संस्कार कर दिया जाएगा।

दो साल पहले जब सविता की माँ को सहसा पक्षाघात हो गया था, तब सुधाकर ने अपनी पत्नी से कुछ दिन अनूपपुर में रहकर माँ की सेवा करने के लिए कहा था। सविता ने मना करते हुए कहा था, "यह बहू की जिम्मेदारी है। घर में प्रेरणा है तो। वही करेगी सेवा। मैं क्यों जाऊँ?"

सुधाकर चुप रह गए। उन्हें कुछ बोल न आया। परंतु उन्हें सत्येंद्र और प्रेरणा पर बहुत दया आ रही थी। वे बिना किसी से कुछ कहे माँ की सेवा कर रहे थे।

सुधाकर ने प्रकाश, देवेंद्र और सुरेश से भी इस बाबत बातचीत की थी। सबने अपनी-अपनी पत्नियों से पूछा, परंतु चारों बहनों में से कोई अनूपपुर जाकर बिस्तर पर पड़ी हुई असहाय माँ की सेवा करने के लिए तैयार नहीं हुईं। सबने अलग-अलग तरह के बहाने बनाए।

सुधाकर अपनी पत्नी सविता का स्वभाव जानते हैं। उससे घर के ही कोई काम नहीं होते, वह माँ के घर जाकर काम-काज क्या करेगी? यहाँ दो बाइयाँ लगी हुई हैं। वे घर का सब काम करती हैं। एक दिन कोई बाई न आए तो सविता का दिनभर मूड खराब रहता है। प्रकाश ने बताया कि विनीता के घुटनों में दर्द रहता है। वह कहती है, मैं माँ की देखभाल भला कैसे कर पाऊँगी? देवेंद्र का कहना था कि वे कुछ दिनों तक बच्चों की देखभाल कर लेंगे। अनीता माँ की सेवा के लिए अनूपपुर जाना चाहे तो खुशी से जा सकती है, परंतु वह बच्चों की देखभाल का हवाला देकर अनूपपुर जाने की इच्छुक नहीं है। चौथे सुरेश का कहना था कि मैं तो अपने माँ, बाप और भाई के साथ संयुक्त परिवार में हूँ। सुजाता चाहे तो अनूपपुर कुछ समय के लिए जा सकती है। मुझे और बच्चों को यहाँ कोई परेशानी नहीं होगी। परंतु सुजाता यह कहकर कि उसकी प्रेरणा से नहीं पटती, अनूपपुर नहीं जाना चाहती।

सुधाकर ने अपनी पत्नी और तीनों सालियों से अलग-अलग बात कर यह सुझाव दिया था कि तीन-तीन महीने एक-एक बहन अनूपपुर में रहे तो सत्येंद्र एवं प्रेरणा को कुछ सहारा हो जाएगा। माँ पूरी तरह असहाय हैं। बिस्तर पर हैं। सत्येंद्र की छोटी नौकरी है। वह अलग से बाई नहीं रख सकता। फिर माँ के टट्टी-पेशाब का काम कौन करेगा? यह तो घरवालों को ही करना पड़ेगा। तीनों सालियों ने अलग-अलग बहाने बनाकर अनूपपुर जाने से मना कर दिया। हालाँकि उनका यह कहना था कि वे माँ से बहुत प्रेम करती हैं। उनकी सेवा भी करना चाहती हैं, परंतु क्या करें, बहुत मजबूर हैं। उनकी अपनी-अपनी विवशताएँ हैं। इस बात पर चारों बहनें सहमत थीं कि यह काम तो घर की बहू

का है और वह कर भी रही है। जब सत्येंद्र और प्रेरणा खुशी से अपना कर्तव्य पूरा कर रहे हैं, तब हम लोगों को वहाँ जाने की क्या जरूरत है?

सुधाकर की अपने तीनों साढुओं से बात होती रहती थी। चारों का मानना था कि उनकी पत्नियों को अपनी माँ की सेवा करनी चाहिए। आज जबकि यह जोर-शोर से कहा जाता है कि लड़के, लड़की एक समान हैं, तब माँ-बाप की सेवा का दायित्व लड़के और बहू पर ही क्यों? लड़कियों को भी आगे बढ़कर माँ-बाप की सेवा करनी चाहिए। वैसे भी सबको मालूम है कि माताजी का जीवन ज्यादा दिनों का नहीं है। डॉक्टरों का कहना है कि इस अवस्था में वे एक-दो साल से ज्यादा नहीं जी पाएँगी। माँ बिस्तर पर हैं। इस समय उन्हें अतिरिक्त सेवा की जरूरत है। प्रेरणा अकेली है। उसकी गोद में एक छोटा बच्चा है। वह भी कह सकती है कि मैंने पति की माँ का गू-मूत धोने का ठेका नहीं लिया। सत्येंद्र धोएँ, उनकी माँ है। मेरी तो सास है। क्या मेरी ही सारी जिम्मेदारी है? परंतु प्रेरणा ने ऐसा कुछ किसी से नहीं कहा। हालाँकि कभी-कभी उसे बहुत कोफ्त होती है। सत्येंद्र उसे समझाते, "देखो प्रेरणा, जो जिम्मेदारी सामने है। उसे तो निभाना ही पड़ेगा। अच्छा हो कि हम खुशी-खुशी कर्तव्य मानकर निभाए चले जाएँ।"

प्रेरणा सब चुपचाप सुन लेती। वह पति से कभी कोई शिकायत न करती। उसे सत्येंद्र से प्रेम है। वह उसका पति है, उसकी जिम्मेदारी प्रेरणा की भी जिम्मेदारी है। यह मानकर प्रेरणा सास की दिल लगाकर सेवा कर रही थी। पति की छोटी सी नौकरी है। कम तनख्वाह है। इसी में पूरे घर का खर्च चलाना है। हालाँकि पिताजी की पेंशन माँ के खाते में आ रही थी, जिससे बमुश्किल उनकी दवाइयों का खर्चा ही निकल पाता था। पहले तो प्रेरणा अपनी नौकरी के लिए इधर-उधर आवेदन भेजती रहती थी। इधर जब से सास को पक्षाघात हुआ, उसने अपनी नौकरी के लिए अप्लाई करना ही बंद कर दिया। थोड़ा प्रयास करने पर उसे किसी प्राइवेट स्कूल में शिक्षक की नौकरी मिल सकती थी। भले ही कम तनख्वाह मिलती, परंतु घर के बजट में कुछ सहारा तो हो जाता। सास की सेवा करते हुए अब वह अपनी नौकरी के लिए सोच भी नहीं सकती।

सत्येंद्र जो तनख्वाह लाते, पूरी प्रेरणा के हाथ में रख देते। उन्हें नशे-पत्ती का कोई ऐब नहीं है। प्रेरणा कॉलेज में पढ़ी थी। उसके अपने कुछ शौक थे।

सजने-सँवरने की उम्र है, परंतु उसने अपने आप को पूरी तरह घरेलू औरत बना लिया।

वह मितव्ययतापूर्वक घर चलाते हुए प्रसन्न थी। उसका पति भी उसे खूब प्यार करता था। धन आदमी को एक हद तक सुख देता है, परंतु सच्चा प्यार तो हमेशा सुख प्रदान करता है। इस प्रकार सत्येंद्र और प्रेरणा किसी से सहायता की अपेक्षा पालकर नहीं रखते थे। वे अपने सीमित साधनों में अपने कर्तव्यों का पालन करते हुए शांतिपूर्वक रह रहे थे।

उसके चारों जीजाओं को उस पर दया आती थी। और खासकर इस समय जब पूरी तरह बिस्तर से लग गई माँ की उसे अकेले ही सेवा करनी पड़ रही थी। वे चारों अपनी-अपनी पत्नियों को समझाते कि अनूपपुर जाकर अपना खर्चा खुद उठाओ। सत्येंद्र पर भार मत बनो बल्कि उसकी वहाँ रहते हुए हर तरह से सहायता करो। वैसे तो तुम लोगों के पास पर्याप्त रुपए रहते हैं, कम लगें तो हम मदद करने को तैयार हैं, परंतु तुम लोगों को अपनी माँ की इस समय अवश्य सेवा करनी चाहिए।

सुधाकर अपनी पत्नी और उसकी तीनों बहनों को फोन पर समझाते कि माँ-बाप की सेवा करने का सौभाग्य सबको नहीं मिलता। कई परिवारों में बच्चे नौकरी करने विदेश चले जाते हैं। वहाँ वे माँ-बाप के लिए तरसते रहते हैं। सालों-साल उनकी अपने माँ-बाप से भेंट नहीं हो पाती। वीडियो कॉल पर बातचीत करके संतुष्ट हो लेते हैं। तुम लोग यहीं हो, अपने ही देश में। बारह घंटे का रास्ता है अनूपपुर का। जब जी चाहे चली जाओ, कुछ दिन माँ के पास रहकर चली आओ। कोई नहीं रोकता। परंतु तुम लोग सुविधाभोगी हो। अपने-अपने घरों में सुखपूर्वक रह रही हो। जरा सा भी कष्ट तुम्हें बर्दाश्त नहीं होता। अनूपपुर में वैसा सुख नहीं, वैसी सुविधाएँ नहीं, जैसी तुम्हारी अपने घरों में हैं, इसलिए तुम अपनी माँ की सेवा के लिए जाना नहीं चाहती। वहाँ तुम्हें माँ की सेवा करनी पड़ेगी। घर का कामकाज करना पड़ेगा, वह तुम लोगों से नहीं हो सकता। हालाँकि मैं मानता हूँ कि तुम लोग अपने-अपने घरों में रहते हुए अपनी माँ से बहुत प्यार करती हो।

आखिर दो सालों का लंबा कष्ट उठाकर माँ परलोकवासी हो गईं। अब

चारों बहनों को जल्द-से-जल्द अनूपपुर पहुँचना है। माँ का अंतिम दर्शन करना है, मृत देह का। जीवित रहते चारों बहनों ने कभी उनके दर्शन की कोई अभिलाषा नहीं की। जब उन्हें पक्षाघात हुआ, तब अलग-अलग समय में जाकर देख आई थीं बस! फिर दो सालों में किसी का अनूपपुर जाना नहीं हुआ। फोन पर ही वे माँ का हाल-चाल लेती रहीं। अब माँ नहीं रहीं। मृत देह का दर्शन जरूरी है, अंतिम दर्शन। अनूपपुर में कई नाते-रिश्तेदार हैं। बड़ा परिवार है। हिंदू परिवारों में जल्द दाह संस्कार करने की परंपरा है। बेटियाँ-दामाद अंतिम दर्शन कर लें, इसलिए अगले दिन दाह संस्कार करने का निर्णय लिया गया। आज रात तक चारों बेटियाँ, दामाद अनूपपुर पहुँच जाएँगे। कल माताजी का दाह संस्कार करना है, ऐसा सत्येंद्र को बता दिया गया है।

चारों बेटियाँ और दामाद समय से अनूपपुर पहुँच गए। रातभर बेटियों का रोना-सुबकना चलता रहा। अगले दिन दाह संस्कार की तैयारी की गई। अर्थी रचते समय चारों बेटियाँ धाड़ मारकर रोती रहीं। सत्येंद्र और प्रेरणा का रो-रोकर बुरा हाल था। चारों दामादों की आँखें भर आई थीं। जब तक बाबूजी थे और सास स्वस्थ रहीं, दामादों की घर में खूब खातिरदारी होती रही। बाद में सत्येंद्र और प्रेरणा ने उसमें कोई कमी नहीं होने दी। चारों दामाद ये सोच रहे थे कि उनकी पत्नियाँ यहाँ माँ के मरने के बाद धाड़ मार-मारकर रो रही हैं। माँ के जीवित रहते हुए उनका प्रेम कहाँ सूख गया था? क्यों नहीं वे समय रहते माँ की सेवा करने आईं? उन्हें पक्षाघात था। वे पूरी तरह बिस्तर पर थीं। सबको मालूम था कि ज्यादा दिनों का उनका जीवन नहीं है। फिर क्यों नहीं चारों बहनों ने मिलकर अपनी माँ के लिए कुछ किया? सुधाकर को अपनी पत्नी के विचारों पर आश्चर्य हुआ कि माँ की सेवा करना तो लड़के-बहू का कर्तव्य है। प्रकाश को लग रहा था कि विनीता कहती है कि उसके घुटनों में दर्द रहता है। अब दर्द है तो है। वह ससुराल में रहते हुए भी रहता है और मायके में रहते हुए भी रहेगा। दर्द के साथ, जैसे यहाँ जिंदगी चल रही है, वैसे मायके में भी चलती। क्या फर्क पड़ जाता यदि वह अपने घुटनों के दर्द के साथ माँ की कुछ सेवा करती रहती। देवेंद्र सोचते हैं कि उनके बच्चे बहुत छोटे नहीं हैं! बाकायदा स्कूल जाते हैं। घर पर कामवाली बाई अकसर खाना भी बना देती है। उससे कहा जाता तो वह कुछ

महीने तक लगातार खाना बनाने को तैयार हो जाती। बच्चों की देखभाल, कोई समस्या न थी। अनीता चाहती तो बच्चों को मेरे भरोसे छोड़कर कुछ दिनों तक अपनी माँ के साथ रह सकती थी। सुरेश का भी यही मानना था कि सेवा माँ की करनी है। प्रेरणा से क्या लेना-देना! चुपचाप रहो और माँ की सेवा करो। परंतु यह कहना कि मेरी प्रेरणा से नहीं पटती, इसलिए मैं अनूपपुर में नहीं जाऊँगी, तर्कसंगत नहीं है। अब रोने-धोने से क्या? माना कि माँ के मरने का दुःख है, परंतु उनके जीवित रहते, उनकी सेवा क्यों नहीं की गई!

दूसरे दिन से वातावरण सामान्य होने लगा। तीसरे दिन अस्थियाँ संचित की गईं। शाम को माँ की तसवीर के पास विधि-विधान से उठावनी कार्यक्रम संपन्न हुआ। अब तेरहवें दिन पगड़ी रस्म के साथ बिरादरीवालों को भोजन कराने का कार्य शेष था। चारों दामाद अगले दिन सुबह ही निकलना चाहते थे। वे इससे ज्यादा छुट्टियाँ लेकर नहीं आए थे। योजना यह थी कि चारों बहनें तेरहवीं तक तो रुकेंगी, उसके बाद भी कुछ दिनों तक अपने घर में रुकना चाहें तो रुक सकती हैं। महिलाएँ आपस में क्या विमर्श करती रहीं, किसी को क्या पता! आश्चर्य तो तब हुआ, जब चारों बहनों ने अपने-अपने पतियों के साथ वापस जाने का निर्णय सुनाया। उनके पतियों ने उनसे कहा भी कि तुम लोग जितने दिन यहाँ रुकना चाहो, रुक सकती हो। कम-से-कम तेरहवीं तक तो तुम्हें रुकना ही चाहिए।

किंतु अपने पतियों का सुझाव उन्होंने नहीं माना और कई तरह की परेशानियाँ बताकर चारों बहनों ने वापस जाने की जिद की। इस प्रकार माँ की मृत्यु के पश्चात् चौथे दिन चारों बहनें अपने-अपने घर आ गईं।

तेरहवीं के दिन बड़े दामाद सुधाकर पुनः अनूपपुर गए थे और अगले दिन लौट आए। मृत्यु के पश्चात् सालभर तक घर में उससे संबंधित कुछ-न-कुछ कार्य चलते ही रहते हैं। सारे कार्य सत्येंद्र और प्रेरणा को संपन्न करने थे और वे अपना कर्तव्य मानकर कर भी रहे थे। बहनें अपने छोटे भाई से प्रायः मोबाइल पर बातचीत कर लेती थीं, परंतु किसी ने आगे बढ़कर उसे कोई सहयोग प्रदान करने की कोशिश नहीं की।

सालभर बाद, माताजी की वार्षिकी का दिन आया। एक बार फिर चारों दामादों और बहनों को अनूपपुर जाने का अवसर आया। नियत तिथि को सब

लोग अनूपपुर पहुँच गए। विधि-विधान से पूजा-अर्चना के पश्चात् माताजी की वार्षिकी का कार्यक्रम मनाया गया। शाम को पूरी बिरादरी को भोजन कराया गया। दूसरे दिन सब लोगों के लौटने का प्रोग्राम था। इस बार चारों बहनों ने अपने पतियों के साथ, यह कहकर कि यहाँ हमें कुछ काम है, जाने से मना कर दिया। उनका कहना था कि हम कुछ दिनों पश्चात् आ जाएँगे। जैसी उनकी मर्जी, सोचकर चारों साढू अपने-अपने शहर लौट गए।

इधर दूसरे ही दिन सविता ने सत्येंद्र से बँटवारे की बात कही। विनीता ने उसे स्पष्ट समझाया, "आजकल माँ-बाप की संपत्ति में लड़कियों का भी बराबर का हिस्सा है।" अनीता ने बात आगे बढ़ाई, "माँ के जो जेवर तुम्हारे पास हैं, हम उनका बँटवारा चाहते हैं।" सुजाता ने उसे समझाते हुए कहा, "हम आपस में ही जो कुछ है, उसे मिलकर बाँट लें। बिरादरी में बात जाएगी तो अच्छा नहीं लगेगा।"

सत्येंद्र सबसे छोटा है। चारों बहनें उससे बड़ी हैं। उसकी दीदियाँ। उसने कहा, "आप लोगों को तो पता है कि यहाँ संपत्ति के नाम पर क्या है। आप बड़ी हैं। जैसा कहेंगी, मुझे सब स्वीकार है।" सविता ने मोर्चा सँभाला, "हमें माँ के जेवरों से मतलब है। माँ का मंगलसूत्र, कंगन, झुमके और हीरा जड़ी नथनी तो हमने देखी है। शेष मुझे नहीं मालूम। और यह मकान है, इसे बँटवारे में तुम अपने पास रख लो, बाकी जेवर हमें दे दो, हम उनका बँटवारा कर लेंगी।"

सत्येंद्र तो चुपचाप सुनते रहे। प्रेरणा ने कुछ कहना चाहा, उससे पहले ही सुजाता ने उसे इंगित करके कहा, "हमें बँटवारे के लिए कोर्ट-कचहरी न करनी पड़े, इसलिए आपस में ही मामला निपटा लें तो अच्छा है। सबको मालूम है कि आजकल माँ-बाप की संपत्ति में लड़कियों का भी बराबर हिस्सा होता है।"

सत्येंद्र को बहनों की बात अच्छी नहीं लगी, परंतु वो भीतर गया और अलमारी खोलकर माँ के जेवरों की पोटली लाकर उसने सामने रख दी। चारों बहनों की आँखों में चमक आ गई। सविता ने बड़ी बहन की भूमिका निभाई, "मंगलसूत्र मैं रख लेती हूँ। कंगन विनीता। झुमके अनीता और नथनी सबसे छोटी सुजाता को दे देते हैं। मकान हमने तुम्हारे लिए छोड़ ही दिया है। बोलो सबको मेरा प्रस्ताव मंजूर है ?"

तीनों बहनों ने एक साथ 'हाँ' कहा। सत्येंद्र चुप रहा। कुछ नहीं बोला।

हालाँकि वो कहना चाहता था कि बाबूजी ने तुम लोगों की शादी में सबके लिए अलग-अलग जेवर और ढेर सारा दहेज का सामान दिया है। उसका क्या? सत्येंद्र को मालूम था कि उसका यह तर्क कोई नहीं मानेगा। उसकी बहनें तो कोर्ट से लड़कर अपना बँटवारा ले लेंगी। सारी बिरादरी में थू-थू होगी, वह अलग से।

सब बहनों ने जेवरों की पोटली में से अपना-अपना हिस्सा उठा लिया और उसे सँभालकर अपने पास रख लिया। वे इस बँटवारे से बहुत खुश थीं। अपने-अपने घर लौटकर जब उन्होंने अपने पतियों को शांतिपूर्वक बँटवारा निपट जाने की बात बताकर अपना-अपना हिस्सा दिखाया तो उनके पतियों को यह बँटवारा पसंद नहीं आया। उनके अनुसार यह सब उन्हें मिलना चाहिए, जिन्होंने माँ की मन लगाकर सेवा की है। पतियों की बातें सुनकर पत्नियों ने उन्हें मूर्ख कहा और अपने निर्णय पर गर्व करने लगीं। चारों साढ़ू मोबाइल पर बातें करते हुए अपने विचार साझा करते रहे, इसके अलावा वे कुछ करने की स्थिति में न थे।

□

चैक-बुक

धनीराम दाऊ साहब के यहाँ गाय-भैंस चराता है। कई सालों से वह दाऊ साहब के यहाँ यह काम कर रहा है। सुबह-सुबह वह दाऊ साहब की गौशाला में पहुँच जाता है। दाऊ साहब के तबेले में चार भैंसें और दो गायें हैं। सबसे पहले धनीराम दूध दुहता है। ताजा दूध बाईजी की रसोई में रखकर फिर वह तबेले का गोबर इकट्ठा कर ओसारे के पास एक बड़े कुंड में डाल देता है। जानवरों को नहला-धुलाकर वह साफ करता है, फिर उन्हें चराने के लिए जंगल ले जाता है। दाऊ साहब उसके लिए भगवान् हैं। उसके माई-बाप हैं। बचपन से वह दाऊ साहब के यहाँ यह काम कर रहा है। आजतक उसने दाऊ साहब और बाईजी का कहा नहीं टाला। बाईजी अकसर उससे ओसरा लीपने के लिए कह देतीं। वह खुशी-खुशी लीप देता। बाजार से उनके लिए सामान ले आता। घर में मेहमान आ जाएँ तो सेवा में धनीराम को लगा दिया जाता। घर में चार नौकर हैं, जो घर के कामकाज में दिनभर खटते रहते हैं, फिर भी धनीराम के लिए घर में काम निकल ही आता, जिसे धनीराम मन लगाकर करता है। दाऊ साहब ने उससे जो कह दिया, वह उसके लिए पत्थर की लकीर है। बाईजी की आज्ञा का पालन करना उसका परम कर्तव्य है।

कई सालों से दाऊ साहब गाँव के सरपंच होते आए। पंचायत के सब काम भली-भाँति जानते हैं। पूरे गाँव में उनका दबदबा है। गाँव में जो भी निर्माण कार्य पंचायत के माध्यम से कराए जाते, वे सब दाऊ साहब ही कराते। उनके कई रिश्तेदार ठेकेदार हैं। दूसरे विभागों के ठेके भी दाऊ साहब के प्रभाव से उन्हें ही मिलते। गाँव में कोई भी नेता, अफसर या बड़ा आदमी आता तो

सबसे पहले वह दाऊ साहब की कोठी पर तशरीफ लाता। उनके दालान में बैठकर ही गाँव की राजनीति, विकास कार्यों की योजना और मार-पीट के प्लान तय किए जाते। गाँव में वही होता जो दाऊ साहब चाहते। जो कोई उनके कार्यों में भूल से भी अड़ंगे लगाने की कोशिश करता, दाऊ साहब के लठैत उसे सरेबाजार सुधारकर रख देते। इस प्रकार पूरे गाँव पर दाऊ साहब का एकछत्र राज चल रहा था।

पंचायत का कार्यकाल पूरा हुआ। इस साल गड़बड़ हुई, सरपंच के लिए गाँव में हरिजन और आदिवासी वर्ग के लिए सीट आरक्षित कर दी गई। लोगों ने सोचा, अब दाऊ साहब की सरपंची उनके हाथों से जाती रही। ऐसा सोचते हुए अभी लोग खुश भी न हो पाए थे कि दाऊ साहब ने रास्ता निकाल लिया। एक दिन उन्होंने अपने दालान में बैठे हुए गाँव के कुछ लोगों के बीच में घोषणा कर दी, "अबकी बार इस गाँव का सरपंच धनीराम होगा।"

"धनीराम ?" लोगों ने आश्चर्य से पूछा।

"हाँ, धनीराम! इस साल सरपंच के लिए दलित वर्ग से सीट आरक्षित है। मैं चुनाव लड़ नहीं सकता, इसलिए मेरा आदमी धनीराम इस बार सरपंच का चुनाव लड़ेगा।" दाऊ साहब ने अपना आदेश सुनाया।

वहाँ बैठे हुए लोगों में किसी की हिम्मत न थी कि कोई उनके निर्णय के खिलाफ कुछ बोल पाए। सबने उनकी हाँ-में-हाँ मिलाई। उनके कुछ उत्साही समर्थकों ने उनका खुलकर समर्थन किया। दाऊ साहब ने नौकर को भेजकर गौशाला से धनीराम को बुलवाया।

धनीराम की कुछ समझ में न आया कि इस वक्त दाऊ साहब ने दालान में क्यों बुलवाया? दालान में कुछ लोग बैठे हैं। शायद चाय-पानी की व्यवस्था करनी होगी। पर उसके लिए तो चार-चार नौकर घर में लगे हुए हैं। मुझे क्यों बुलाएँगे? कोई सामान कहीं से उठाना होगा या यहाँ से कोई सामान कहीं पहुँचाना होगा। चलकर देखते हैं, माई-बाप ने क्यों याद किया?

दालान में पहुँचते ही धनीराम ने देखा, गाँव के बड़े लोग वहाँ इकट्ठे हैं। सब ऊँची जात के लोग। उसने हाथ जोड़कर सबको पाँव लागी कहा। आज पहली बार दाऊ साहब ने उसे सामने पड़ी हुई बेंच पर बैठने के लिए कहा। बैठने

में उसे संकोच हुआ। वह हाथ जोड़े हुए चुपचाप खड़ा रहा। फिर बोला, "हुजूर, आपने बुलवाया?"

"हाँ, हमने ही तुम्हें यहाँ बुलवाया, यह बताने के लिए कि अबकी मर्तबा तुम सरपंची का चुनाव लड़ रहे हो। समझे!" दाऊ साहब ने अपनी रौबदार आवाज में कहा।

"हुजूर, ई गाँव के सरपंच आप हैं। हमने जब से होश सँभाला, आपई को सरपंच के रूप में देखा और जाना है। आपके सिवा ई गाँव का सरपंच और कोई कैसे हो सकता है?" धनीराम ने आश्चर्य मिश्रित स्वर में कहा।

"तुम ठीक कहते हो धनीराम! हमारे रहते कोई दूसरा गाँव का सरपंच नहीं हो सकता। ई बार सरपंच की सीट तुम लोगन के लिए आरक्षित है। कोई दूसरी जातिवाला चुनाव नहीं लड़ सकता। तो हमने सोचा कि तुममें और हममें क्या फर्क है? तुम सरपंच रहो या हम, एकई बात है। ई सोचकर गाँववालों का निर्णय है कि अबकी बार तुमको गाँव का सरपंच बनाया जाए। ठीक है न?" दाऊ साहब ने पूछा भी और निर्णय भी सुनाया।

"हुजूर, मैं बेपढ़ा-लिखा आदमी। बाईजी ने दस्तख़त करना जरूर सिखा दिया रहा, सो मुश्किल से धनीराम भर लिख पाता हूँ। और कुछ मैं न जानूँ हुजूर! मैं का जानूँ ई सरपंची का होत है? मोय कोई झंझट में न डालो हुजूर!" धनीराम ने अपनी विवशता बताई।

"तू डरता क्यों है रे धनीराम। मैं हूँ न! काम तो मुझे ही करना है। नाम तेरा रहेगा। काम हम करेंगे। तुझे कोई परेशानी नहीं होगी। सरकार चाहती है, अबकी किसी पिछड़ी जातिवाले को सरपंच बनाया जाए, तो हमारे पास पिछड़ी जातिवाला आदमी है, धनीराम। तुझे कुछ नहीं करना, जैसा मैं कहता जाऊँ, तू चुपचाप वैसा करता जा। बस!" दाऊ साहब ने बात पूरी की और धनीराम को वापस जाने के लिए कहा। धनीराम भैंसों के तबेले में जाकर गोबर उठाने लगा।

बैठक में बैठे हुए सभी लोगों ने दाऊ साहब की दूरदृष्टि को सराहा। किसी ने उनकी तजवीज की तारीफ करते हुए कहा, "दाऊ साहब, मान गए आपको। रहा आए आरक्षण। आपको क्या फर्क पड़ता है? आप सरपंच हैं और आगे भी सरपंच रहेंगे। सचमुच, आपकी सोच की तारीफ करनी पड़ेगी।"

दाऊ साहब सहज मुसकाए। लोग बधाई देकर जाने लगे। गाँव में चुनाव की तैयारियाँ शुरू हो गईं। धनीराम के लिए लट्ठे का नया कुरता-पाजामा सिलवा दिया गया। दाऊ साहब उसको लेकर मोहल्ले-मोहल्ले चुनाव प्रचार करने गए। दाऊ साहब का गाँव में इतना दबदबा है कि जिसके सिर पर हाथ रख दें, उसको चुनाव जीतना ही है। उन्होंने धनीराम को चुनाव जितवा दिया। अधिकांश पंच, जो चुनाव जीतकर आए, वे भी दाऊ साहब के अपने आदमी थे।

माना कि देश आजाद हो गया। संविधान में सबको बराबरी का दर्जा प्रदान कर दिया गया। परंतु समाज में अभी बराबरी कहाँ आई? सामंतवाद की जड़ें देश में बहुत गहरी हैं, वे अभी पूरी तरह कहाँ उखड़ी हैं? जातिवाद अभी भी समाज में पूरी तरह पसरा हुआ है। शिक्षा का व्यापक प्रचार-प्रसार नहीं हो पाया। धन बल, यहाँ सबसे बड़ा बल है, उसके सामने झुकनेवालों की कमी नहीं। दाऊ साहब के पास क्या नहीं है? सैकड़ों एकड़ जमीन उनकी। बहुत लोगों की जमीनें उन्होंने हड़प लीं। एक समय उनके पुरखों ने गरीबों, आदिवासियों और पिछड़े वर्ग की जमीनें हड़पने का अभियान चलाया था, जो आज भी बखूबी चल रहा है। दाऊ साहब के कई नामी, बेनामी कारोबार हैं। जंगल से वे अवैध सागौन कटवाएँ। मार्केट में सरेआम बेच लें। कोई बोलनेवाला नहीं। वन विभाग की जमीनों में अवैध पत्थर की खदानें वे चलाएँ। गाँव और गाँव के आसपास जो भी निर्माण कार्य कराए जाएँ, सबमें दाऊ साहब की भागीदारी। इधर सालों-साल से गाँव के सरपंच अलग से। वो तो इस बार आरक्षण का झंझट आ गया वरना उनका सरपंच बनना तय था। उन्होंने रास्ता निकाल लिया। अब धनीराम गाँव का सरपंच कहाएगा और सरपंची वे स्वयं करेंगे।

धनीराम चुनाव जीत गया। कई पंच दाऊ साहब के अपने आदमी थे, जो चुनाव जीतकर आए। इस प्रकार कागजों में गाँव की पंचायत का उसी प्रकार गठन हुआ, जिस प्रकार सरकार चाहती थी। अर्थात् आरक्षण के नियमों का पूरी तरह पालन किया गया। परंतु पंचायत तो पूरी तरह दाऊ साहब की अपनी बनी, जैसी वे चाहते थे। पंचायत का सेक्रेटरी वही है, जो दाऊ साहब के जमाने में था—राजेंद्र सिंह। दाऊ साहब की जात-बिरादरी का। उनका अपना चेला। अब दाऊ साहब की चारों उँगलियाँ घी में हैं। सरपंच धनीराम और पंचायत का सेक्रेटरी राजेंद्र सिंह।

इन दिनों गाँव में जितने भी निर्माण कार्य कराए जाते हैं, वे पंचायत के माध्यम से होते हैं। कार्यों का भुगतान पंचायत और सचिव के हस्ताक्षरयुक्त चैक द्वारा किया जाता है। इस प्रकार पंचायत में चैक-बुक सबसे महत्त्वपूर्ण दस्तावेज है, जो दाऊ साहब के पास है। दाऊ साहब ने कई कोरे चैकों पर धनीराम और राजेंद्र सिंह के हस्ताक्षर कराके अपने पास रख लिये हैं। वे ही समय-समय पर उसमें राशि भरकर भुगतान करते रहते हैं। चैक-बुक हमेशा दाऊ साहब के पास ही रहती है। जब उस पर सरपंच और सचिव के हस्ताक्षरों की जरूरत होती है, वे धनीराम और राजेंद्र सिंह को घर बुलवाकर उसके कई पन्नों पर हस्ताक्षर करा लेते हैं। इस प्रकार पंचायत का काम बहुत अच्छी तरह से चलने लगा।

धनीराम का एक बेटा है, सेवक राम। पंद्रह साल का हो गया। पढ़-लिख नहीं पाया। दाऊ साहब ने कृपा करके उसे भी अपने तबेले में कामकाज के लिए रख लिया। अकसर पंचायत के काम से धनीराम को ब्लॉक ऑफिस, जिला ऑफिस दाऊ साहब के साथ जाना पड़ता है, तब उसका बेटा सेवक राम तबेले का काम अच्छी तरह सँभाल लेता है। हाँ, धनीराम की बड़ी बिटिया रागिनी पढ़ने में तेज। उसने मैट्रिक की परीक्षा अच्छे नंबरों में पास की। सरकार की तरफ से स्कूल जाने के लिए उसे साइकिल मिली। अब वह इंटर की परीक्षा दे रही है। साइकिल से दस किलोमीटर दूर तहसील में जाकर पढ़ाई कर रही है। वह अपने पिता और भाई के कामों से असंतुष्ट रहती है, पर उसकी सुनता कौन है।

पंचायत के सब काम अच्छी तरह से चल रहे थे। धनीराम को चैक-बुक का मतलब नहीं मालूम था। सेक्रेटरी राजेंद्र सिंह की दाऊ साहब के सामने मुँह खोलने की हिम्मत नहीं थी। वह उनका रुतबा और दबदबा अच्छी तरह जानता था। धनीराम का काम सिर्फ इतना था कि जहाँ दाऊ साहब और उनका अपना सेक्रेटरी राजेंद्र सिंह उससे दस्तखत करने को कहते, वह खुशी-खुशी वहाँ बड़े-बड़े अक्षरों में धनीराम लिख देता था। होली-दिवाली उसे और उसके बेटे सेवक राम के लिए दाऊ साहब नए कपड़े सिलवाकर जरूर देने लगे थे।

रागिनी गाँव से रोज तहसील जाकर वहाँ इंटर कॉलेज में पढ़ रही है। वह पढ़ने में तेज है। उसके स्कूलवाले शिक्षक और गाँव के पढ़े-लिखे लोग उसकी तारीफ करते हैं।

गाँव में पंचायत के अंतर्गत सड़क निर्माण का कार्य चल रहा है। गाँव में दो तालाब भी खुदवाए जा रहे हैं। वृक्षारोपण का कार्यक्रम चल रहा है। सारे निर्माण कार्य दाऊ साहब के आदमी कर रहे हैं। कई कल्याणकारी योजनाएँ चल रही हैं, जिन्हें दाऊ साहब अपने अनुसार चला रहे हैं। इन समस्त योजनाओं से दाऊ साहब और उनके आदमियों को ही भरपूर लाभ मिल रहा है। पूरे गाँव में किसी की हिम्मत नहीं कि दाऊ साहब के खिलाफ एक शब्द भी बोल सके। लोग उनकी ड्योढ़ी पर जाकर, उनके चरण स्पर्श करते हुए धन्य होते हैं। विधायकजी से उनकी जान-पहचान। सांसद महोदय, जब दौरे पर आएँ तो उनके यहाँ ठहरें। पुलिस विभागवाले सुबह-शाम उनके यहाँ ड्यूटी बजाकर जाएँ। जिले और तहसील से दौरे पर आनेवाले अफसर गाँव में आकर सबसे पहले दाऊ साहब से मिलें। पंचायत तो उनकी अपनी है ही। पंचायत की चैक-बुक उनके घर में, उनके पास। सरपंच और सचिव से जब चाहें, जहाँ चाहें दस्तखत ले लें। इस प्रकार गाँव की व्यवस्था सुचारु रूप से चल रही थी।

गड़बड़ तो तब हुई, जब एक बार गाँव में कलेक्टर साहब का दौरा हुआ। उनके साथ जिला पंचायत अफसर, तहसीलदार और जनपद के कई अधिकारीगण आए। सभा में पंचायत कार्यों की समीक्षा हो रही थी। उपस्थित सभी ग्रामीण जन पंचायत कार्यों की बढ़-चढ़कर तारीफ कर रहे थे। धनीराम आज लकदक कुरता-पाजामा पहने सभा में उपस्थित था। कलेक्टर साहब ने ग्रामीणों से बातचीत करते हुए महिलाओं से भी पूछा कि उन्हें पंचायत की सभी कल्याणकारी योजनाओं का लाभ मिल रहा है कि नहीं? ग्रामीण उत्पादन और कुटीर उद्योगों से जुड़े कुछ स्व-सहायता समूह गाँव में कार्यरत थे, जिन्हें दाऊ साहब की पत्नी ने गठित किया था और वे ही उन्हें संचालित करती थीं। दाऊ साहब और उनकी पत्नी भी इस ग्राम सभा में उपस्थित थे। उन्हें खुशी थी कि पंचायत कार्यों से जुड़े हुए सभी पुरुष एवं महिलाएँ उनके सिखाए अनुसार ही संतोषजनक जवाब दे रहे थे। कलेक्टर, जिला पंचायत अफसर, तहसीलदार एवं जनपद के अधिकारीगण ग्राम पंचायत की प्रगति से संतुष्ट थे।

सहसा रागिनी ने खड़े होकर कलेक्टर साहब से कहा, "श्रीमान! इस ग्राम पंचायत की चैक-बुक दाऊ साहब के घर पर रहती है। आप सचिव से

अभी माँगकर देख लीजिए, वह नहीं दिखा पाएगा। सारे निर्माण कार्य दाऊ साहब अपने अनुसार, अपने आदमियों से करवाते हैं। ग्राम पंचायत की शेष कल्याणकारी योजनाएँ भी दाऊ साहब एवं उनकी पत्नी अपने घर से अपने अनुसार संचालित करते हैं। मेरे पिता, जो इस गाँव के सरपंच हैं, वे किसी भी कागज पर कहीं भी धनीराम लिख देते हैं। सचिव की नियुक्ति दाऊ साहब ने ही करवाई थी, वह उनका एहसानमंद है, वह भी आँख मूँदकर दस्तखत कर देता है। पंचायत के अन्य पंच और ग्रामीण जन दाऊ साहब के खिलाफ कुछ नहीं बोल सकते। इस प्रकार गाँव की पंचायत के कार्य संतोषजनक नहीं हैं।" रागिनी ने पूरे आत्मविश्वास के साथ अपनी बात कलेक्टर साहब को बताई।

सचमुच, कलेक्टर साहब के माँगने पर सचिव चैक-बुक प्रस्तुत नहीं कर पाया। दाऊ साहब और उनकी पत्नी, रागिनी को अपने आग्नेय नेत्रों से इस प्रकार घूर रहे थे, जैसे अभी यहीं उसे भस्म कर देंगे। कलेक्टर ने कड़े शब्दों में दाऊ साहब को पंचायत कार्यों में दखल न देने की हिदायत दी। सचिव को तत्काल दूसरी ग्राम पंचायत में ट्रांसफर किए जाने के लिए जिला पंचायत अधिकारी को कहा गया। तहसीलदार और जनपद अधिकारियों को समय-समय पर पंचायत के कार्यों का विस्तृत निरीक्षण करते रहने के लिए निर्देश दिए गए। तत्पश्चात् अंत में उन्होंने सरपंच धनीराम को पास में बुलाकर समझाया, "धनीरामजी, आप इस गाँव के सरपंच हो, किसी के गुलाम नहीं। हम आपको नया सचिव दे रहे हैं। आप अपने पंचों से सलाह-मशविरा करके निर्णय लीजिए। आप अपने अनुसार गाँववालों के भले के लिए ग्राम पंचायत के काम करिए। आरक्षण का यही मतलब है कि समाज के पिछड़े वर्गवालों को भी नेतृत्व का अवसर मिलना चाहिए। आपको नेतृत्व का अवसर मिला है। आगे आप अपने ढंग से काम करिए।"

सभा समाप्ति के पश्चात् कलेक्टर साहब ने रागिनी के साहस की सराहना की। जवाब में उसने कहा, "मुझे यह खिड़की खोलनी ही थी, जो तमाम खिड़कियों के खुलने की शुरुआत है।"[1]

□

1. यह मंगलेश डबराल की एक कविता पंक्ति है।

डूबते हुए

मुझे आजकल सपने बहुत आते हैं। अजीब-अजीब सपने। कल ही एक विचित्र सपना आया। मैंने देखा कि मैं एक तालाब में डूब रहा हूँ। मुझे ठीक से तैरना नहीं आता। बस यूँ ही हाथ-पैर पटककर मैं अपनी जान बचाने का प्रयास कर रहा हूँ। मुझे सामने के तट पर कुछ तिलकधारी लोग दिखाई दिए। वे जोर-जोर से जय श्रीराम के नारे लगा रहे थे। मैंने उन्हें देखकर आवाज लगाई, "मुझे तैरना नहीं आता। मैं डूब रहा हूँ, मुझे डूबने से बचाइए।"

उनमें से एक, जो शायद उनका नेता था, उसने कहा, "हम रामभक्तों को ही बचाते हैं। तुम कौन हो? यदि रामभक्त हो तो हम तुम्हें बचाने के लिए आगे बढ़ें। बोलो जय श्री राम!"

मैं डूब रहा हूँ। इन्हें जय श्री राम बोलकर अपनी पहचान देनी पड़ेगी, तब ये बचाने के लिए आगे बढ़ेंगे। यदि मैं राम भक्त न हुआ तो ये मेरी तरफ हाथ न बढ़ाएँगे। मुझे नहीं पता कि मैं क्या हूँ? हाँ, एक इंसान जरूर हूँ और फिलहाल डूब रहा हूँ। वे मुझे बचाएँगे, इसकी मुझे संभावना नजर नहीं आई।

बगल के घाट पर कुछ लोग नमाज पढ़ते नजर आए। मैंने उनसे भी खुद को बचाने की गुहार लगाई। उनके नेता ने भी यही कहा, "हम अल्लाह के बंदों को बचाते हैं। दूसरे धर्म के लोग काफिर हैं। हम उन्हें क्यों बचाएँ? तुम यदि खुदा के नेक बंदे हो तो कलमा सुनाओ। जब हमें भरोसा हो जाएगा, तुम हमारे ही दीन को माननेवाले हो, तब हम तुम्हें बचाने की पहल करेंगे। वरना डूब मरो तालाब में। हमारी बला से।"

मुझे कलमा नहीं आता। मैं हाथ-पाँव पटकते हुए थकने लगा हूँ। मैं चाहता हूँ, जल्द ही कोई हाथ बढ़ाकर मुझे बाहर खींच ले, परंतु ये लोग हाथ बढ़ाने से पहले मेरी पहचान पुख्ता कर लेना चाहते हैं। यदि मैं इनके धर्म और समुदाय का नहीं हूँ तो ये मुझे नहीं बचाएँगे। डर है कि कहीं विधर्मी जानकर ये मुझे भीतर तालाब की तरफ धक्का न दे दें कि जा डूब मर काफिर कहीं के!

मेरी निगाह तीसरे घाट पर पड़ी, वहाँ कुछ लोग हाथों से सीने पर क्रॉस बनाकर प्रार्थना टाइप कर रहे थे। मैंने उनकी ओर बचाने की गुहार लगाई, "मैं डूब रहा हूँ। मुझे बचाओ।" वहाँ से आवाज आई, "ईसाई हो क्या? यदि ईसाई हो तो चिंता न करो। प्रभु ईशू तुम्हारे सब पाप अपने ऊपर ले लेंगे। यदि ईसाई नहीं हो तो हम तुम्हारा हाथ क्यों थामेंगे? तुम अपने पापों का फल भोगने के लिए अभिशप्त हो।"

मुझे लगा कि इंसान होना ही शायद सबसे बड़ा पाप है। इंसान होने का ही मैं फल भोग रहा हूँ कि कोई मुझे बचाने के लिए आगे नहीं बढ़ रहा। दूर कोने में मुझे एक अलग-थलग घाट दिखाई दिया। यह दलित वर्गवालों का अपना घाट है। उच्च वर्ग और जातिवाले इन्हें अपने घाट में घुसने नहीं देते। मैंने सोचा, ये दलित हैं। उपेक्षित वर्ग के लोग। इन्होंने सदियों से उच्च जातिवालों के अत्याचार सहे हैं। ये लोगों की परेशानियाँ और उनका दुःख-दर्द अच्छी तरह समझते हैं। ये मुझे जरूर डूबने से बचा लेंगे। मैंने उनकी ओर सहायता की गुहार लगाई।

उनके नेता ने मुझसे पूछा, "किस जाति के हो? उच्च जाति के होगे तो हम तुम्हें छूएँगे ही नहीं। तुम्हारे ही सिद्धांत के अनुसार हम तुम्हारे लिए अस्पृश्य हैं। हमारे छूने से तुम अपवित्र हो जाओगे। यदि दलित हो और उच्च वर्ग द्वारा सताए हुए हो तो हम तुम्हारी सहायता कर सकते हैं। उससे पहले तुम्हारी जाति पता कर लेना हमारा परम कर्तव्य है। उच्च जातियों द्वारा हम सदियों से सताए गए हैं, हम उनकी मदद भला कैसे कर सकते हैं! इसलिए सोच-समझकर अपनी जाति सही-सही बताओ?"

मुझे अपनी जाति और धर्म आदि का कुछ भी पता नहीं। इतना तय है

कि मैं एक मनुष्य हूँ और फिलहाल इस तालाब में डूब रहा हूँ, जिसके किनारे तरह-तरह के धर्म और जातिवालों का मजमा लगा हुआ है। वे मुझे बचाने के लिए तैयार नहीं हैं। वे मेरी ओर हाथ बढ़ाने के पहले मेरा धर्म और जाति जान लेना चाहते हैं। यदि मैं उनके धर्म और जाति का हुआ तभी वे मेरी मदद के लिए आगे बढ़ेंगे वरना बिल्कुल नहीं। अफसोस, मुझे अपनी जाति और धर्म याद नहीं हैं। परंतु मैं इंसान तो हूँ और ये सब लोग भी इंसान हैं। क्या इंसानियत के नाते ये मुझे बचाने के लिए आगे नहीं बढ़ेंगे? अभी तक तो मुझे बचाने की किसी ने पहल नहीं की। मैं हाथ-पाँव पटकते हुए बहुत ज्यादा थक गया हूँ। एक-दो डुबकियाँ भी लगा चुका हूँ। मेरे नथुनों में पानी भर गया है। मैं सहायता के लिए छटपटा रहा हूँ। सहसा मेरी निगाह लाल टोपी पहने हुए एक जनसमूह पर पड़ी। मैं समझ गया, ये समाजवादी लोग हैं। समानता में विश्वास करनेवाले लोग। ये जरूर बिना किसी भेदभाव के मुझे बचा लेंगे। ऐसा सोचकर उनकी ओर देखते हुए मैं जोर-जोर से चिल्लाने लगा, 'बचाओ-बचाओ।'

उनके नेता ने मुझे देखा। पहचानने की कोशिश की। मुझे लगा, वह मुझे बचाने के लिए जरूर आगे आएगा। अपने नेता को मेरी ओर उन्मुख देखकर उसके सहयोगियों ने प्रश्न खड़े कर दिए, पहले यह पता करना जरूरी है कि यह कौन है? कोई पूँजीपति तो नहीं? प्रतिक्रियावादी भी हो सकता है। बुर्जुआ वर्ग से होगा तो हम इसे क्यों बचाने जाएँ? मरने दो साले को। यह क्रांति विरोधी मानसिकता का भी हो सकता है। दक्षिणपंथी पार्टियों का दलाल भी हो सकता है। पहले इससे पूछो, समाजवाद में इसकी आस्था है कि नहीं? जब ये पक्का हो जाए कि हाँ, ये हमारे काम का आदमी है, तब हम इसे बचाने जाएँगे। इस प्रकार वहाँ से भी प्रश्नों की बौछार तो हुई, परंतु डूबते हुए को बचाने कोई नहीं आया। मुझे बहुत आशा थी कि यहाँ से जरूर कोई बचाने आएगा, परंतु अफसोस! कोई नहीं आया।

अब तक मैं बहुत थक चुका था। साँसे बुझने लगी थीं। लगने लगा था कि अब मैं नहीं बच पाऊँगा। इस बीच डुप-डुप करके मैं दो-तीन बार डूबा, फिर उभरा। हाथ-पैर जवाब देने लगे थे। मैं अपनी हिम्मत भर अपने बचाव

की कोशिश कर चुका था। मुझे लग रहा था कि अब मेरा डूब मरना तय है। सहसा मेरी निगाह एक किनारे खेलते हुए कुछ बच्चों पर पड़ी। मैंने उस ओर पूरी ताकत लगाकर बचाने की गुहार लगाई। बच्चे मेरी गुहार सुनकर हतप्रभ रह गए। उनका खेल रुक गया। शायद वे मुझे बचाने का उपाय सोचने लगे। इतने में एक बच्चा पीछे की ओर दौड़ता हुआ एक झोंपड़ी में गया और वहाँ से एक लंबी रस्सी लेकर आया। फटाफट बच्चों ने मिलकर उस रस्सी का एक छोर पास में एक मजबूत पेड़ से बाँध दिया। दूसरे छोर पर एक पत्थर बाँधकर उन्होंने रस्सी को मेरी ओर फेंका। वह पत्थर मेरे पास आकर पानी में छप से गिरा। मैंने लपककर पत्थर में बँधी हुई रस्सी को पकड़ लिया। बच्चे यह देखकर बहुत खुश हुए। वे तालियाँ बजाकर मेरा उत्साह बढ़ा रहे थे और इशारे से रस्सी के सहारे किनारे की ओर चले आने के लिए कह रहे थे। रस्सी का दूसरा सिरा तालाब के किनारे मजबूत पेड़ से बँधा हुआ था। मुझे किनारे की ओर आने में परेशानी नहीं हुई।

तालाब के तट पर खड़े होकर मैंने अपने आप को सुरक्षित पाया। बच्चों ने मुझे घेर लिया और एक साथ पूछा, "अंकल, आप ठीक तो हैं?" इनमें से किसी ने मेरी जाति, धर्म और राजनीति नहीं पूछी। मैंने हँसकर कहा, "हाँ, मैं पूरी तरह ठीक हूँ। आज तुम लोगों ने मेरी जान बचा ली। मैं तुम्हारा यह एहसान कभी नहीं भूल सकता।"

बच्चे जोर से खिलखिलाकर हँसे, "काहे का एहसान अंकल! आप तालाब में डूबने से बच गए। सकुशल हैं। हमें इसी में आनंद है।"

इतना कहकर बच्चों का वह झुंड 'हो''हो' करते हुए एक ओर चला गया। दो बच्चों ने वह रस्सी खींचकर सामनेवाली झोपड़ी में पहुँचा दी। उसके बाद वो भी दौड़ते हुए चले गए।

एकाएक मेरी नींद खुल गई। मैं अपने बिस्तर पर था। दिन पूरी तरह निकल आया था। सामने के पार्क में बुजुर्ग टहल रहे थे और कुछ बच्चे चहलकदमी कर रहे थे। मैं उठा। बाहर निकलकर मैंने सुबह का नजारा देखा। सामने की गली में जनरल स्टोरवाला अपनी दुकान का शटर उठा रहा था।

मैंने उससे चॉकलेट का एक बड़ा पैकेट खरीदा और लपककर बच्चों के बीच पहुँचकर उन्हें चॉकलेट बाँटने लगा। बच्चों ने खुशी-खुशी चॉकलेट ली और मुझसे पूछा, "अंकल, आज ये चॉकलेट किस खुशी में?"

मैंने मुसकराकर कहा, "तुम लोगों ने मेरी जान बचाई, इस खुशी में।"

बच्चों की कुछ समझ में नहीं आया। वे मजे से चॉकलेट खाते हुए फिर खेलने लगे। मुझे भी नहीं मालूम इनकी जाति, धर्म और राजनीति क्या है?

□

कहानी शांति नगर की

शांति नगर—यही नाम है इस नई बस्ती का। शहर चारों ओर फैल रहा है। नई-नई कॉलोनियाँ बनती जा रही हैं। अनूप शहर में नगर निगम क्षेत्र के बाहर कॉलोनियाँ बनीं, बाद में वे नगर निगम क्षेत्र में शामिल कर ली गईं। शांति नगर अनूप शहर नाके के बाहर बननेवाली कॉलोनी है। अभी यह कॉलोनी सगमनिया ग्राम पंचायत के अंतर्गत आती है। कॉलोनी में दो हजार से ज्यादा मकान बन चुके हैं। एक छोटा सा बाजार भी यहाँ है। हर चौराहे पर आठ-दस दुकानें हैं। दैनिक जरूरत के सभी सामान यहाँ सहजता से मिल जाते हैं। कभी यहाँ कुछ पड़त जमीन और खेत हुआ करते थे। बिल्डरों की निगाह बहुत दिनों से इस क्षेत्र पर लगी हुई थी। उन्होंने किसानों से मिलकर खेतिहर भूमि को आवासीय भूमि में परिवर्तित कराके यहाँ कॉलोनियाँ काट दीं। बहुत अच्छे दामों में ये प्लॉट बिके और शांति नगर बसता चला गया। इस प्रकार शहर के छोर पर एक बहुत अच्छी बस्ती निर्मित हो गई। बहुत जल्द ही यहाँ के लोगों ने एक रहवासी संघ बना लिया। संघ की गतिविधियाँ तेजी से बढ़ी। बस्ती में भीतर कंक्रीट की सड़कें बनी। दोनों ओर पानी निकास के लिए पक्की नालियाँ बनाई गईं। पूरी बस्ती में पीने का पानी वितरित करने के लिए नल-जल योजना का क्रियान्वयन किया गया। एक बड़ी सी पानी की टंकी बनाकर सभी घरों में पाइप लाइन द्वारा पानी वितरण की व्यवस्था बनाई गई। अधिकांश घरों में पहले से बोरिंग थी, परंतु उन्होंने भी अपने घरों में पाइपलाइन लगवाई। कई लोगों ने नीचे दुकानें बनवाईं और ऊपर रिहायशी मकान। लगभग सभी दुकानें अच्छे दामों में किराए पर उठ गईं। बिल्डर ने किनारे एक कोने में मंदिर के लिए भी

जमीन छोड़ दी थी, वहाँ रहवासी संघवालों ने एक भव्य दुर्गा मंदिर का निर्माण करा दिया। अभी भी शांति नगर में मकान बनते जा रहे हैं और बिकते जा रहे हैं। कई सेवानिवृत्त अफसरों और कर्मचारियों ने यहाँ अपने लिए मकान खरीदे और रहने लगे।

चार साल पहले जब मैं सेवानिवृत्त हुआ, तब मैंने भी यहाँ एक एल.आई. जी. मकान खरीदा और परिवार सहित उसमें रहने लगा। शहर से बाहर यह एक साफ सुथरी जगह थी। नगर निगम की सुविधाएँ अभी यहाँ नहीं हैं। यह बस्ती अभी भी सगमनिया ग्राम पंचायत के अंतर्गत आती है। परंतु शहर से यह बस्ती पूरी तरह जुड़ गई है। सिटी बसें बस्ती के भीतर तक आती हैं और यात्री उससे शहर के लिए आवाजाही करते हैं। स्कूल बसें भी चल रही हैं। हालाँकि शांति नगर में भी दो प्राइमरी और एक हाई स्कूल स्थापित हो चुके हैं। बस्ती के जो बच्चे शहर के स्कूलों में पढ़ रहे हैं, उनके लिए स्कूल बसें बस्ती में आतीं, उन्हें ले जातीं और यहाँ छोड़ जाती हैं। सिटी बसें और टेंपो आदि यहाँ आसानी से मिल जाते हैं। इस प्रकार शांति नगर में सभी जरूरी सुविधाएँ सहज उपलब्ध हैं। मुझे और मेरे परिवार को चार साल हो गए यहाँ रहते हुए, हम लोग यहाँ सुखी और संतुष्ट थे। यहाँ सचमुच बहुत शांति थी। यहाँ रहनेवाले लोगों में अधिकांश कर्मचारी वर्ग के लोग थे। शहर के कुछ व्यापारियों ने बहुमंजिला इमारतें बना ली थीं, परंतु उनमें रहनेवाले लोग भी अपने काम-काज में ही व्यस्त रहते थे। इस प्रकार हम कह सकते हैं, छिटपुट वारदातों को छोड़कर इस बस्ती में सचमुच शांति थी। जिन लोगों ने भी इस बस्ती का नाम शांति नगर रखा था, ठीक ही रखा था। जब से यह बस्ती बसी है, यहाँ कोई बड़ी आपराधिक घटना नहीं घटी। बस्ती के सब लोग मिल-जुलकर यहाँ शांतिपूर्वक रहते थे। नवरात्रि के समय स्थानीय दुर्गा मंदिर में नौ दिनों तक गरबे का आयोजन होता। बस्ती के युवक-युवतियाँ मिल-जुलकर गरबे का आयोजन करते। मंदिर में पूजा-अनुष्ठान होता रहता। कभी कोई आपत्तिजनक वारदात सुनने को नहीं मिली।

बस्ती में रामचंद्र साहू का एक बड़ा मकान बहुत दिनों से खाली था। वे जरूरत से ज्यादा किराया चाहते थे, इसलिए वह मकान उठ नहीं पाया। खाली पड़ा था। साहूजी के शहर में कई मकान हैं। वे परिवार सहित शहर में रहते

हैं और इस मकान को मोटी रकम में किराए पर देना चाहते थे। कई डॉक्टर, इंजीनियर, प्रोफेसर इस मकान में आना चाहते थे। परंतु साहूजी ने किराए में कोई कमी न की, जबकि आस-पास के कई वैसे ही मकान कम किराए पर उठ गए थे।

एक दिन साहूजी के साथ आठ-दस नेता टाइप लोग उस मकान को देखने आए और साहूजी द्वारा बताए गए किराए में वे उस मकान को लेने के लिए सहमत हो गए। इस प्रकार वहाँ एक राजनीतिक पार्टी का स्थानीय कार्यालय खुल गया। फटाफट उस मकान की नए सिरे से रँगाई-पुताई हुई और ऊपर पार्टी कार्यालय का एक बड़ा-सा बोर्ड लटका दिया गया। अब वहाँ दिनभर भीड़ रहने लगी। देर रात में भी वहाँ लोगों का आना-जाना बना रहता। रोज नए-नए चेहरे मकान के इर्द-गिर्द दिखाई देने लगे। धरना, प्रदर्शन, जुलूस, घेराव, रैली आदि की योजनाएँ यहीं बनाई जातीं। दूर-दूर से पार्टी के कार्यकर्ता आते और रात यहीं रुकते। क्योंकि यह घर नहीं कार्यालय था, इसीलिए यहाँ सब तरह की स्वतंत्रता थी। रात में यहाँ सामूहिक मदिरापान होता। खूब हुल्लड़ होता।

एक बार शहर में बहुत बड़ी रैली का आयोजन हुआ। बढ़ती हुई महँगाई के खिलाफ प्रदर्शन होना था। सैकड़ों कार्यकर्ता बाहर से आए। बहुत सारे लोग शांति नगर स्थित कार्यालय में ठहरे। सुबह से बहुत भीड़-भाड़ रही पार्टी कार्यालय में। बैनर, झंडे और टोपियों का वितरण यहीं से किया गया। बहुत लंबी रैली शहर में निकली। कलेक्टर को जाकर ज्ञापन दिया गया। रात पार्टी कार्यालय में बहुत गहमा-गहमी रही। सुबह जब मैं चौक पर दूध लेने गया तो मालूम हुआ कि शांति नगर में पहली बार तीन सूने घरों के ताले टूट गए और घर का कीमती सामान चोरी हो गया। घरवाले, जो कहीं बाहर गए हुए थे, उन्हें मोबाइल पर सूचना दी गई। वे अपनी यात्रा स्थगित करके आए। पुलिस में रिपोर्ट की गई। तफ्तीश चल रही है।

पार्टी कार्यालय में आए दिन बहुत लोग ठहरते हैं। पानी बहुत खर्च होता है। घर में पाइप लाइन लगी हुई है, उसमें सीधे मोटर पंप लगाकर पानी भरा जाने लगा। इससे आस-पड़ोस के घरों में पानी का वितरण प्रभावित हुआ। उन्होंने पार्टी कार्यालय में जाकर शिकायत की। किसी ने नहीं सुना। अभी भी उस घर में

सीधे पाइप लाइन में मोटर पंप लगाकर पानी भरा जाता है। शिकायत करनेवालों ने कई जगह शिकायत करके देख लिया, कहीं कोई कार्रवाई नहीं हुई। इसी प्रकार पार्टी कार्यालय के आस-पास सबसे ज्यादा गंदगी रहती है। सड़क के उस पार कचरा डालने के लिए सीमेंट का एक छोटा हौज बना है, सब लोग उसी में घर का कचरा डालते हैं, परंतु इस घर का कचरा सड़क पर फिंकता है और हवा में उड़कर आस-पास फैलता रहता है। कार्यालय में किसी से कहो तो कोई नहीं सुनता।

एक दिन कुछ पार्टी कार्यकर्ता चौक पर चाय-नाश्तेवाले की दुकान में खूब झगड़ा करते हुए पाए गए। कार्यकर्ताओं ने होटल में खूब तोड़-फोड़ की और होटल के मैनेजर की जमकर पिटाई भी की। दिनभर कार्यालय में यहीं से चाय और समोसे भिजवाए जाते थे। होटलवाले ने जो हिसाब बताया, कार्यकर्ताओं ने उसे नहीं माना और होटल मैनेजर की ठुकाई कर दी। दुकान का सामान सड़क पर फेंक दिया।

इस प्रकार आए दिन शांति नगर में अब अशांतिपूर्ण वारदातें होने लगीं। रहवासी संघवालों ने शहर में जाकर मकान मालिक रामचंद्र साहू से भी शिकायत की। उन्होंने कोई ध्यान नहीं दिया। उन्हें पर्याप्त किराया समय से मिल रहा था, वे क्यों किसी से कुछ कहने जाते। शांति नगर में बहुत दिनों से लोग शांति से रह रहे थे। छुटपुट वारदातों के अलावा यहाँ कोई बड़ी आपराधिक घटना नहीं हुई थी।

जबसे यहाँ यह पार्टी का दफ्तर खुला है, तब से गुंडागर्दी, मारपीट, चोरी आदि की घटनाएँ बहुत बढ़ गई हैं। पार्टी कार्यकर्ता रसीद काटते, आए दिन अपने धरना, प्रदर्शन के लिए जबरदस्ती चंदा वसूल करते हुए भी देखे जाते हैं। लोग उनसे डरते हैं। कोई उनसे व्यर्थ हुज्जत नहीं करना चाहता। रहवासी संघवालों ने अपने स्तर पर वहाँ शांति स्थापित करने की कोशिश की, परंतु उन्हें सफलता नहीं मिली।

हद तो तब हो गई जब नवरात्रि के समय गरबे में भाग लेनेवाली लड़कियों के साथ सरेआम छेड़छाड़ हुई। कार्यक्रम से जुड़े हुए लोग उत्तेजित हो गए और कार्यकर्ताओं के साथ उनकी जमकर मारपीट हुई। इसमें कई युवक बुरी तरह घायल हो गए। कार्यकर्ताओं का आरोप था कि स्थानीय लड़कों ने ही लड़कियों

से छेड़छाड़ की है। हम लोग तो वहाँ शांति स्थापित कर रहे थे। घटना को राजनीतिक रंग दिया गया। कार्यकर्ताओं ने अगले दिन रैली निकालकर रहवासी संघ और नवरात्र आयोजन समितिवालों के खिलाफ विरोध दर्ज कराया। दोनों ओर से पुलिस रिपोर्ट की गई। स्थानीय विधायक ने एक दिन शांति नगर में अपनी सभा आयोजित कर लोगों को न्याय दिलाने की बात कही। पार्टी कार्यालय में बड़े-बड़े नेता आए और उन्होंने अपने कार्यकर्ताओं को फर्जी मामले में फँसाए जाने की बात कही। इस प्रकार मामले ने खूब तूल पकड़ा और शांति नगर में अशांति ने तेजी से पाँव पसारने शुरू कर दिए।

शांति नगर पहले सचमुच शांति नगर था। सब लोग मिल-जुलकर रह रहे थे। अधिकांश लोग शासकीय सेवा से रिटायर होकर यहाँ बसे थे। जरूरत के हिसाब से हर चौराहे पर दुकानें खुलती चली गईं। रहवासी संघवालों ने बस्ती के बीचों-बीच दो बगीचे भी बनवाए। एक दुर्गा मंदिर भी स्थापित हुआ। कुछ लोग अपने घरों में संगीत क्लासें चला रहे थे। योग सीखने के लिए यहाँ एक बड़ा केंद्र स्थापित हो चुका था। हाँ, राजनीतिक गतिविधियाँ यहाँ बिल्कुल न थीं। चुनाव के दिनों में विभिन्न पार्टियों के नेता आते और अपनी सभाएँ करके चले जाते। लोगों को जिस पार्टी को वोट देना होता, चुपचाप अपना वोट देकर चले आते।

इधर जबसे साहूजी के मकान में एक राजनीतिक पार्टी का कार्यालय क्या खुला कि शांति नगर की हवा ही बदलने लगी। दूर-दूर से यहाँ पार्टी के कार्यकर्ता आते हैं। रैलियाँ, धरना, प्रदर्शन आदि की तैयारी होती है। अब यहाँ सब तरह के अपराध होने लगे हैं। रहवासी संघवाले लगे हैं कि यह कार्यालय कहीं और चला जाए। देखते हैं, उन्हें कब तक सफलता मिलती है।

□

डैडी, चाचा कब आएँगे

अवधेश ने इंटर की परीक्षा प्रथम श्रेणी में पास की। कंप्यूटर अच्छी तरह जानता था। उसे ज्यादा दिन बेरोजगार नहीं रहना पड़ा। हालाँकि वह अभी और पढ़ना चाहता था, परंतु घर की परिस्थिति ऐसी न थी कि उसे और आगे पढ़ाया जा सके। कस्बे के छोर पर ही थोड़ी सी जमीन थी, जिसमें खेती-बाड़ी करके उसके पिता पूरा परिवार पाल रहे थे। अवधेश से छोटी एक बहन रागिनी और सबसे छोटा एक भाई सुबोध घर में थे। खेती-बाड़ी की आमदनी में मुश्किल से घर चल पाता था।

एक दिन अवधेश की निगाह लोक कर्म विभाग के एक विज्ञापन पर पड़ी। विभाग में कुछ क्लर्कों की भरती होनी थी, जिसके लिए इंटरमीडिएट के अलावा कंप्यूटर ज्ञान की अर्हता माँगी गई थी। अवधेश ने अपनी पढ़ाई के साथ कंप्यूटर में सर्टिफिकेट कोर्स भी कर लिया था। उसने एप्लाई कर दिया। इंटरव्यू हुआ, जिसमें कंप्यूटर पर काम की स्पीड देखी गई। अवधेश को अपने काम में महारत हासिल थी। इस प्रकार बिना किसी सोर्स-सिफारिश के अवधेश को लोक कर्म विभाग के स्थानीय अनुविभाग में क्लर्क का पद मिल गया। उसने सहर्ष नौकरी ज्वाइन कर ली। घर में भी सबको अच्छा लगा। अब घर में दो बड़े काम थे—रागिनी की शादी और सुबोध की पढ़ाई।

मध्यमवर्गीय परिवारों में लड़के की नौकरी लगी नहीं कि उसकी शादी के लिए रिश्ते आने लगते हैं। अवधेश की लोक कर्म विभाग में क्लर्क की नौकरी लग गई, यह खबर उसके कुटुंब, परिवार और रिश्तेदारों के लिए बड़ी खबर थी। बिरादरी में दूर-दूर तक यह समाचार बहुत जल्द फैल गया कि चंदौली कस्बे

में एक विवाह योग्य युवक मौजूद है। लगातार शादी के प्रस्ताव आने लगे। यहाँ अवधेश की माँ और बापू सोचते, लड़का नौकरी से लग गया। अब शादी तो करनी ही है। कोई अच्छा रिश्ता देखकर अवधेश की शादी कर दी जाए।

अच्छा रिश्ता ? इस प्रश्न का जवाब किसी के पास नहीं है। सदियों से इस पर चिंतन किया गया, आज भी किया जाता है, परंतु माकूल उत्तर किसी के पास नहीं है। पहले-पहल अच्छे रिश्ते का आधार कुंडली को बनाया गया। बहुत सोच-समझकर छत्तीस गुण मिलाए जाते रहे, परंतु बहुधा देखा गया कि अच्छी कुंडली मिलने के बाद भी पति-पत्नी के मन नहीं मिले। कहीं पति अपने दुर्भाग्य पर रोता रहा और कहीं पत्नी अपने भाग्य को कोसती रही। कुंडलियाँ मिलाने के बावजूद अक्सर अच्छे रिश्ते नहीं मिले। वहीं बिना कुंडलियाँ मिलाए विवाह करनेवालों में कई जोड़ों को सुखमय जीवन व्यतीत करते देखा गया। प्रेम विवाह का चलन भी बहुत चर्चा में रहता है। प्रायः देखा गया कि विवाह पूर्व प्रेम तो सफल रहता है, परंतु विवाह पश्चात् दांपत्य जीवन असफल हो जाता है। घर, परिवार, कुटुंब, कुंडली, सब मिला लो। अच्छी तरह देख-परख लो, परंतु अच्छे रिश्ते की विश्वसनीयता हमेशा संदिग्ध बनी रहती है। इसीलिए कहा गया है, विवाह एक जुआ है। यहाँ सोच-समझ काम नहीं आती, इसे सिर्फ खेलना होता है।

एक संपन्न परिवार, संपन्न से यहाँ यह मतलब नहीं है कि बहुत पैसेवाले। धनाढ्य लोग। हाँ, अवधेश के परिवार से ज्यादा संपन्न परिवार की इकलौती कन्या के साथ अवधेश का विवाह संपन्न हुआ। मेरा मानना है कि लड़कियों को ज्यादा सहिष्णु और समझदार होना चाहिए। भले ही वे संपन्न परिवारों से हों। उन्हें अधिक कर्मठ भी होना चाहिए। यदि उनमें ये गुण नहीं हैं तो वे कहीं भी चली जाएँ, दुःख उठाएँगी।

अवधेश की पत्नी इंद्राणी। मैट्रिक पास। घर की इकलौती बेटी होने के कारण घर के कामकाज में कोई दिलचस्पी नहीं। सहिष्णुता का पूर्णतः अभाव। अब इंद्राणी के साथ अवधेश और उसके परिवार को निभाना है। इंद्राणी को सिर्फ अपने पति से मतलब, वह भी इस तरह कि उसके पति को उसका और सिर्फ उसका हर परिस्थिति में पूरा खयाल रखना चाहिए। अब यह कैसे संभव है ? यह

प्रश्न धीरे-धीरे अवधेश के परिवार में बड़ा आकार लेने लगा।

सबसे पहले इंद्राणी का अपनी ननद रागिनी से झगड़ा हुआ। इंद्राणी का आरोप है कि रागिनी घर का कोई कामकाज नहीं करती। इंटर की परीक्षा दे रही है, मानो कहीं की लाटसाहब हो गई। बात-बात पर जवाब देती है। घर में सबको मालूम है कि उत्तम नगर में रागिनी की शादी तय हो गई है। इस वर्ष इंटर की परीक्षा के पश्चात् तुरंत उसके हाथ पीले हो जाएँगे और वह अपनी ससुराल चली जाएगी। घर के अधिकांश कामकाज अवधेश की माँ निपटाती हैं। उनके बराबर तो घर में कोई काम ही नहीं करता। रागिनी भी उनके साथ लगी रहती है। कभी काम-काज में कोई ऊँच-नीच हुई होगी। क्या पता ननद-भाभी में कभी कुछ बतकही भी हुई हो। घर-परिवार में ऐसा होता रहता है, परंतु रागिनी को रात-दिन के घरेलू झगड़ों का मुद्दा बनाया जाने लगा।

इंद्राणी को जब बेटा हुआ, तब रागिनी ने ही पूरी जिम्मेदारी सँभाली। अब इंद्राणी की गोद में छोटा गुड्डू था, घर के कोई काम-काज न करने का अच्छा बहाना। गाँव में, आदिवासी अंचलों में प्रसव के पश्चात् ही औरतें अपना काम-धाम करने लगती हैं। माना कि कुछ दिन उस समय स्त्री को आराम की जरूरत होती है। इसका यह मतलब कतई नहीं होता कि कोई स्त्री प्रसव के पश्चात् बहुत दिनों तक घर के कारोबार से पूरी तरह मुँह मोड़ ले। इंद्राणी दिन-रात अपने बच्चे की देखभाल में ही व्यस्त रहती। रागिनी और माँजी ने घर की पूरी जिम्मेदारी अपने सिर उठा रखी थी। बावजूद इंद्राणी को कोई असुविधा हो जाती तो उसका गुस्सा रागिनी पर फूट पड़ता। माँजी ने कई बार बहू को समझाया, परंतु उस पर कोई असर न हुआ। किसी का स्वभाव इतनी आसानी से कहाँ बदलता है, जब तक वह स्वयं अपने आप को बदलने की कोशिश न करे।

रागिनी ने इंटर की परीक्षा प्रथम श्रेणी में पास कर ली। उसका विवाह उत्तम नगर के एक खाते-पीते परिवार में तय हो चुका था। सगाई पिछले वर्ष हो गई थी। उसकी इंटर परीक्षा के कारण ही विवाह रुका हुआ था। अब उसने परीक्षा पास कर ली, अतः घर में उसके विवाह की तैयारियाँ शुरू हो गईं। निम्न मध्यम वर्गीय परिवार में बेटी के जन्म से ही उसके विवाह की तैयारियाँ शुरू कर दी जाती हैं। हर साल उसके लिए कुछ-न-कुछ खरीदकर रख लिया जाता है। इस

प्रकार रागिनी के विवाह की तारीख तय करके, शेष तैयारियाँ पूरी की जाने लगीं। अवधेश ने अपने जी.पी.एफ. में से कुछ रुपए निकलवाकर बापू को इस कार्य के लिए दिए। इंद्राणी को यह अच्छा नहीं लगा। उसने अपने पति को एक दिन सुना ही दिया, "इस तरह हाथ खुला रखोगे तो अपने बच्चे पढ़-लिख नहीं पाएँगे। इनके लिए भी कुछ करना है कि नहीं?"

अवधेश ने इंद्राणी की बात का कोई जवाब नहीं दिया। नियत तिथि में रागिनी का शुभ-विवाह संपन्न हुआ और वह अपने पति के घर गई। इधर घर में अवधेश, इंद्राणी और उसकी गोद में छोटे गुड्डू के अलावा माँ-बाबूजी और सुबोध रह गए। कुछ दिनों बाद इंद्राणी पुन: गर्भवती हुई। इस बार उसे कन्या रत्न की प्राप्ति हुई। सुबोध माँ के साथ घर के कामकाज में बढ़-चढ़कर सहयोग कर रहा था, उसने घर में रागिनी की कमी महसूस नहीं होने दी। इसके साथ वह अपनी पढ़ाई भी कर रहा था। इस साल वह मैट्रिक की परीक्षा देगा। बोर्ड की परीक्षा।

गुड्डू पौने दो साल का हुआ और पिंकी गोद में आ गई। सचमुच छोटे बच्चों को पालना एक कठिन काम है, परंतु घर परिवार में सबके सहयोग से शांतिपूर्वक काम संपन्न करने होते हैं।

यहाँ सहिष्णुता की बहुत जरूरत होती है। घर में जितने भी लोग हैं, सब अपने-अपने स्वभाव के साथ रहते हैं। समझदारी के साथ आपस में तालमेल बिठाना होता है। घर में जो काम-काज होते हैं, उन्हें जिम्मेदारी मानकर खुशी-खुशी करें तो वे सहजता से निपट जाते हैं। उन्हें बोझ की तरह हम लें तो जरूर परेशानी होती है। बोझ कौन उठाए? यह प्रश्न घर के वातावरण में छोटे-बड़े आकार में तैरता रहता है, जिससे टकराता है, वही उससे आहत होता है। लेकिन जो काम को जिम्मेदारी की तरह लेते हैं, उन्हें कोई परेशानी नहीं होती। इस प्रकार सहिष्णुता, समझदारी और कर्मठता किसी भी सुखी परिवार के आधार हैं। वैसे तो ये गुण घर के सभी सदस्यों में होने चाहिए, परंतु स्त्रियों में कुछ अधिक हों तो परिवार कभी दु:खी नहीं रह सकता।

माँजी ही इस परिवार की धुरी हैं। साठ की उम्र होने को आई है। शरीर में कोई रोग नहीं। उनके लिए कोई काम कठिन नहीं है। कोई उन्हें भला-बुरा कहे,

कभी नहीं सुनतीं। सबका भला चाहती हैं। बाबूजी को खेती-किसानी के काम से फुरसत नहीं मिलती। फसल बिकने पर जो भी पैसा आता है, सीधे माँ के हाथ में रखकर निश्चिंत होते हैं। अवधेश आठ घंटे ऑफिस में काम करते हैं। माँ, बापू, छोटे भाई, पत्नी और अपने दोनों बच्चों का अपनी सामर्थ्य भर पूरा खयाल रखते हैं। छोटा भाई सुबोध इस वर्ष मैट्रिक की परीक्षा देगा। आगे उसे अपना कॅरियर बनाना है। इंद्राणी की अब आए दिन सुबोध से बहस होती रहती है। घर और बाहर के काम क्योंकि सुबोध ही करता है, इसलिए उसके काम में गलतियाँ निकाली जा सकती हैं। इंद्राणी उसके हर काम में गलती निकालती और उससे झगड़ती रहती है। अकसर वह चुप रह जाता है। कभी-कभार पलटकर भाभी को जवाब भी दे देता है। माँ बीच-बचाव कराती हैं।

इंद्राणी का मत है कि अब हमें अलग रहना चाहिए। गुड्डू और पिंकी बड़े हो रहे हैं। इनका भविष्य सँवारना है। यहाँ संयुक्त परिवार में रहते हुए सुखपूर्वक नहीं रहा जा सकता। यह विचार इंद्राणी के मानो मस्तिष्क में जड़ें जमाता जा रहा है। यदा-कदा वह अलग रहने के लिए पति पर दबाव बनाती रहती है। सुबोध मैट्रिक पास करके इंटर में आ गया। गुड्डू और पिंकी भी नर्सरी में जाने लगे। आमदनी निश्चित थी और घर के खर्चे लगातार बढ़ते चले जा रहे थे। अवधेश मितव्ययितापूर्वक घर की व्यवस्था चला रहे थे। इंद्राणी का मानना था कि यदि हम अकेले रहने लगें तो उसके पति की कमाई उस पर और बच्चों पर खर्च होगी। इस प्रकार हम ज्यादा सुखपूर्वक जीवन व्यतीत कर सकेंगे।

धीरे-धीरे घर में कलह और बढ़ने लगी। इंद्राणी और सुबोध में आए दिन अनबन होती ही रहती थी। माँजी जब दोनों को समझातीं, तब सुबोध तो चुप हो जाता, परंतु इंद्राणी का मुँह चलता रहता। अब वह माँ को भी बुरा-भला कहने लगी। बाबूजी के कार्यों में उपेक्षा बरतने लगी। अवधेश से यह सब छुपा हुआ नहीं था। माँ और बाबूजी तो कुछ न कहते, परंतु इंद्राणी ने स्पष्ट कह दिया कि वह अब संयुक्त परिवार में नहीं रह सकती। अवधेश उसे समझाने के अलावा क्या कर सकते थे। उन्होंने अपनी तरफ से इंद्राणी को खूब समझाया, परंतु असफल रहे। उसका चिड़चिड़ापन, बात-बात पर गुस्सा और आए दिन सुबोध

एवं माँ-बापू को लेकर कलह करने की आदत बढ़ती जा रही थी। कुल मिलाकर उसने अलग रहने का निश्चय कर लिया था।

चंदौली से पचास किलोमीटर दूर सीतापुर जिला मुख्यालय है। वहाँ लोक कर्म विभाग का संभागीय कार्यालय है। अभी अवधेश अपने गृह नगर चंदौली के अनुविभागीय कार्यालय में पदस्थ हैं। उनके आवेदन पर उनका स्थानांतरण सीतापुर स्थित संभागीय कार्यालय में हो सकता है। वहाँ उनके विभाग की बड़ी कॉलोनी है, जिसमें उन्हें शासकीय आवास सुविधा भी उपलब्ध हो जाएगी। घर की चिकचिक से तंग आकर अवधेश ने सीतापुर में रहने का निर्णय लिया। सीतापुर चंदौली से ज्यादा दूर नहीं है। बस से एक घंटे का रास्ता है। वह अकसर यहाँ माँ और बापू के पास आता रहेगा और कभी उन्हें भी सीतापुर अपने यहाँ ले जाया करेगा, यह सोचकर उसने अपने विभाग के संभागीय कार्यालय में स्थानांतरण का आवेदन भिजवा दिया।

कुछ दिनों पश्चात् उसका स्थानांतरण सीतापुर स्थित उसके संभागीय कार्यालय में हो गया। उसने माँ और बापू को यही बताया कि सरकारी नौकरी में तो स्थानांतरण होते रहते हैं। यह तो अच्छा हुआ कि उसका ट्रांसफर अपने ही जिले में हुआ है। दूर कहीं दूसरे जिले में भी हो सकता था। सिर्फ इंद्राणी जानती थी कि उसके पति ने उसकी इच्छा के लिए स्वयं आवेदन देकर सीतापुर ट्रांसफर कराया है। सीतापुर में अवधेश को रहने के लिए सरकारी क्वार्टर मिल गया। अगले सप्ताह ही उसने अपनी गृहस्थी सहित उस क्वार्टर में डेरा डाल लिया।

अब अवधेश अपनी पत्नी और बच्चों सहित सीतापुर में रहने लगा। प्राय: हर इतवार वो चंदौली आ जाता और माँ-बापू के पास रहता था। सुबोध को मन लगाकर पढ़ने के लिए कहता।

इंद्राणी की इच्छा पूरी हुई। अब वह अकेले अपने घर में अपनी मनमर्जी से रहने लगी। चंदौली में घर के और बाहर के कामकाज सुबोध सँभाल लेता था। अब यह अतिरिक्त भार अवधेश के ऊपर आन पड़ा। वे बाजार-हाट कर रहे हैं। गैस सिलेंडर ला रहे हैं। बिजली बिल जमा करने के लिए लाइन में लगते हैं। बच्चों को कुछ दुखता-पिरता हो तो उन्हें अस्पताल ले जा रहे हैं। इस प्रकार इंद्राणी की दिनचर्या में तो आराम के अवसर बढ़े और अवधेश ऑफिस के

अलावा घर के कार्यों में भी व्यस्त रहने लगे। घर-गृहस्थी में जो काम-काज हैं, उन्हें मिलकर निपटाना है, यह सोचकर अवधेश सभी जिम्मेदारियों का वहन कर रहे थे। घर में माँ-बापू और सुबोध को वे जो आर्थिक सहायता पहले प्रदान करते थे, वह अब भी उसी प्रकार कर रहे थे, परंतु यह सब वे इंद्राणी से नहीं कह सकते। कहते तो यहाँ भी झगड़ों की शुरुआत होती।

दो साल बाद सुबोध ने इंटर की परीक्षा अच्छे नंबरों से पास कर ली। अब उसे कॉलेज में एडमिशन लेकर बी.एस-सी. करना था। चंदौली में डिग्री कॉलेज नहीं है, इसलिए मजबूरन सुबोध को सीतापुर अपने भैया-भाभी के पास आगे की पढ़ाई के लिए आना पड़ा। सुबोध ने सीतापुर डिग्री कॉलेज में एडमिशन ले लिया और भैया-भाभी के साथ रहने लगा।

सुबोध के सरकारी आवास में दो कमरे, एक हॉल और रसोई की व्यवस्था थी। एक कमरा भैया-भाभी का हो गया। दूसरा कमरा गुड्डू और पिंकी के लिए आरक्षित था। हॉल में जहाँ बैठक थी, वहाँ दीवान और सोफे रखे थे। वह स्थान सुबोध को पढ़ने-लिखने और सोने के लिए मिला। सुबोध इस व्यवस्था में खुश था। दिक्कत तब हो जाती, जब घर में भाभी की सहेलियाँ बैठने आ जातीं, जो कि अकसर आती रहती थीं, तब सुबोध को बच्चों के कमरे में जाना पड़ता। सुबोध बच्चों के सामान से छेड़छाड़ करता है, यह आरोप उस पर अकसर लगता रहता। अब बाजार-हाट और बाहर के सब काम सुबोध ने सँभाल लिये थे। उसके खाने, पहनने और कॉलेज की फीस आदि पर जो खर्च होता, वह छिपाया न जा सकता था। इसलिए इंद्राणी आए दिन इस बात को लेकर अवधेश से कलह करती रहती। वह सुबोध पर जबरदस्ती काम का बोझ डालती। जब वह पढ़ रहा होता, उसे बाहर के काम बताती। छोटे-छोटे कामों के लिए उसे दौड़ाती रहती, जिससे उसकी पढ़ाई प्रभावित होती।

सुबोध का गुड्डू और पिंकी के साथ अच्छा तालमेल था। सुबोध शाम को उन्हें घुमाने ले जाता। सीतापुर में कहीं प्रदर्शनी, मेला आदि लगता तो सुबोध गुड्डू और पिंकी को वहाँ जरूर ले जाता। घर पर उनका होमवर्क कराना और उनकी हर खुशी का खयाल रखना उसकी आदत हो गई थी। इधर इंद्राणी को सुबोध का इस घर में रहना बहुत बोझ-सा लग रहा था। कितनी मुश्किलों से

चंदौली का घर छोड़कर यहाँ सीतापुर आए, यहाँ भी घरवाले पीछा नहीं छोड़ रहे। लाख उसके पति छिपाएँ और कहें कि सुबोध का खर्च बाबूजी भेजते रहते हैं, परंतु इंद्राणी को विश्वास नहीं होता। अपने पति की कमाई से देवर की पढ़ाई-लिखाई होती रहे, यह इंद्राणी को बर्दाश्त न था। बाबूजी के पास कोई कमी नहीं है। खेती-बाड़ी से खासी आमदनी हो जाती है। वे ही पढ़ाएँ-लिखाएँ सुबोध को। यहाँ हमारे ऊपर व्यर्थ ही उसकी जिम्मेदारी लाद दी उन्होंने। इंद्राणी सुबोध को तनिक भी चैन न लेने देती। धोबी के यहाँ से कपड़े उठाकर लाने हैं। बाजार का सामान समय से लाना है। बिजली बिल, गैस सिलेंडर, साग-भाजी और ढेर सारे काम सुबोध के जिम्मे, जिन्हें समय से पूरा हो जाना चाहिए। तनिक भी विलंब होने पर इंद्राणी की बड़बड़ाहट। अवधेश यह सब भलीभाँति देख रहे थे, महसूस कर रहे थे, परंतु वे इंद्राणी को समझा न सकते थे। वह अपने आप को बदलने के लिए बिल्कुल तैयार न होती थी।

अवधेश का माथा तो तब ठनका, जब बी.एस-सी. प्रीवियस में सुबोध के मात्र पचास प्रतिशत अंक आए। उन्होंने इसके लिए सुबोध को कोई दोष नहीं दिया। वे समझ रहे थे कि इस घर के तमाम कामकाज करते हुए और भाभी की आए दिन जली-कटी सुनते हुए, भला कोई कैसे अच्छी तरह अपनी पढ़ाई कर सकता है। उन्होंने निर्णय लिया कि वे इस तरह सुबोध का भविष्य बर्बाद नहीं होने देंगे। लाख कोशिश करके भी वे अपनी पत्नी इंद्राणी को सहिष्णुता, समझदारी और कर्मठता का पाठ नहीं पढ़ा पाए। बी.एस-सी. करने के पश्चात् तो वैसे भी सुबोध कहीं-न-कहीं अपनी नौकरी पर जाता ही। थोड़े दिनों के लिए उसे यहाँ अच्छा वातावरण मिल जाता तो उसका भविष्य सँवर जाता।

एक दिन इंद्राणी को अवधेश ने बताया कि बाबूजी चाहते हैं कि सुबोध अब हॉस्टल में रहकर अपनी पढ़ाई करेगा। हॉस्टल का खर्चा वे उठाएँगे। इंद्राणी ने अवधेश की इस बात पर कोई प्रतिक्रिया व्यक्त नहीं की। हाँ, मन-ही-मन उसने यह जरूर सोचा कि चलो अच्छा हुआ, अपनी बला तो टली।

सुबोध का हॉस्टल में एडमिशन करा दिया गया। एक सूटकेस और एक बड़े थैले में उसका सब सामान आ गया। अवधेश उसे अपने स्कूटर पर बिठाकर आज हॉस्टल में छोड़ने जा रहे हैं। इंद्राणी अपने कमरे से निकलकर बाहर नहीं

आई। गुड्डू और पिंकी चाचा को छोड़ने बाहर तक आए। उन्होंने अपने पिता से पूछा, "डैडी, चाचा कब आएँगे?"

यह वाक्य सुबोध को भीतर तक कंपित कर गया। उसने तो कुछ नहीं कहा। अवधेश बोले, "छुट्टियों में आते रहेंगे बेटा! वे हॉस्टल में पढ़ाई करने जा रहे हैं।" इतना कहकर उन्होंने स्कूटर स्टार्ट किया और आगे बढ़ गए।

हॉस्टल में सुबोध को छोड़ते हुए उन्होंने इतना ही कहा, "सुबोध, तुम्हारी पढ़ाई के लिए मैंने यह कदम उठाया है। अब तुम अपनी पढ़ाई में पीछे न रह जाना।"

सुबोध की आँखें भर आईं। उसने मन-ही-मन भैया को विश्वास दिलाया कि आपका जीवन दर्शन; सहिष्णुता, समझदारी और कर्मठता को मैं कभी नहीं भूलूँगा।

□

बदचलन

सतीश ने आज शोभा से साफ-साफ कह दिया, "तुम ये नर्स की नौकरी छोड़ दो। मेरी आमदनी पर्याप्त है। मैं तुम्हें सुखपूर्वक रख सकता हूँ। मैं तुम्हें कई बार समझा चुका हूँ कि ये तुम्हारी नाइट ड्यूटी मुझे बिल्कुल पसंद नहीं है। सारे डॉक्टर सिस्टर···सिस्टर कहते हैं, परंतु मानते कहाँ हैं? नाइट ड्यूटी की आड़ में अस्पतालों में क्या-क्या होता है, मुझे सब पता है। लोग-बाग नर्सों को बदचलन तक कहते हैं। मैं ऐसी किसी लड़की से शादी नहीं कर सकता।"

शोभा को सतीश की बातें सुनकर बहुत गुस्सा आया। उसने सदा की तरह उसे फिर समझाने की कोशिश की, "खुले मन से सोचने की कोशिश करो सतीश! नर्स का पेशा बहुत आदर्श है। इसमें हम दुखियों की सेवा करते हैं। सारे डॉक्टर वैसे नहीं होते, जैसा तुम सोचते हो। बहुत सारे डॉक्टर सचमुच नर्सों को सिस्टर मानते हैं और उनके साथ वैसा ही व्यवहार करते हैं। किसी मरीज की तबीयत समय देखकर नहीं बिगड़ती। वह कभी भी बिगड़ सकती है। अस्पताल में चौबीसों घंटे मरीजों की देखभाल के लिए अलग-अलग शिफ्ट में नर्सों की ड्यूटी रहती है। कई नर्सों की नाइट ड्यूटी भी रहती है। विभिन्न पेशों में ऐसा होता है। सिर्फ नाइट ड्यूटी का बहाना लेकर किसी को बदचलन कहना ठीक नहीं है।" इतना कहकर शोभा ने अपनी घड़ी देखी, सुबह के साढ़े दस बज रहे थे। सतीश के दफ्तर का टाइम और उसके अस्पताल जाने का समय हो गया था। वह सतीश से विदा लेकर चली गई।

सतीश, शोभा का जवाब सुनकर बहुत झल्लाया। वह पिछले छह महीनों

से, जबसे उसकी शोभा के साथ सगाई हुई है, एक अजीब तरह के मानसिक द्वंद्व से गुजर रहा है। सगाई से पहले उसने इस ओर ध्यान न दिया था। सोचता था, शोभा नौकरी करती है। आत्मनिर्भर है। खुशी की बात है। सगाई से पहले भी उसे दोस्तों ने समझाया था, "सतीश! कहाँ फँस रहे हो? नर्स की नौकरी कोई अच्छी नौकरी नहीं होती। टाइम-बे-टाइम अस्पताल में ड्यूटी देनी पड़ती है। आजकल अस्पतालों में युवा डॉक्टरों की भरमार है। नर्सों के साथ इनके बहुत किस्से सुनने को मिलते रहते हैं। तुम्हें सगाई के लिए और कोई लड़की नहीं मिली?" उस समय सतीश को दोस्तों की बातों पर सहसा भरोसा न हुआ था। परंतु उसका मन जरूर डगमगाया था। उसने यह सोचकर मन को तसल्ली दी कि वह शोभा की नौकरी छुड़वा देगा। पिछले छह महीनों में उसका मानसिक द्वंद्व घना होता गया और उसने शोभा से आज गुस्से में कह दिया कि मैं किसी बदचलन समझी जानेवाली लड़की से शादी नहीं कर सकता।

दोनों परिवारों ने सोच-समझकर सगाई तय की थी। सतीश नगर निगम में क्लर्क है। शोभा जिला अस्पताल में नर्स। सगाई के पश्चात् सतीश के दोस्त लगातार उसे नर्सों के मनगढ़ंत किस्से सुनाकर यही कहते, "सतीश, इतने समझदार होकर भी तुम कहाँ फँस गए?" सतीश का मन खराब हो जाता। वह अपनी तरफ से दोस्तों की बातों का प्रतिरोध करता, परंतु उसके दोस्त जमाने का चलन बताते हुए उसे विचलित करते रहते। अंत में वह यही कहता, "मैं शोभा की नौकरी छुड़वा दूँगा।"

सगाई के बाद शोभा से उसकी मुलाकातें अकसर रेस्तराँ, कॉफी हाउस, सिनेमा हॉल आदि में होती रहती थीं। सगाई हो गई थी। दोनों को मिलने, आपस में बातें करने में कोई संकोच न था। अपनी प्रारंभिक मुलाकातों से ही सतीश शोभा की नौकरी को लेकर तरह-तरह की बातें किया करता था। अपने दोस्तों की बातों से उसके मन में कई तरह के संदेह पैदा होते रहते थे। सतीश इस बाबत संकोचपूर्वक शोभा से बातें करने लगा था। शुरू-शुरू में शोभा ने इसे गंभीरता से नहीं लिया और सहज ढंग से सतीश को समझाती रही।

सतीश की बातें सुनकर शोभा को पुरुष मानसिकता पर बहुत तरस आता।

कितनी जल्दी लोग क्या-क्या सोच लेते हैं। जाने कितने पेशे हैं, जहाँ महिलाओं को नाइट ड्यूटी करनी पड़ती है। वे आत्मविश्वास के साथ अपनी ड्यूटी करती हैं। परंतु पुरुष क्यों उन्हें संदेह की निगाहों से देखते हैं? नर्स तो एक अत्यंत आदर्श पेशा है, फिर क्यों इस पेशे को लोग बदनाम करते रहते हैं। अधिकांश घरों में परिवार के लोग रोगी का इतना खयाल नहीं रखते, जितना अस्पताल में नर्सें रखती हैं। अभी उस दिन केडिया परिवार की बुजुर्ग महिला अस्पताल में भरती हुईं। एपेंडिक्स का ऑपरेशन होना था। बहुत डरी हुई थीं। कहती थीं, "मर जाऊँगी। नहीं बचूँगी।" घर में चार बेटे, बहुएँ और आधा दर्जन पोते-पोतियाँ हैं। भरा-पूरा परिवार है उनका। परंतु वे अपने परिवार से असंतुष्ट रहती हैं। उनकी शिकायत है कि घर में उनका कोई खयाल नहीं रखता। कोई उनकी सेवा नहीं करता। शोभा की ड्यूटी उनके बेड के लिए लगाई गई। शोभा ने तत्परता से अपना काम किया। समय से उनका बी.पी. नापकर चार्ट में दर्ज किया। शुगर टेस्ट के लिए ब्लड सेंपल पैथोलॉजी सेक्शन को भेजा। माँजी यही कहती रहीं, "नहीं जिऊँगी अब। जीने की इच्छा नहीं रही। मर जाऊँगी।"

शोभा उन्हें समझाती, "अभी आपको बहुत जीना है। पोतों के बेटे-बेटियों को गोद में खिलाना है और आप कहती हैं, मर जाऊँगी! डॉ. शुक्ला बहुत अच्छे सर्जन हैं। आपका यह ऑपरेशन पलक झपकते हो जाएगा और आपको पता भी नहीं चलेगा।" माताजी शोभा की बातें सुनकर हँसतीं। उन्हें उसकी बातों पर भरोसा न होता।

डॉ. शुक्ला ने उनका सफल ऑपरेशन किया। वे सकुशल अपने बेड पर आईं। शोभा ने उनसे फिर कहा, "आपको अभी बहुत जीना है। आपका ऑपरेशन सफल हुआ।" एक सप्ताह वे अस्पताल में रहीं। उनके घर के सदस्य उन्हें देखने लगातार आते रहे, परंतु उन पर शोभा की बातों का असर हुआ। उनमें जीने की इच्छा लौट आई। वे अपने बड़े पोते की शादी की बातें करने लगीं। अस्पताल से डिस्चार्ज होते समय उन्होंने शोभा को खूब आशीष दिए, "तेरे ही जैसा नेक पति तेरे जीवन में आए। तू सदा-सदा खुश रहे।"

रोग कैसा भी हो, अस्पताल में जब मरीज आते हैं, तब डरे हुए होते हैं।

फिर डॉक्टरों की जाँच, नर्सों की देखभाल एवं अस्पताल स्टाफ के प्रेमपूर्ण व्यवहार से उनमें आत्मविश्वास जाग्रत होने लगता है। उनके उदास चेहरे क्रमशः खिलने लगते हैं। और जब वे पूरी तरह स्वस्थ होकर अस्पताल से डिस्चार्ज होते हैं, तब उनकी दुआओं के खजाने खुल जाते हैं। वे डॉक्टरों को धन्यवाद देते हैं। नर्सों को शुभकामनाएँ देते हैं। वार्ड बॉय और सफाईकर्मियों को शाबाशी देते हैं। तब शोभा को अपने पेशे पर बहुत गर्व होता है। उसके कारण लोगों के जीवन में खुशियाँ आती हैं। उसके काम से खुश होकर लोग कृतज्ञता ज्ञापित करते हैं।

सगमनियाँ गाँव में डायरिया फैल गया। प्रशासन ने एक सप्ताह के लिए वहाँ मेडिकल कैंप लगाया, जिसमें जिला अस्पताल से चार डॉक्टर, कुछ नर्सें और कंपाउंडर भेजे गए। कैंप में शोभा भी एक सप्ताह के लिए मेडिकल दल के साथ सगमनियाँ गई। सतीश को अच्छा नहीं लगा। उसने शोभा को कैंप में जाने से मना किया। उसका कहना था कि वह कोई बहाना बनाकर दल में से अपना नाम कटवा ले। गाँव में सप्ताह भर रुकना पड़ेगा। ठहरने की क्या व्यवस्था रहेगी, पता नहीं! शोभा का कहना था, "मैं अकेले थोड़ेई जा रही हूँ। अस्पताल के कई लोग हमारे साथ रहेंगे। कैंप में सबके रहने-खाने की व्यवस्था रहेगी।" सतीश के मन में कई तरह की कुशंकाएँ जन्म लेती हैं। खासकर डॉ. शुक्ला को लेकर उसका मन बहुत सशंकित रहता है। युवा हैं, हैंडसम हैं और नामी सर्जन। हर ऑपरेशन में शोभा को साथ रखते हैं। उन्हें शोभा के काम पर भरोसा है। डॉ. शुक्ला से शोभा का तालमेल लोगों की आँखों में खटकता है। सतीश के दोस्त डॉ. शुक्ला और शोभा को लेकर तरह-तरह की बातें करते हैं। सतीश बेचैन हो जाता है। वह नहीं चाहता कि डॉ. शुक्ला के दल में शोभा सगमनियाँ गाँव जाए। अपनी शंका घुमा-फिराकर वह शोभा के सम्मुख जाहिर करता है। शोभा उसे झिड़क देती है और खुशी-खुशी मेडिकल दल के साथ गाँव चली जाती है। सतीश को अच्छा नहीं लगता।

सतीश शोभा से हर मुलाकात में नौकरी छोड़ देने के लिए कहता। शोभा स्पष्ट मना कर देती। वह शोभा को विश्वास दिलाता कि उसकी आमदनी इतनी है कि वह शोभा को पैसों के लिए कभी परेशान नहीं होने देगा। शोभा के लिए

उसकी नौकरी सिर्फ पैसों के लिए नहीं है। उसे अपने काम में सुख है, संतोष है और आत्मनिर्भर होने का गौरव भी। उसने सतीश से स्पष्ट कह दिया था, "वह नौकरी नहीं छोड़ सकती।"

उस दिन सतीश के मामा-मामी घर आए। उन्होंने सतीश के बाबूजी से तो कुछ नहीं कहा। सतीश की माँ को सुना दिया, "क्या दीदी, सतीश के लिए आपको और कोई लड़की नहीं मिली! एक नर्स ही उसके लिए शादी को बची थी? लड़का नगर निगम में बाबू है। अच्छा कमाता है। चार लोगों में उसका उठना-बैठना है। और आपने एक नर्स से उसकी सगाई कर दी! नर्सों का कई तरह के लोगों से मिलना-जुलना होता है। डॉक्टर तो उनके इर्द-गिर्द भौंरों की तरह मँडराते रहते हैं। एक नर्स को आप अपने घर की बहू बनाकर लाएँगी? मेरे अनुसार दीदी, आपका यह निर्णय सही नहीं है।"

माँ ने छोटे और उसकी बहू को समझाया था, "शोभा बहुत अच्छी लड़की है। पढ़ी-लिखी और नौकरीपेशा। सतीश के बाबूजी का कहना है कि सतीश नगर निगम में मामूली क्लर्क है। छोटी नौकरी है उसकी। पति-पत्नी दोनों कमाएँगे तो गृहस्थी अच्छे से चल जाएगी। इसलिए हम लोगों ने सोच-समझकर वहाँ सगाई की है।"

"आप कुछ भी कहो दीदी, एक नर्स को बहू बनाकर घर में लाना हमें तो नहीं सुहाया।" अबकी मामी ने अपनी असहमति जाहिर की।

सतीश घर में माँ और मामा-मामी का यह वार्तालाप सुनता रहा। उसे अच्छा नहीं लगा। वह चुपचाप बाहर घूमने निकल गया। आज छुट्टी का दिन था। चौक में चाय की दुकान पर उसके दोस्तों ने घेर लिया। बिना किसी भूमिका के उसके एक दोस्त ने कहा, "आज लोकल हॉली-डे है। हम सब होटल में मजे से चाय पी रहे हैं। गपशप कर रहे हैं। शोभा भाभी अपनी ड्यूटी पर गई हैं। उन्हें अपने काम से फुरसत कहाँ? अस्पताल में तो रात-दिन काम रहता है।" बाकी दोस्त उसकी बात पर मुसकाए। सतीश को बहुत बुरा लगा। वह दोस्तों के बीच कुछ और बातें करना चाहता था। उसने तात्कालिक राजनीतिक घटनाओं पर बात करनी चाही। उसके दोस्त सगमनियाँ गाँव में फैले हुए हैजे

और मेडिकल कैंप की बातें करते रहे। सतीश वहाँ से खिन्न होकर चला आया।

वह जानता है, छोटे कस्बों में लोग एक-दूसरे को जानते-पहचानते हैं। एक-दूसरे की जिंदगी में व्यर्थ का दखल भी रखते हैं। कई नर्सें बहुत अच्छी होती हैं। परंतु यह छोटा-सा जिला है। कुल मिलाकर एक अस्पताल जहाँ थोड़े से डॉक्टर और चंद नर्सें। अस्पताल चौराहे पर भीड़-भाड़। तरह-तरह के लोग, तरह-तरह की बातें। लेकिन कोई बात नहीं, वह शोभा से कहेगा कि शादी करनी है तो यह नौकरी छोड़नी पड़ेगी।

…और आज उसने शोभा से कह ही दिया कि वह किसी ऐसी-वैसी लड़की से शादी नहीं कर सकता।

एक तरह से आज उसने शोभा को गाली दी। शोभा को बहुत गुस्सा आया, परंतु उसने संयम नहीं खोया और अपनी तरह से स्पष्टीकरण देकर वह अस्पताल चली गई। आज उसकी नाइट ड्यूटी नहीं है। होती तो अच्छा था, मरीजों का बी.पी.चैक करते, उन्हें समय पर इंजेक्शन लगाते और दवा देते हुए उसे बहुत सुकून मिलता है। आज वह सतीश की बातों से बहुत विचलित हो गई है। अब उसे निर्णय लेना ही होगा कि सतीश के साथ शादी की जाए या नहीं?

दोनों परिवारों ने मिल-जुलकर, सोच-समझकर यह सगाई की थी। सतीश के माता-पिता और शोभा के माता-पिता के मन में कोई असंतोष की बात नहीं थी। दोनों परिवार इस रिश्ते से संतुष्ट थे। परंतु जिसके साथ पूरा जीवन बिताना है, वह इतनी संकुचित मानसिकता का है, यह शोभा ने स्वप्न में भी कल्पना न की थी। सगाई के बाद से सतीश के साथ हर मुलाकात में उसके विचार जानते हुए शोभा को दुःख होता था। लेकिन वह सोचती थी कि वह उसे समझा लेगी। इधर छह महीने से लगातार वह उसे समझा रही है, परंतु सतीश अपने विचारों से टस-से-मस नहीं हो रहा। वह हर मुलाकात में एक ही राग अलापता रहता है कि तुम यह नौकरी छोड़ दो। इसका मतलब है कि उसे अपनी नौकरी का बहुत घमंड है। नगर निगम में एक साधारण बाबू ही तो है। लगभग मेरे बराबर ही उसकी तनख्वाह होगी। फिर किस बात का घमंड? नर्स की ट्रेनिंग करते हुए मैंने कितनी मेहनत की। बड़ी मुश्किल से मुझे ये नौकरी मिली है और श्रीमान

कहते हैं कि नौकरी छोड़ दो, जैसे नौकरियाँ लोगों को रास्ते में पड़ी हुई मिल जाती हों। कितनी मेहनत करनी पड़ती है एक मामूली सी नौकरी पाने के लिए। फिर यह मेरे पसंद का काम है। मैं यह नौकरी कभी नहीं छोड़ सकती। इसी ऊहापोह में उसे रात बहुत देर बाद नींद आई।

सुबह चाय पीते हुए उसने आज का अखबार उठाया। स्थानीय संस्करणवाले पेज पर हेड लाइन थी, 'कल शाम को लोकायुक्त टीम ने नगर निगम कार्यालय के एक बाबू सतीश सिंह को पाँच हजार रुपए की रिश्वत लेते हुए रँगे हाथ पकड़ा।' उसने फटाफट समाचार पूरा पढ़ा, जिसमें लिखा था कि रामदीन नामक व्यक्ति के नामांतरण संबंधी प्रकरण की फाइल को आगे बढ़ाने के लिए यह रिश्वत माँगी गई थी। कई दिनों से इस फाइल को रोककर रखा गया था। रामदीन की शिकायत पर यह कार्रवाई की गई। आगे सतीश सिंह के खिलाफ रिश्वत लेने का प्रकरण दर्ज किया जाएगा।

घर में सबसे पहले शोभा ने ही यह समाचार पढ़ा। उसने अम्मा-बाबूजी की तरफ अखबार बढ़ाते हुए कहा, "अब आप लोग सतीश के घरवालों से कह दीजिए कि यह शादी नहीं हो सकती।"

शोभा के बाबूजी ने तुरंत समाचार पढ़ा, फिर अखबार अम्मा के हाथ में देते हुए कहा, "हमने ऐसा तो न सोचा था!" अम्मा ने अखबार पढ़कर बाबूजी से कहा, "हम बेटी का भविष्य बर्बाद नहीं कर सकते। हमें ये सगाई तोड़ देनी चाहिए।" बाबूजी ने शोभा को आश्वस्त किया, "बेटी, जैसा तू चाहती है, हम वैसा ही करेंगे।"

तैयार होकर शोभा ने सतीश को फोन पर कॉफी हाउस में मिलने के लिए कहा। थोड़ी देर बाद सतीश और शोभा कॉफी हाउस में थे। सतीश कुछ बोल पाता, उससे पहले ही शोभा ने अपनी उँगली से सगाई की अँगूठी उतारकर उसके हाथ में रखते हुए कहा, "मैं भ्रष्टाचार में लिप्त किसी व्यक्ति से शादी नहीं कर सकती।"

आज के सभी अखबारों में सतीश के रिश्वत लेते हुए पकड़े जाने का समाचार प्रमुखता से छपा था। कई समाचार-पत्रों में गोल घेरा बनाकर रिश्वत

लेते हुए सतीश का फोटो भी प्रकाशित था। कॉफी हाउस की दूसरी सीटों पर बैठे हुए लोग सतीश को देखकर कानाफूसी करने लगे। सतीश का चेहरा उतरा हुआ था। वह कुछ कहने की स्थिति में नहीं था। शोभा ने वहाँ रुकना अब ठीक नहीं समझा। शोभा ने उससे अपनी सगाई की अँगूठी माँग ली। उसने बेमन से उतारकर शोभा को दे दी। वह शोभा से कल के अपने व्यवहार के लिए माफी माँगना चाहता था। शोभा ने उसे कोई मौका नहीं दिया। उसने अपनी स्कूटी स्टार्ट की और घर वापस आ गई।

□

वह पात्र

बिना किसी भूमिका के उसने मुझसे कहा, "कितनी कहानियाँ और उपन्यास तुमने लिख डाले, अब मुझ पर क्यों नहीं लिखते?"

"मैंने जो कुछ भी लिखा है, उसमें किसी-न-किसी रूप में तुम रहते ही हो। बहुत सी घटनाएँ समाज में घट रही हैं। यहाँ अनगिनत चरित्र हैं। जो मुझे प्रभावित करता है या आहत करता है, मैं उस पर लिखता हूँ। सीधे तुम पर लिखने का कोई अर्थ नहीं है।" मैंने जवाब दिया।

वह कुछ देर चुप रहा। फिर बोला, "देखो, साहित्य में फैशन चलता है। पहले प्रेम कहानियाँ लिखी जाती थीं। बाद में टूटते दांपत्य की कहानियाँ लोकप्रिय हुईं। तत्पश्चात् आम आदमी पर कहानियाँ लिखी जाने लगीं। आजकल संस्मरण का चलन है। संस्मरण लिखकर लोग अपने दुश्मनों की खूब खबर लेते हैं। अपने प्रेम प्रसंगों (जो भले ही झूठे हों) का लोग विस्तारपूर्वक चित्रण करते हैं। अपने आप को महान् सिद्ध करते हैं। बताते हैं कि उन्होंने मुश्किलों में किसकी कितनी मदद की। किसको पुरस्कार दिलवाया। किसकी किताब छपवाने में जुगाड़ जमाया। किसको आर्थिक तंगी के दिनों में रुपए दिए, इत्यादि। इस प्रकार का लेखन आजकल खूब लोकप्रिय है। दूसरा फैशन है, आत्मकथा लिखने का। चालीस साल के युवा लेखक भी आजकल आत्मकथा लिखते हुए अपने आप को महान् सिद्ध कर रहे हैं। सारी आत्मकथाओं का नायक बचपन में गरीब होता है। वह मेधावी होता है। संघर्षशील होता है। अपने रास्ते में एकदम अकेला होता है। फिर अपनी मेहनत, लगन और सतत प्रयास से वह महान् हो जाता है। लगभग सारी आत्मकथाएँ ऐसी ही होती हैं। तुम ऐसा कुछ क्यों नहीं लिखते? क्या तुम्हें महान् लेखक नहीं बनना?"

उसने हँसते हुए मेरी ओर प्रश्न उछाला।

"तुम मुझसे झूठ क्यों लिखवाना चाहते हो? मैं जो देखता हूँ, महसूस करता हूँ, वही लिखता हूँ। समाज में कितनी विसंगतियाँ हैं। भ्रष्ट राजनीति है। गरीबों का संघर्ष है और जीवन के न जाने कितने पक्ष हैं, जो मुझे आंदोलित करते हैं, मैं उन पर लिखता हूँ। मुझे ऐसा करते हुए संतोष मिलता है। मुझे इसके अलावा अपने लेखन से कुछ नहीं चाहिए। मैं कुछ रचनात्मक कर रहा हूँ, इतना मेरे लिए पर्याप्त है।" मैंने उसे समझाना चाहा।

वह हँसकर बोला, "सचमुच, बड़े भोले हो। लोग लेखक होकर, भले ही उन्होंने बहुत कम लिखा हो, सरकारी खर्चे पर विदेश जाना चाहते हैं। पुरस्कारों में देखते हो, कैसी रेलपेल मची है। कमीशन पर पुरस्कार बँट रहे हैं। लोग ऐसा करते हुए खुश हैं। आजकल तो किसी लेखक को कोई पुरस्कार मिल जाए तो मित्र उसे बधाई देने से पहले पूछते हैं, गुरु! कैसे जुगाड़ जमाया? बड़े अफसर इन दिनों बड़े लेखक हैं। जो किसी संगठन में हैं, उन्हीं लेखकों की चर्चा है। वे महान् हैं। कालजयी। कुछ लेखक लिखकर नहीं, पत्रिका निकालकर महान् हो गए। वे अपनी पत्रिका में संपादकीय तक ठीक से नहीं लिख पाते और उन्हें साहित्य सम्मेलनों में हवाई मार्ग से बुलवाकर मंचासीन किया जाता है। तुम क्या समझते हो कि तुम सिर्फ लिखकर महान् हो जाओगे?"

मुझे उसका इस प्रकार व्यंग्य करना अच्छा नहीं लगा। हालाँकि उसने जो कुछ कहा, बिल्कुल सच था। परंतु अफसोस! वह मेरा पात्र होकर क्या मुझे नहीं जानता। मैंने उसे प्रेमपूर्वक समझाया, "मैं महान् बनने के लिए नहीं लिखता। पुरस्कार पाने की होड़ में भी नहीं हूँ। मुझे विदेश यात्राओं का शौक नहीं है। जहाँ हूँ, जैसा हूँ, संतुष्ट हूँ। कम-से-कम मैं ईमानदारी से प्रतिक्रिया तो व्यक्त करता हूँ। मुझे अपने समय में जैसा लग रहा है, जैसा मैं जी रहा हूँ, जैसा मैं महसूस करता हूँ, वैसा मैं लिख रहा हूँ। मुझे अपने लिख लेने का ही सुख है। बहुत लोग हैं, जो भोग रहे हैं। परेशान हैं। पीड़ित हैं। वे अपनी व्यथा व्यक्त नहीं कर पाते। मैं उनकी जिंदगी को भाषा देता हूँ। लोग उसे पढ़ते हैं और प्रभावित होते हैं। मेरे लिए इतना पर्याप्त है। महान् होने का रास्ता अलग है। साहित्य में आजकल महान् होने के लिए लेखन के अलावा भी बहुत कुछ

आना चाहिए। जो लोग उस 'कुछ' को साध लेते हैं, वे फटाफट महान् हो जाते हैं। तुम मुझसे ऐसी अपेक्षा क्यों करते हो?"

उसने मेरे ऊपर अपनी दया दृष्टि फेंकी, फिर अफसोस जाहिर करते हुए कहने लगा, "कितने लोग जो तुम्हारे बाद साहित्य में आए, वे लोग कहाँ-से-कहाँ पहुँच गए। कोई अकादमी में है। कोई किसी पत्रिका का संपादक। किसी को लाखों के पुरस्कार मिल गए। कोई आए दिन सांस्कृतिक प्रतिनिधि बनकर विदेश घूमता रहता है। तुमने लिखकर क्या पा लिया? न पैसा, न प्रतिष्ठा। जाने किस युग के आदमी हो! तुम्हें तो म्यूजियम में होना चाहिए। मुझे तुम पर बहुत दया आ रही है।"

मैं उसकी बात सुनकर ठहाका मारकर हँसा। फिर शांत होकर बोला, "मैंने अपना रास्ता खुद चुना है। मुझे जो विषय लिखने लायक लगता है, उस पर कलम चलाता हूँ। मैं साहित्य में फैशन को पसंद नहीं करता। फैशन चार दिन बाद बदल जाता है, फिर लेखक अप्रासंगिक हो जाता है। तुम मुझे फैशन की तरह लिखने के लिए प्रेरित न करो। जीवन बहुत विस्तृत है। इसके अनेक पक्ष हैं। एकपक्षीय होकर मैं सांप्रदायिक नहीं होना चाहता। मुझे जीवन के विविध पक्षों से साक्षात्कार करना है। उनकी गहराई में जाना है। फिर उन पर लिखना है। यही मेरा लक्ष्य है और उद्देश्य भी।"

वह झल्लाकर बोला, "तुम समय की नब्ज नहीं पहचानते। बाद में पछताओगे। फैशन को अपनाकर कई लोग महाकवि हो गए। नई कविता का फैशन आया। देखते-ही-देखते शहर में हजारों कवि पैदा हो गए। अब तो भीड़ में पत्थर मारो तो किसी कवि को ही जाकर लगता है। कोई प्रकाशक कविता संग्रह नहीं छापता, परंतु प्रतिवर्ष हजारों कविता-संग्रह छप रहे हैं। लेखक लिख रहा है। अपने खर्चे से किताब छपवा रहा है। मुफ्त में लोगों को बाँट रहा है। और पढ़ता कोई नहीं। परंतु उन्हीं कवियों को पुरस्कार मिलते हैं। अकादमी में लिया जाता है और वे ही विदेश यात्राओं पर जाते हैं। गद्य में संस्मरण और आत्मकथाओं का फैशन चल रहा है। संस्मरणों में दिवंगत साहित्यकारों पर कुछ भी लिख डालो, कोई जवाब देने नहीं आता और आप यों ही महान् बन जाते हैं। आत्मकथाओं में जितना झूठ लिख सकते हैं, लिखिए। यहाँ ऐसा-वैसा

लिखने की खुली छूट है। पिछले दिनों कई आत्मकथाएँ चर्चित रहीं, जो झूठ का पुलिंदा थीं। आत्मश्लाघा से भरपूर। अपने आस-पास के लोगों—मित्रों, शत्रुओं, प्रेमिकाओं, संपादकों, सहयोगियों को बौना दिखाकर अपने कद को बड़ा दिखाने की कला हो गई है—आत्मकथा। तुम्हारे पास तो एक जीता-जागता पात्र है। सामने खड़ा है तुम्हारे। तुमसे निवेदन कर रहा है कि उसकी कथा लिख मारो। साहित्य में अमर हो जाओगे।"

मैं उसकी बात सुनकर हँसा और कहने लगा, "मित्र, अभी-अभी तुमने कहा कि अधिकांश आत्मकथाएँ झूठ का पुलिंदा हैं। वे आत्मप्रवंचनाएँ हैं। फिर वैसा ही कुछ लिखने के लिए मुझसे क्यों कह रहे हो? रही साहित्य में अमर होने की बात, तो इसकी मुझमें कोई इच्छा नहीं है। तुलसीदासजी कह गए हैं, 'सारे नाते जीयत जी के,' मरने के बाद मैं साहित्य में अपनी अमरता देखने नहीं आऊँगा? माना कि इस समय हिंदी जगत् में संस्मरण और आत्मकथाओं का दौर चल रहा है। मैंने भी ऐसी कई किताबें पढ़ी हैं। सच कहूँ तो आज तक 'सत्य के प्रयोग' जैसी दूसरी आत्मकथा नहीं पढ़ी। इमानदारी से मैं तुम्हें केंद्र में रखकर कोई कथा लिखूँगा तो तुम नाराज हो जाओगे। और भी बहुत सारे लोग नाराज हो जाएँगे। परंतु इस आत्मालाप का साहित्य में क्या मूल्य? साहित्य में एक दृष्टि होती है। मूल्यों की पक्षधरता होती है। जीवन संघर्ष का वर्णन होता है। यह सब जिस साहित्य में नहीं है, उसे लिखा जाना व्यर्थ है।"

वह मेरे ऊपर नाराज हो गया। गुस्से में बोला, "तुम नहीं सुधरोगे। कुत्ते की पूँछ की तरह हो। कितनी ही सीधी करना चाहो, परंतु वह टेढ़ी-की-टेढ़ी। देखो, मेरी बात ध्यान से सुनो और शांतिपूर्वक उस पर विचार करो। चार दशक हो गए तुम्हें कलम घिसते-घिसते। तुम कहते हो तुम्हें अपने किए पर आत्मसंतोष है। साहित्य में सिर्फ आत्मसंतोष से काम नहीं चलता। यहाँ चर्चा, सम्मान, प्रशंसक और पुरस्कार सब चाहिए। इसके लिए फैशन में रहना जरूरी है। कहा है गिरधर कविराय ने, 'जैसी चले बयार पीठ तब तैसी कीजे'। मूल्यपरक और संघर्ष की पक्षधरतावाला लेखन अब तक तुमने बहुत कर लिया। कोई चर्चा नहीं हुई। कैसे होती? कुछ विवादास्पद लिखते तो चर्चा होती। लोग तुम्हें जानते। बड़े लेखक कहलाते। पद और पुरस्कारों से नवाजे जाते। विवादास्पद

लिखने के लिए आत्मकथा में बहुत स्पेस है। बड़े और स्थापित लोगों की पोल-पट्टी खोलने में मजा है। वे जवाब देंगे। फिर आप स्पष्टीकरण देना। तत्पश्चात् पाठकों के पत्रों की झड़ी लग जाएगी। इस प्रकार आपकी खूब चर्चा होगी। लोग आपको जानेंगे। राजनीतिक पार्टियाँ अपना स्वार्थ देखते हुए आपको महत्त्वपूर्ण सिद्ध करेंगी। संगठनवाले आपके पीछे भागेंगे। कुछ अजूबा तो करो साहित्य में, इतनी सी बात कितनी देर से समझा रहा हूँ, परंतु तुम्हारी समझ में नहीं आती। हद हो गई यार!"

मैंने उसे पास में बैठने को कहा। भीतर से मँगाकर ठंडा पानी पिलाया। फिर समझाया, "देखो, बाबा तुलसीदास कह गए हैं, 'स्वांत:सुखाय रघुनाथ गाथा'। उन्होंने जो कुछ लिखा है, अपने सुख के लिए लिखा। जब हमें अपने लिखे हुए से सुख मिलता है, तब पाठकों को क्यों न मिलता होगा? उन्हें भी उसे पढ़ने से सुख मिलता है। यही सुख कभी प्रेरणा का रूप ले लेता है और कभी ताकत बनकर उभरता है। किंतु इसमें समय लगता है। भले ही तब तक लेखक जिंदा रहे, न रहे। मैं फिर तुमसे कहता हूँ कि तुम अपने ऊपर लिखने के लिए मुझे बाध्य न करो। उसकी कोई आवश्यकता नहीं है। तुम सदा मेरे साथ हो। तुम्हारी कथा महत्त्वपूर्ण नहीं है। महत्त्वपूर्ण है, तुम्हारी दृष्टि। मैंने शुरू में ही तुमसे कहा कि बिना तुम्हारी दृष्टि के मेरी कोई रचना बन ही नहीं सकती। मेरे लिखे हुए में एक तरह से तुम्हारा ही विस्तार है। फैशन तो आते हैं, चले जाते हैं। इनका कोई महत्त्व नहीं होता। महत्त्व इस बात का है कि आपने क्या रचा? सचमुच, जब आप कुछ रचते हैं तो वह स्थायी महत्त्व का होता है। शेष सब समय की धार में बह जाता है।"

वह कुछ शांत हुआ। संतुष्ट भी। परंतु प्रसन्न नहीं हुआ और कहने लगा, "मैं तुम्हारा भला चाहता हूँ। शुभचिंतक हूँ तुम्हारा। तुम मुझ पर कुछ भी ऊल-जुलूल लिखकर साहित्य के केंद्र में आ सकते हो। मुझे आज मालूम हुआ कि तुम बाबा तुलसीदास के वंशज हो। नहीं सुधरोगे।"

इतना कहकर मुसकराते हुए वो चला गया।

□□□